SOPHIE HÉNAFF, geboren 1972, ist Journalistin, Übersetzerin und Autorin. Ihre Kolumne in der französischen »Cosmopolitan« hat eine riesige Fangemeinde. »Kommando Abstellgleis« ist ihr Krimidebüt, der Auftakt einer Serie um Kommissarin Anne Capestan und ihre Truppe der verkrachten Existenzen.

Kommando Abstellgleis in der Presse:

»Witzig, toll geschrieben, wunderbar ausgeführt.
Unbedingt zu empfehlen!«
RTL

»Mit Sicherheit eines meiner Lieblingsbücher dieses Jahres.«
WDR

»Zynisch, ironisch, witzig, dabei schnell, spannend,
und voll eckiger Charaktere – das ist ein Krimi,
der so richtig Spaß macht!«
Wiener Journal

Besuchen Sie uns auf www.penguin-verlag.de
und Facebook.

Sophie Hénaff

Kommando Abstellgleis
Ein Fall für Kommissarin Capestan

ROMAN

Aus dem Französischen
von Katrin Segerer

Die französische Originalausgabe erschien 2015 unter dem Titel
Poulets Grillés bei Éditions Albin Michel, Paris.

Sollte diese Publikation Links auf Webseiten Dritter enthalten,
so übernehmen wir für deren Inhalte keine Haftung,
da wir uns diese nicht zu eigen machen, sondern lediglich auf
deren Stand zum Zeitpunkt der Erstveröffentlichung verweisen.

Verlagsgruppe Random House FSC® N001967

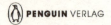

PENGUIN und das Penguin Logo sind Markenzeichen
von Penguin Books Limited und werden
hier unter Lizenz benutzt.

2. Auflage
Copyright © 2015 by Éditions Albin Michel, Paris
Copyright © der deutschsprachigen Ausgabe 2017 by
carl's books, München,
in der Verlagsgruppe Random House GmbH,
Neumarkter Straße 28, 81673 München
Covergestaltung: bürosüd nach einem Entwurf von Semper Smile
Covermotive: Arcangel Images/Ayal Ardon;
plainpicture/Fogstock/Francois Jacquemin
Satz: Uhl + Massopust, Aalen
Druck und Bindung: GGP Media GmbH, Pößneck
Printed in Germany
ISBN 978-3-328-10267-0
www.penguin-verlag.de

Dieses Buch ist auch als E-Book erhältlich.

*Für meine kleine Meute
und für meine Eltern*

1.

Paris, 9. August 2012

Anne Capestan stand vor ihrem Küchenfenster und wartete darauf, dass der Tag anbrach. Mit einem Schluck leerte sie ihre Tasse und stellte sie auf das grüne Wachstuch mit Vichy-Muster. Wahrscheinlich hatte sie gerade ihren letzten Kaffee als Polizistin getrunken.

Commissaire Capestan, der schillernde Star ihrer Generation, die kometenhafte Aufsteigerin, hatte eine Kugel zu viel abgefeuert. Sie war vor dem Disziplinarausschuss gelandet, wo man ihr diverse Verwarnungen und sechs Monate Suspendierung aufgebrummt hatte. Danach Funkstille, bis zu Burons Anruf. Ihr Mentor, mittlerweile Leiter am Quai des Orfèvres 36, war endlich aus der Deckung gekommen und hatte sie einbestellt. Für den 9. August. Das sah ihm ähnlich. Ein subtiler Wink, dass sie nicht im Urlaub, sondern ohne Beschäftigung war. Nach dieser Unterredung wäre sie entweder arbeitslos oder wieder Polizistin, in Paris oder der Provinz, aber wenigstens würde sie es dann wissen. Alles war besser als dieses ewige In-der-Luft-Hängen, dieser Schwebezustand, der jedes Vorankommen verhinderte. Anne Capestan ließ Wasser in ihre Tasse laufen und nahm sich fest vor, sie später in die Spülmaschine zu stellen. Es wurde Zeit.

Sie durchquerte das Wohnzimmer, das, wie so oft, von Brassens und seinen poetisch-beschwingten Melodien beschallt wurde. Die Wohnung war groß und gemütlich. Capestan hatte weder an Tagesdecken noch an indirekter Beleuchtung gespart. Der zufrieden vor sich hin schnarchenden Katze schien ihr Stil zu gefallen. Doch die Behaglichkeit wurde von Spuren der Leere durchbrochen, wie eine Frühlingswiese mit Eisflecken. Am Tag nach ihrer Suspendierung hatte ihr Mann sie verlassen und die Hälfte der Möbel mitgenommen. Das war einer dieser Momente gewesen, in denen das Leben einem rechts und links eine schallende Ohrfeige verpasst. Anne Capestan versank jedoch nicht in Selbstmitleid: Das alles geschah ihr recht.

Staubsauger, Fernseher, Couch, Bett, keine drei Tage später hatte sie das Wichtigste ersetzt. Doch die Abdrücke auf dem Teppich ließen die alten Sessel nicht in Vergessenheit geraten. Helle Stellen auf der Tapete zeugten von früher: hier der Schatten eines Bilds, der Geist eines Bücherregals, eine schmerzlich vermisste Kommode. Anne Capestan wäre am liebsten umgezogen, aber durch ihr berufliches Zwischen-den-Stühlen saß sie fest. Nach dem Termin würde sie endlich wissen, in welches Leben sie sich von jetzt an stürzen konnte.

Sie zog das Haargummi von ihrem Handgelenk und band sich einen Zopf. Wie in jedem Sommer war ihre Mähne heller geworden. Bald würde sich wieder ein dunkleres Braun durchsetzen. Sie strich mechanisch ihr Kleid glatt und schlüpfte in ihre Sandalen. Die Katze auf der Armlehne der Couch hob nicht einmal den Kopf. Nur die flauschigen Ohrmuscheln drehten sich in Richtung Tür und verfolgten den Aufbruch. Capestan schob sich den Griff ihrer großen ledernen Handtasche auf die Schulter und steckte *Fegefeuer der Eitelkeiten* ein, den Roman von Tom Wolfe, den Buron ihr ausgeliehen hatte. Neunhundertachtundzwanzig Seiten. »Damit sind Sie beschäftigt, bis ich Sie anrufe«, hatte er ihr versichert. Bis ich Sie anrufe. Die Zeit hatte noch locker für die dreizehn Bände von Merles *Fortune de France* und das Gesamtwerk von Marie-Ange Guillaume gereicht, die unzähligen Krimis nicht mitgerechnet. Buron und seine Floskeln ohne feste Daten oder Versprechen. Sie schloss die Tür hinter sich, drehte den Schlüssel zweimal um und nahm die Treppe.

Die Rue de la Verrerie lag verwaist in der noch milden Sonne. Zu dieser frühen Stunde schien Paris in einen Naturzustand versetzt: Die Stadt war befreit von ihren Bewohnern, wie die einzige Überlebende einer Neutronenbombe. In der Ferne zuckte das orangefarbene Licht eines Reinigungsfahrzeugs. Anne Capestan lief an den Schaufenstern des BHV-Kaufhauses vorbei und überquerte die Place de l'Hôtel-de-Ville, danach die Seine und die Île de la Cité, bevor sie den Quai des Orfèvres erreichte.

Sie trat durch das gewaltige Eingangstor in den gepflasterten Hof und bog dann nach rechts. Vor dem verblichenen blauen Schild »Aufgang A, Direktion der Kriminalpolizei« hielt sie kurz inne. Zusammen mit seinem neuen Posten hatte Buron ein Büro im dritten Stock besetzt, auf der gediegenen Etage der Entscheidungsträger, in der selbst die Cowboys nicht mehr mit ihrer Knarre herumspazierten.

Sie schob die zweiflügelige Tür auf. Beim Gedanken an

eine Entlassung krampfte sich ihr der Magen zusammen. Capestan war schon immer Polizistin gewesen und weigerte sich strikt, andere Optionen in Betracht zu ziehen. Mit siebenunddreißig drückt man nicht noch mal die Schulbank. Diese sechs Monate Untätigkeit hatten ihr schon schwer zu schaffen gemacht. Sie war viel spazieren gegangen. Sie hatte die Strecken aller Métrolinien abgelaufen, methodisch von der 1 bis zur 14, von Endhaltestelle zu Endhaltestelle. Sie hoffte, wieder im Dienst zu sein, bevor sie die Vorortbahnen in Angriff nehmen musste. Manchmal sah sie sich sogar die TGV-Gleise entlangmarschieren, bloß um eine Aufgabe, ein Ziel zu haben.

Vor dem funkelnagelneuen Kupferschild mit dem Namen des Regionaldirektors blieb sie stehen, straffte die Schultern und klopfte dreimal. Burons tiefe, klangvolle Stimme bat sie hinein.

2.

Buron war aufgestanden, um sie zu begrüßen. Haar und Bart waren grau, im Militärschnitt, und rahmten das Gesicht eines Bassets ein, der die Welt um sich herum mit einem stets freundlichen, aber traurigen Blick bedachte. Er war noch einen guten Kopf größer als Capestan, die selbst nicht klein war. Und einen guten Bauch dicker. Trotz seiner gutmütigen Erscheinung strahlte Buron eine Autorität aus, mit der sich niemand anlegte. Anne Capestan reichte ihm das Buch von Tom Wolfe. Sie hatte einen Knick in den Einband gemacht, und eine verärgerte Falte erschien auf der Stirn des Directeurs. Sofort entschuldigte sie sich, obwohl sie nicht verstand, wie man so viel Wert auf Gegenstände legen konnte. Er antwortete, nicht doch, das sei überhaupt nicht schlimm, meinte aber kein Wort davon ernst.

Auf den breiten Sesseln hinter Buron erkannte sie Fomenko, den früheren Leiter der Drogenfahndung, der mittlerweile stellvertretender Regionaldirektor war, und Valincourt, der vom Direktor der Kriminalbrigade zum Direktor aller Zentralbrigaden aufgestiegen war. Sie fragte sich, was diese hohen Tiere hier wollten. Mit Blick auf ihre letzten Diensthandlungen war eine Beförderung mehr als unwahrscheinlich. Mit einem liebenswürdigen Lächeln ließ sie sich dem Triumvirat gegenüber nieder und wartete auf das Urteil.

»Gute Neuigkeiten«, fing Buron an. »Die Untersuchung der Dienstaufsicht ist abgeschlossen. Ihre Freistellung ist vorbei, Sie werden wiedereingegliedert. Der Vorfall kommt nicht in Ihre Akte.«

Eine gewaltige Last fiel von ihr ab. Freude durchströmte ihre Adern und drängte sie, rauszugehen und zu feiern. Trotzdem zwang sie sich, konzentriert zu bleiben.

»Ihre neue Verwendung beginnt im September. Ihnen wird die Leitung einer Brigade anvertraut.«

Jetzt wurde sie misstrauisch. Dass man sie wiedereingliederte, kam unerwartet, dass man sie beförderte, war verdächtig. Burons Rede klang wie das Knöchelknacken vor einer Ohrfeige.

»Mir? Eine Brigade?«

»Es handelt sich um ein besonderes Programm«, erklärte Buron und schaute durch sie hindurch. »Im Zuge einer Umstrukturierung der Polizei zur Optimierung der Arbeitsleistung ist eine zusätzliche Brigade geschaffen worden. Sie ist mir direkt unterstellt und umfasst nur die unorthodoxesten Beamten.«

Während Buron seine Ansprache herunterbetete, langweilten sich seine Komplizen zu Tode. Fomenko studierte desinteressiert die Sammlung alter Orden in Burons Vitrine. Dann und wann strich er sich durch das weiße Haar, rückte seine Anzugweste zurecht oder betrachtete die Sohlen seiner Cowboystiefel. Die kräftigen behaarten Unterarme, die aus den hochgekrempelten Hemdsärmeln ragten, erinnerten daran, dass er einem mit einem Schlag die Kauleiste brechen konnte. Valincourt, ein hagerer Typ mit kantigen Zügen und dunkler Haut, fummelte an seiner silbernen Uhr herum, als würde er am liebsten die Zeit vordrehen. Hinter seinem Häuptlingsprofil schien eine tausendfach wiedergeborene Seele zu wohnen. Er lächelte nie, sondern trug ständig eine abweisende Miene zur Schau, als belästige man Seine Majestät. Sicherlich war all seine Aufmerksamkeit höheren Überlegungen, einem reineren Leben gewidmet. Gewöhnliche Sterbliche wagten nur selten, ihn zu stören. Anne Capestan beschloss, ihrer aller Leiden zu verkürzen.

»Soll heißen?«

Der lockere Ton missfiel Valincourt. Ruckartig fuhr seine spitze Hakennase herum, wie der Schnabel eines Raubvogels. Er warf Buron einen fragenden Blick zu. Es brauchte allerdings mehr, um den Directeur zu erschüttern. Buron ließ sich sogar zu einem Lächeln herab, als er sich in den Tiefen seines Sessels aufrichtete.

»Na schön, Capestan, noch mal zum Mitschreiben: Wir säubern die Behörde, um die Statistiken aufzupolieren. Wir stecken alle Alkoholiker, Schläger, Depressiven, Faulpelze und so weiter, alle, die unsere Abteilungen behindern, aber nicht gefeuert werden können, zusammen. Aus den Augen, aus dem Sinn. Und zwar unter Ihrem Kommando. Ab September.«

Anne Capestan hütete sich davor, irgendeine Reaktion zu zeigen. Sie wandte das Gesicht zum Fenster und verfolgte das Spiel der blauen Spiegelungen auf der Scheibe. Dann richtete sie den Blick auf die winzigen schimmernden Wellen der Seine unter dem klaren Himmel, während ihr Gehirn arbeitete.

Eine Abstellkammer. Ganz einfach. Das war die Essenz von Burons Rede. Oder eher ein Abfalleimer. Ein sehr großes

Modell. Eine Einheit der Verstoßenen, die Schandbullen des ganzen Departements vereint in einem Müllcontainer. Und sie war das Sahnehäubchen auf dem Misthaufen.

»Warum ich?«

»Sie haben als Einzige den Dienstgrad eines Commissaire«, erwiderte Buron. »Im Normalfall kündigen sich die Pathologien schon vor dem Auswahlverfahren an.«

Sie hätte wetten können, dass diese Sache auf seinem Mist gewachsen war. Weder Valincourt noch Fomenko wirkten, als würden sie das Programm gutheißen, der eine aus Verachtung, der andere aus Desinteresse. Beide hatten Wichtigeres zu tun, diese Geschichte hielt sie bloß auf.

»Wen kriege ich?«, fragte Capestan.

Buron bückte sich, um die unterste Schublade seines Schreibtischs zu öffnen. Er zog eine dicke Mappe heraus und warf sie auf die Schreibtischunterlage aus flaschengrünem Maroquin. Die Mappe war unbeschriftet. Eine Brigade ohne Namen. Der Directeur suchte von den verschiedenen Brillen, die unter seiner Schreibtischlampe aufgereiht waren, eine mit Horngestell aus. Seine Nasenquetscher wählte er je nachdem, ob er einen beruhigenden, modernen oder strengen Eindruck vermitteln wollte. Er schlug die Mappe auf und fing an zu lesen.

»Agent Santi, seit vier Jahren krankgeschrieben, Capitaine Merlot, Alkoholiker –«

»Alkoholiker? Dann dürfte es ziemlich voll bei uns werden…«

Buron klappte die Mappe zu und reichte sie ihr.

»Nehmen Sie sie mit, und gehen Sie sie in Ruhe durch.«

Capestan wog die Mappe in der Hand. Sie war so schwer wie das Pariser Telefonbuch.

»Wie viele sind wir nach Ihrer ›Säuberung‹? Das halbe Departement?«

Der Directeur lümmelte sich wieder in seinen Sessel, und das Leder knarzte herzzerreißend unter seinem Gewicht.

»Offiziell ungefähr vierzig.«

»Von wegen Brigade, das ist ja fast eine Hundertschaft«, bemerkte Fomenko spöttisch.

Vierzig. Polizisten, die Kugeln, stundenlange Observationen, zu viele Kilos und Scheidungen im Namen des Gesetzes auf sich genommen hatten, nur um jetzt auf dem Abstellgleis zu landen, dem Ort, an den man sie verfrachtete, damit sie endlich ihre Entlassung beantragten. Anne Capestan fühlte mit ihnen. Seltsamerweise zählte sie sich selbst nicht dazu. Buron seufzte und setzte die Brille ab.

»Capestan, die meisten sind seit Jahren raus aus dem System. Sie werden sie nie zu Gesicht bekommen, geschweige denn zum Arbeiten bewegen. Das sind nichts weiter als Namen, die existieren für uns praktisch nicht mehr. Und falls doch mal ein paar aufkreuzen, dann bloß, um Kugelschreiber zu klauen. Machen Sie sich keine Illusionen.«

»Welche aus dem Gehobenen dabei?«

»Ja. Die Lieutenants Dax und Évrard und die Capitaines Merlot und Orsini.«

Buron machte eine Pause und betrachtete eingehend den Bügel seiner Brille.

»José Torrez ist ebenfalls Lieutenant.«

José Torrez. Alias Schlemihl. Der Unglücksbringer, der schwarze Kater. Also hatten sie endlich einen Platz für ihn gefunden. Es hatte nicht gereicht, ihn zu isolieren, nein, man musste ihn noch weiter wegschieben. Capestan kannte Torrez vom Hörensagen. Jeder Bulle in ganz Frankreich kannte Torrez vom Hörensagen und bekreuzigte sich, wenn er vorbeiging.

Angefangen hatte alles mit einem einfachen Unfall: Sein Partner hatte bei einer Verhaftung einen Messerstich abgekriegt. Alltag. Während er sich erholte, war seine Vertretung ebenfalls verletzt worden. Berufsrisiko. Der Nächste hatte sich eine Kugel und drei Tage Koma eingefangen. Der Letzte war von einem Haus gestürzt und gestorben. Alle vier Mal war jeglicher Verdacht gegen José Torrez ausgeräumt worden. Er hatte sich in keinster Weise schuldig gemacht, nicht einmal der Fahrlässigkeit. Aber seitdem klebte sein Ruf wie Pech an ihm. Er brachte Unglück. Niemand wollte mehr mit ihm zusammenarbeiten, niemand wollte ihn berühren, und kaum einer schaute ihm noch in die Augen. Außer Anne Capestan, die sich nicht um irgendwelche Flüche scherte.

»Ich bin nicht abergläubisch.«

»Warten Sie ein paar Wochen«, verkündete Valincourt mit Grabesstimme.

Fomenko nickte und unterdrückte ein Schaudern. Der tätowierte Drache an seinem Hals – ein Andenken an seine Anfänge beim Militär – zitterte. Heute trug Fomenko einen breiten weißen Schnauzer, der sich fächerartig unter seiner Nase ausbreitete wie ein struppiger Schmetterling. Komischerweise passte er sogar ganz gut zum Drachen.

Wie immer, wenn Torrez' Name gefallen war, senkte sich Schweigen über das Zimmer. Buron brach es als Erster.

»Und dann ist da noch Commandant Lebreton.«

Dieses Mal setzte Capestan sich auf.

»Der von der Dienstaufsicht?«

»Genau der«, sagte Buron und hob schicksalsergeben die Hände. »Der hat es Ihnen nicht leicht gemacht, ich weiß.«

»Ja, der Kritiker der noblen Sache war nicht gerade entgegenkommend. Aber wie ist er bei dieser Truppe gelandet? Der IGS gehört nicht zur Kriminalpolizei.«

»Es hat eine Beschwerde gegeben, irgendwas wegen persönlicher Differenzen, auf jeden Fall eine interne Geschichte, IGS gegen IGS, dafür brauchen sie nicht einmal mehr uns.«

»Eine Beschwerde worüber?«

Dieser Lebreton war zwar ein unglaublicher Starrhals, aber er würde nie gegen eine Regel verstoßen. Buron legte den Kopf schief und zog in geheuchelter Unwissenheit die Schultern hoch. Die beiden anderen untersuchten eingehend die Zierleisten an der Decke und grinsten hämisch. Mehr würde Capestan nicht aus ihnen herausbekommen.

»Im Übrigen sind Sie nicht in der Position, den ersten Stein auf Querulanten zu werfen«, fügte Valincourt kühl hinzu.

Anne Capestan schluckte die Bemerkung, ohne mit der Wimper zu zucken. Sie war nicht länger in der Position, auch nur den kleinsten Kiesel auf irgendjemanden zu werfen, und das wusste sie sehr gut. Ein Sonnenstrahl fiel durch das Fenster, begleitet vom entfernten Klang eines Presslufthammers. Eine neue Brigade. Ein neues Team. Blieb nur noch die Frage, was ihre Aufgabe sein würde.

»Gibt es auch Fälle, die wir bearbeiten sollen?«

»Mehr als genug.«

Allmählich fand Buron offenbar richtig Gefallen an der Sache. Das war sein kleiner Willkommensscherz, ein Spielchen zum Einstand. Im Grunde genommen ließ er sie noch einmal den Initiationsritus durchlaufen, nach fünfzehn Jahren Polizeidienst.

»Mit der Zustimmung der Präfektur, der örtlichen Direktion und der Zentralbrigaden übernehmen Sie die ungeklärten Fälle aller Kommissariate und Brigaden des Dienstbezirks. Wir haben die Archive um alle festgefahrenen, ad acta gelegten Untersuchungen erleichtert. Die werden direkt zu Ihnen geschickt.«

Buron warf seinen Kollegen einen zufriedenen Blick zu, bevor er fortfuhr: »Grob gesagt liegt damit die Aufklärungsrate der Polizei der Île-de-France bei annähernd hundert Prozent und Ihre bei null. Eindämmung ist das Zauberwort. Eine einzige unfähige Brigade in der ganzen Region.«

»Verstehe.«

»Die Kartons aus den Archiven bekommen Sie im Laufe Ihres Einzugs«, sagte Fomenko und kratzte seinen Drachen. »Im September, wenn man Ihnen Ihre Räumlichkeiten zugewiesen hat. Der Quai des Orfèvres ist voll wie eine Familiengruft, Sie kriegen irgendwo anders ein schönes Plätzchen.«

Valincourt, der reglos wie immer dasaß, warnte: »Sollten Sie den Eindruck haben, glimpflich davonzukommen, täuschen Sie sich. Aber trösten Sie sich mit der Tatsache, dass keiner Resultate von Ihnen erwartet.«

Mit einer beredten Geste wies Buron ihr die Tür. Anne Capestan verließ das Büro. Trotz der letzten wenig ermutigenden Worte lächelte sie. Zumindest hatte sie jetzt ein Ziel, und ein Datum.

Valincourt und Fomenko tranken ein Bier auf der Terrasse des Café des Deux Palais. Fomenko nahm sich eine Handvoll Erdnüsse, schaufelte sie sich entschlossen in den Mund und zermalmte sie knackend, bevor er fragte: »Und, wie findest du Burons Schützling?«

Valincourt schob eine einzelne Erdnuss mit dem Zeigefinger am Rand seines Bierdeckels entlang.

»Ich weiß nicht. Hübsch, vermutlich.«

Fomenko lachte hell auf und strich über seinen Schnauzer.

»Ja, das ist nicht zu übersehen! Nein, professionell, meine ich. Ganz ehrlich, was hältst du von der Brigadensache?«

»Augenwischerei«, antwortete Valincourt, ohne auch nur eine Sekunde zu zögern.

3.

Paris, 3. September 2012

Jeans, Ballerinas, dünner Pulli und Trenchcoat. Anne Capestan hatte ihre Uniform angelegt und umklammerte den Schlüsselbund für ihr neues Kommissariat. Zwanzig von vierzig Polizisten, das war ihr Ziel. Wenn auch nur jeder Zweite irgendeinen Sinn in dieser Brigade sah, lohnte es sich, dafür zu sorgen, dass sie funktionierte.

Ungeduldig und insgesamt eher optimistisch überquerte Capestan im Laufschritt den Platz, auf dem die Fontaine des Innocents gluckerte. Ein Verkäufer öffnete gerade den mit Graffiti besprühten Metallrollladen eines Geschäfts für Sportbekleidung. Der Geruch nach Frittierfett aus den Fast-Food-Restaurants waberte durch die noch frische Luft. Vor der Rue des Innocents Nummer 3 blieb Capestan stehen. Das war weder ein Kommissariat noch eine Wache, das war ein ganz normales Wohnhaus. Und sie kannte den Zugangscode nicht. Seufzend betrat sie das Café nebenan, um den Wirt zu fragen. B8498. Sie baute sich die Eselsbrücke Brunnen-Vaucluse-Weltmeister.

Eine hastig hingekritzelte 5 auf dem zerknitterten Schlüsselanhängerschild verriet das Stockwerk. Anne Capestan holte den Aufzug und fuhr in die letzte Etage. Man hatte ihnen kein offizielles Erdgeschossbüro mit Schaufenster, Neonröhren und Laufkundschaft zugestanden. Man hatte sie ganz oben versteckt, ohne Schild oder Gegensprechanlage. Hinter der Etagentür fand sich eine in die Jahre gekommene, aber helle Wohnung, die, wenn schon nicht besonders repräsentativ, so doch wenigstens gemütlich war.

Die Umzugsfirma hatte gestern alles aufgebaut, nachdem die Elektriker und die Leute von der Telefongesellschaft da gewesen waren. Buron hatte ihr versichert, sie brauche sich keine Sorgen zu machen, man würde sich um alles kümmern.

Von der Eingangstür aus sah Capestan einen Schreibtisch aus Zink, der mit Rostwunden bedeckt war. Direkt gegenüber neigte sich ein graugrüner Resopaltisch gefährlich zur Seite, trotz der Bierdeckel, die unter das abgebrochene Bein geschoben worden waren. Die übrigen beiden Schreibtische bestanden aus einer schwarzen Melaminplatte auf zwei wackeligen Böcken. Wenn man sich der Bullen entledigte, konnte man auch gleich die Möbel loswerden. Das Programm war wirklich gut durchdacht.

Das Parkett war mit Löchern unterschiedlicher Größe übersät, und die Wände waren fleckiger als eine Raucherlunge, aber das Zimmer war geräumig und hatte große Fenster, die auf den Platz hinausgingen und einen freien Blick bis zur Saint-Eustache-Kirche boten, über den Stadtpark, ehemals Jardin des Halles, und die Baukräne, die dort wahrscheinlich bis in alle Ewigkeit stehen würden.

Als Capestan um einen kaputten Bürostuhl herumlief, bemerkte sie einen Kamin, der nicht zugemauert war und funktionstüchtig schien. Ein Pluspunkt. Sie wollte ihre Besichtigung gerade fortsetzen, da hörte sie, wie sich der

Aufzug öffnete. Sie warf einen Blick auf die Uhr. Punkt acht.

Ein Mann klopfte an die halb offene Tür, während er sich die Wanderschuhe auf der Fußmatte abtrat. Sein dichtes schwarzes Haar gehorchte einer ganz eigenen Ordnung, und trotz der frühen Uhrzeit überzogen grau melierte Bartstoppeln seine Wangen. Er kam herein und stellte sich vor: »Lieutenant Torrez, guten Morgen.«

José Torrez. Also kreuzte das Pech als Erstes auf. Er machte keine Anstalten, die Hand aus der Tasche seiner Lammfelljacke zu nehmen, und Capestan fragte sich, ob er Angst hatte, sie würde sie nicht schütteln, oder ob er einfach nur unhöflich war. Um das Problem zu umgehen, beschloss sie, ihm auch die ihre nicht hinzustrecken, sondern setzte ein Lächeln voll friedlicher Absicht auf, den Zahnschmelz zur Schau gestellt wie eine weiße Flagge.

»Guten Morgen, Lieutenant. Commissaire Anne Capestan, ich leite diese Brigade.«

»Ja. Hallo. Wo ist mein Büro?«, fragte Torrez, als wäre der Höflichkeit jetzt Genüge getan.

»Wo Sie möchten. Wer zuerst kommt, mahlt zuerst ...«

»Kann ich mich erst umschauen?«

»Nur zu.«

Sie beobachtete, wie er direkt auf die hinteren Zimmer zusteuerte.

José Torrez war ungefähr eins siebzig groß, pure Muskelmasse. Als schwarzer Kater fiel er eher in die Kategorie Puma, kräftig und kompakt. Bevor er hier gelandet war, hatte er bei der Gendarmerie im 2. Distrikt gearbeitet. Vielleicht kannte er ein paar gute Restaurants in der Gegend. Er öffnete die letzte Tür ganz am Ende des Flurs, nickte, drehte sich zu Capestan um und erhob die Stimme, um seine Absicht kundzutun: »Ich nehme das hier.«

Ohne Umschweife betrat er sein neues Büro und schloss die Tür hinter sich.

So viel dazu.

Sie waren schon zu zweit.

Eins der vielen Telefone, die genauso wenig zusammenpassten wie das Mobiliar, klingelte. Nach längerer Suche fand Anne Capestan ein graues Modell, das gleich neben dem Fenster auf dem Boden stand. Am anderen Ende der Leitung begrüßte sie Burons Stimme: »Guten Morgen, Capestan. Ich wollte nur Bescheid geben, dass Sie noch eine neue Rekrutin bekommen. Sie kennen sie, lassen Sie sich überraschen.«

Der Directeur wirkte sehr zufrieden mit sich. Wenigstens einer, der Spaß an der Sache hatte. Nachdem Capestan aufgelegt hatte, tauschte sie den grauen Apparat gegen eine Antiquität aus Bakelit, die sie auf den Zinkschreibtisch stellte. Einmal feucht abwischen, und er würde seinen Zweck erfüllen. Dann nahm sie sich eine große Lampe mit einem cremefarbenen Schirm und einem Fuß aus zerkratztem Kirschbaumholz, die neben einem Kopierer herumstand, und holte Feuchttücher und einen fünfzehn Zentimeter hohen vergoldeten Eiffelturm aus ihrer Handtasche. Den hatte sie sich an ihrem ersten Tag in der Hauptstadt bei einem Souvenirhändler am Quai gekauft. Sie legte ihren roten Lederkalender und einen schwarzen Kugelschreiber daneben, und fertig war ihr Arbeitsplatz, schräg zwischen Fenster und Kamin. Mit zwanzig Leuten würde es hier drin vielleicht ein bisschen eng werden, aber es würde schon passen.

Anne Capestan ging in die Küche, um sich ein Glas Wasser zu holen. Der Raum war großzügig geschnitten und mit einem wackeligen Kühlschrank, einem alten Gasherd, einer Spüle und einem Unterschrank aus Kiefernholz im Stil einer Ferienhauskochnische ausgestattet. Der Schrank war leer, es gab keine Gläser. Wahrscheinlich gab es nicht einmal Wasser. Eine Glastür führte auf die Dachterrasse. An einem Plastikspalier kletterte Efeu hinauf, der allmählich gelb wurde, und grub Risse in die Hauswand. In einer Ecke stand ein gewaltiger Terrakottatopf, der einen Haufen trockene Erde ohne Pflanzen beherbergte. Aber man sah den blauen Himmel, und Capestan blieb eine Weile und lauschte dem geschäftigen Paris weit unter sich.

Als sie in die Wohnung zurückkehrte, war Commandant Lebreton, ehemals IGS, eingetroffen und hatte sich bereits an einem der schwarzen Melaminschreibtische eingerichtet. Seine große Gestalt war über einen Aktenkarton gebeugt, den er mit einem Taschenmesser zu öffnen versuchte. Wie gewöhnlich ließ er sich nicht stören. Weder seine Gelassenheit noch seine Ansichten konnte irgendetwas erschüttern. Anne Capestan erinnerte sich noch lebhaft an seine unerbittlich strengen Vernehmungen. Wäre der Disziplinarausschuss seiner Empfehlung gefolgt, wäre sie nie rehabilitiert worden. Louis-Baptiste Lebreton hielt sie für schießwütig. Sie hielt ihn für starrköpfig. Dementsprechend überschwänglich verlief ihre Begrüßung. Er hob kaum den Kopf.

»Guten Morgen, Commissaire«, sagte er, bevor er seine Aufmerksamkeit wieder der Schachtel zuwandte.

»Guten Morgen, Commandant«, antwortete Anne Capestan.

Dann fiel bleierne Stille über das Zimmer.

Sie waren zu dritt.

Capestan nahm sich ebenfalls einen Karton vor.

*

Hinter ihren Schutzschilden aus Pappe blätterten Anne Capestan und Louis-Baptiste Lebreton seit gut zwei Stunden Akten durch. Haufenweise Einbrüche, Trickbetrüger, aufgebrochene Geldautomaten und Autos: In diesen Schachteln waren keine Überraschungen versteckt, und allmählich begann Capestan, den Sinn ihrer Mission zu hinterfragen.

Eine laute, energische Stimme riss sie beide aus ihrer Lektüre. Sie erstarrten, die Stifte im Anschlag. Eine rundliche Frau um die fünfzig trat durch die Tür. Ihr strassbesetztes Handy bekam ein wahres Donnerwetter ab.

»Ach, leck mich doch, du Arsch!«, brüllte sie. »Ich schreibe, was ich will. Und soll ich dir erklären, warum? Weil ich mir von einem kleinen Pimmel mit Schlips nicht sagen lasse, wo ich hinpissen darf.«

Capestan und Lebreton starrten sie mit offenem Mund an.

Die Furie schenkte ihnen ein freundliches Lächeln und vollführte eine Vierteldrehung, bevor sie ausstieß: »Staatsanwalt oder nicht, das ist mir scheißegal. Ihr wollt mich loswerden? Bitte schön! Ich habe nichts mehr zu verlieren, und falls es euch interessiert, meiner Meinung nach ist das nicht eure beste Aktion. Wenn ich will, dass euer dämlicher Robenträger in der nächsten Folge Hämorriden kriegt, verpasse ich ihm Hämorriden. Er kann schon mal die Salbe rausholen!«

Mit einem wütenden Schnauben legte sie auf.

»Capitaine Eva Rosière, guten Morgen«, sagte sie.

»Commissaire Anne Capestan, freut mich«, erwiderte Anne Capestan und schüttelte ihr die Hand, die Augen immer noch weit aufgerissen.

Eva Rosière. Sie war sicher Burons Überraschung. Sie hatte jahrelang in der Chefetage des Quai des Orfèvres gearbeitet, bevor sie ihre Berufung als Schriftstellerin entdeckt hatte. Zur allgemeinen Verblüffung hatten sich ihre Krimis weniger als fünf Jahre später millionenfach verkauft und waren in ein Dutzend Sprachen übersetzt worden. Wie jeder Polizist, der diese Bezeichnung verdiente, brachte sie der Staatsanwaltschaft eher mäßigen Respekt entgegen und zog sie oft durch den Kakao, indem sie ihre Figuren ungeniert aus dem Topf der Pariser Justiz schöpfte. Dabei gab sie sich nicht allzu viel Mühe, die Identität ihrer Opfer zu verschleiern, und machte diejenigen lächerlich, die ihr Missfallen erregten. Anfangs hatten die Staatsanwälte ihren Ärger noch stillschweigend hinuntergeschluckt: Sich angegriffen zu fühlen, wäre einem Schuldeingeständnis gleichgekommen, und den Kopf einzuziehen, war besser als ein Skandal. Als schließlich eine Produktionsfirma an Eva Rosière herangetreten war, hatte sie sich vom Polizeidienst beurlauben lassen, um sich in das große Abenteuer einer Fernsehserie zur Hauptsendezeit zu stürzen. Seitdem bescherte *Kriminalpolizistin Laura Flammes* dem Ersten und dreißig anderen Kanälen rund um den Globus einen goldenen Donnerstagabend.

Am Quai des Orfèvres hatte dieser plötzliche Ruhm eine gewisse Belustigung hervorgerufen. Dass Olivier Marchal oder Franck Mancuso sich einen Namen machten, bitte schön. Aber dass eine Frau, noch dazu eine aus Saint-Étienne, über einen scharfen Verstand und einen spitzen Kuli verfügen sollte, das konnte der Pariser nur schwer akzeptieren. Genau das war allerdings der Fall. Eigenartigerweise hatte Eva Rosière dann auf der Höhe ihres Erfolgs darum gebeten, in den Polizeidienst zurückkehren zu dürfen, ohne jedoch ihre Beschäftigung als Drehbuchautorin aufzugeben. Besagte Polizei konnte ihr das natürlich nicht verweigern.

Doch was in den Romanen noch erträglich gewesen war, ließ sich auf dem Fernsehschirm und mit größerem Publikum zunehmend schwer aushalten. Zumal Eva Rosière selbst innerhalb der PJ, am Ende ihre Vorgesetzten vergrätzte, weil sie mit Millionen protzte, die überhaupt keinen interessierten. Die Spötteleien, die anfangs noch als Kinderscherze durchgingen, kratzten allmählich am Stolz: Leuten, die man beneidet, verzeiht man nicht so leicht.

Und so hatte der gepfefferte Start der neuen Staffel ein wahres Komplott losgetreten, und die Führungsriege hatte alles darangesetzt, die Künstlerin mundtot zu machen. Da Rosière heute hier gestrandet war, hatte sie diese Schlacht wohl verloren. Capestan selbst verpasste keine Folge der Serie, die sie richtig lustig und, trotz allem, harmlos fand.

Eva Rosière warf Anne Capestan ein Lächeln und Louis-Baptiste Lebreton einen Feinschmeckerblick zu. Sportliche Figur, helle Augen, feine, aber markante Gesichtszüge: Was das Äußere anging, war er ganz gut gelungen, das musste man zugeben. Eine tiefe Falte, die wie ein Kopfkissenabdruck senkrecht über seine rechte Wange verlief, war der einzige Makel an seinem Hollywoodgesicht. Lebreton, der an derlei Inspektionen gewöhnt war, verneigte sich liebenswürdig und erwiderte Rosières Händedruck. Die wandte sich an Capestan: »Unten stehen zwei Möbelpacker mit einem Empireschreibtisch. Wo kann ich den hinstellen?«

»Also ...«

Eva Rosière drehte sich einmal um die eigene Achse, um sich ein Bild von den Räumlichkeiten zu machen.

»Da drüben vielleicht, wo der Haufen Sperrmüll steht?«, fragte sie und deutete auf die andere Platte mit Böcken in der Ecke.

»Bitte.«

*

Um achtzehn Uhr stand Anne Capestan im Eingang, wie eine Hausherrin, der niemand seine Aufwartung gemacht hatte. Sie hatte vierzig Lebensläufe auswendig gelernt und fand sich jetzt mit drei Leuten wieder, die morgen womöglich nicht einmal mehr auftauchen würden. Zumindest hatte sie nicht vor, sie dazu zu zwingen. Diese Brigade bedeutete für sie alle eine Strafe, wahrscheinlich das Ende ihrer Karriere.

Wie die Verkörperung dieses Desasters kam José Torrez aus seinem Büro geschlurft und durchquerte das Wohnzimmer, ohne seine Kollegen anzusehen. Als er an ihnen vorbeiging, fuhren Rosière und Lebreton mit einer Mischung aus Überraschung und Angst hoch. Die Lammfelljacke über der Schulter und die Hände in den Taschen seiner Cordhose, marschierte Torrez auf die Tür zu. Capestan zögerte erst, beschloss dann aber, mit offenen Karten zu spielen.

»Ich werde morgen da sein, aber fühlen Sie sich nicht verpflichtet, auch zu erscheinen«, sagte sie.

Bei einem derart kleinen Team machte das sowieso keinen Unterschied.

Torrez schüttelte unbeirrt den Dickschädel. »Ich werde von acht bis zwölf und von zwei bis sechs bezahlt.«

Er klopfte mit dem Zeigefinger auf seine Armbanduhr und sagte: »Bis morgen.«

Damit zog er die Tür hinter sich zu. Anne Capestan drehte sich zu Eva Rosière und Louis-Baptiste Lebreton und wartete auf ihre Reaktion.

»Das Ganze hier ist eine Sache von ein paar Monaten«, fing Rosière an. »Da riskier ich doch nicht meinen Kopf wegen Arbeitsverweigerung.«

Sie strich mit den Fingerspitzen über ihre Halskette und tastete die zahlreichen Anhänger – hauptsächlich Heiligenbilder – ab, die auf ihren vollen Brüsten ruhten.

»Torrez hat ja sein eigenes Büro, oder?«

Capestan nickte und wandte sich an Lebreton. Bevor er wieder in seinen Aktenkarton abtauchte, ließ er sie knapp wissen, was er zu tun gedachte: »Hier drin gibt es zwangsläufig einen Fall, der es wert ist, bearbeitet zu werden. Ich finde ihn.«

Für den Anfang waren sie also zu viert. Statt der zwanzig, auf die sie gehofft hatte. Alles in allem gar nicht so schlecht. Anne Capestan war zufrieden.

4.

Am nächsten Tag suchten sie stundenlang weiter. Sie pickten sich aus den Kartons, die die gesamte Flurwand bedeckten, zufällig welche heraus und durchstöberten die Akten, in der Hoffnung, einen Fall zu finden, der eine gründlichere Untersuchung verdiente. Eva Rosière sprach als Erste ihren Überdruss aus: »Mal im Ernst, Commissaire, sollen wir uns jetzt bis zum Sankt-Nimmerleins-Tag mit beknackten Handydiebstählen herumschlagen?«

»Wahrscheinlich, Capitaine. Die haben uns nicht hierhergeschickt, damit wir Mesrine jagen. Aber na ja, man weiß nie. Nicht aufgeben!«

Wenig überzeugt baute sich Rosière vor den Kartons auf.

»Na wunderbar. Ene, mene, miste ... ach Scheiß drauf, ich geh einkaufen.«

Mit einer theatralischen Geste griff sie nach ihrer Jacke. Eva Rosière war generell keine Frau, die Angst vor Aufmerksamkeit hatte: Ihr Haar war flammend rot, die Lippen glänzend pink und ihre Jacke metallicblau. Nicht ein Fädchen Beige oder Grau wagte sich in den Kleiderschrank dieser schillernden Polizistin.

»Augenblick«, warf Lebreton leise ein.

Er hatte gerade eine Akte aufgeschlagen. Capestan und Rosière traten an seinen Schreibtisch.

»Ein Mord. Lag ganz oben in der hier«, sagte er und deutete auf eine Schachtel mit dem Stempel »Orfèvres«. »Der Fall ist von 1993 und betrifft einen Mann namens Yann Guénan. Erschossen. Die Jungs von der Flussbrigade haben ihn aus der Seine gefischt. Er hatte sich in einer Schiffsschraube verfangen.«

Die drei Polizisten betrachteten ungläubig ihre Entdeckung. Ein Lächeln umspielte ihre Lippen, während sie ein paar Sekunden lang ehrfürchtig schwiegen. Der Schatz stand seinem Finder zu.

»Wollen Sie den Fall übernehmen?«, schlug Capestan Lebreton vor.

»Gern.«

Es würde sich zeigen, ob der Ritter der internen Ermittlungen auch so kompetent war, wenn es darum ging, in den trüben Wassern der Seine und ihren Leichen herumzuwaten. Anne Capestan hatte die Zusammenstellung der Teams für den Fall, dass sich eine Ermittlung auftat, schon geplant: Sie wollte nicht mit Lebreton arbeiten, und niemand wollte mit Torrez arbeiten. Bei vier Leuten war die Rechnung schnell gemacht. Sie wandte sich an Rosière. »Capitaine, Sie unterstützen ihn.«

»Perfekt!« Eva Rosière rieb sich die drallen, mit bunten Ringen besetzten Hände. »Also, was hat uns unser Wassermann zu erzählen?«

5.

»Bitte heirate mich.«

Obwohl Gabriel leise sprach und versuchte, keine Aufmerksamkeit zu erregen, konnte er nicht verhindern, dass sein Antrag durch das Pariser Schwimmbad Piscine de Pontoise hallte. Seine Worte wurden vom Wasser weitergetragen, prallten von den dunkelblauen Fliesen ab und kamen als Echo zurück, gespannt auf Manons Antwort.

Jetzt, mitten am Nachmittag, war das Becken praktisch leer. Nur ein paar Stammgäste zogen ihre Bahnen und verfolgten ein unbekanntes Ziel. Und solange Gabriel und Manon ihnen nicht in die Quere kamen, scherten sie sich nicht um das Geplauder und Gespritze. Manon schwamm mit einer perfekt fließenden Brusttechnik, ganz anders als Gabriel, der unkoordinierte Bewegungen vollführte, um mit ihr mitzuhalten. Sie lächelte ihn durch den Wasserfilm auf ihrem Gesicht an.

»Wir sind viel zu jung, Gab...«

Gabriel passte genau den Moment ab, in dem Manon den Kopf aus dem Wasser hob, um seine Sätze zu beginnen.

»Wir sind immerhin volljährig.«

»In deinem Fall noch nicht besonders lange.«

»Soll ich dir zeigen, wie erwachsen ich bin?«, fragte

Gabriel, noch immer stolz auf seine Leistungen in ihrer letzten Liebesnacht.

Er ging fast unter und musste heftig mit den Beinen schlagen, um an der Oberfläche zu bleiben. Manon hatte zwei Meter Vorsprung gewonnen. Er holte sie wieder ein.

»Wenn du mich nicht heiraten willst, wie wär's dann mit einem Gelübde? Einer eingetragenen Partnerschaft? Blutsbrüderschaft mit einem rostigen Messer?«

»Du gibst nie auf, oder? Wir haben das doch schon tausendmal besprochen...«

Sie kamen an einer alten Frau vorbei, die eine über und über mit Gummiblumen besetzte Badekappe trug. Sie würdigte sie keines Blickes, sondern konzentrierte sich voll und ganz auf ihr Ziel. Auch Gabriel hatte ein Ziel, und er würde sich nicht davon abbringen lassen.

»Ich kann auch auf die Knie gehen. Das würde ich machen, sogar hier, mitten im Schwimmbecken. Dann schlucke ich zwar eine Menge Wasser, aber du hättest deinen romantischen Antrag. Ist es das, was du willst? Einen großen, romantischen Antrag? Einen Ring in einem Kuchen? Erdbeeren im Champagner?«

»Hör schon auf! Wenn du weiter so rumspinnst, geh ich noch unter.«

Manon war wunderschön. Selbst in literweise Chlor getaucht, roch sie großartig. Gabriel war verrückt nach ihr. Er neckte sie, bespritzte sie mit Wasser, mimte den Romantiker aus den amerikanischen Liebeskomödien, den Schüchternen mit dem empfindsamen Gemüt. In Wirklichkeit jedoch sehnte sich jede Zelle seines Körpers nach Manons Antwort, und ihm war überhaupt nicht zum Lachen zumute. Sie musste ihn einfach heiraten. Sie durfte nicht weggehen, davonfliegen, verschwinden, weiterziehen. Sie sollte für immer bei ihm bleiben, ihm nie fehlen. Wenn ein Blatt Papier die Macht hatte, auch nur ein Jota Einfluss darauf zu nehmen, dann wollte Gabriel es unterzeichnen.

»Komm schon, Manon. Ich liebe dich. Und das wird sich auch in den nächsten fünfzig Jahren nicht ändern.«

»Aber wir haben doch noch so viel Zeit...«

Er schüttelte sich, und seine Haare flogen wie das Fell eines Hunds. Rotbraune Strähnen klebten an seiner Stirn.

»Ja. Fünfzig Jahre. Und die fangen an, wann du willst.«

Manon klammerte sich an den Rand des Beckens, um kurz zu verschnaufen, und musterte ihn. Ihre Augen, deren kleinste Veränderung er kannte, verrieten ihm, dass sie Ja sagen würde. Er nahm all seine Sinne zusammen und setzte sein Erinnerungsvermögen in Gang. Er musste diese Minute festhalten. Er hatte schon so viele Minuten seines Lebens vergessen, bedeutende Minuten, die hoffnungslos und für alle Zeit verloren waren. Diese hier musste er bis in die unterste Schicht seines Gehirns prägen.

»Okay. Wir tun's.«

Sie ließ sich Zeit, bevor sie hinzufügte: »Ja.«

*

Gabriel hüpfte förmlich nach Hause. Er wollte seinem Vater die Neuigkeit verkünden. Er war schon auf dem Boulevard Beaumarchais, noch ein paar Meter, dann war er da. Er hüpfte noch immer, aber bei jedem Satz spürte er, wie eine kleine Bleikugel gegen seine Magenwand schlug. Je näher er kam, desto schwerer wurde sie. Bloß ein Unwohlsein, ein Schluckauf, das würde gleich weggehen, er wusste nicht, woher es überhaupt rührte, also war es bestimmt gleich wieder verschwunden.

Das Kügelchen wurde zur Boulekugel. Gabriel klingelte kurz, bevor er die Tür mit seinem Schlüssel aufmachte. Sein Vater saß in seinem Armsessel. Als er ihn hörte, drehte er den Kopf und stand auf, um ihn zu begrüßen. Groß, stark, erhaben. Sein Vater war eine Kathedrale. Gerade nahm er die Brille ab und öffnete den Mund, um ihn, wie jeden Abend, nach seinem Tag zu fragen.

Ohne Vorrede platzte Gabriel heraus: »Papa! Manon hat eingewilligt, meine Frau zu werden.«

Sein Vater sah aus, als wolle er lächeln, sonst zeigte er keine Reaktion. Gabriel hatte den Eindruck, dass er leicht überrumpelt war, überrascht von der Neuigkeit. Wahrscheinlich fand er, Gabriel sei zu jung, noch nicht bereit.

»Wir wollen im Frühjahr heiraten, wenn alles klappt. Ich brauche das Familienstammbuch.«

Sein Vater zuckte beinahe unmerklich zurück, versteifte sich plötzlich. Ein Schatten trat in seine Augen und nistete sich dort ein.

6.

Als Anne Capestan am nächsten Morgen die heruntergekommene Wohnung im fünften Stock betrat, die man wohl oder übel ihr Kommissariat nennen musste, begegnete sie einem glatzköpfigen Mann in einem blauen Anzug von der Statur eines Kubikmeters. Bei seiner morgendlichen Rasur hatte er eine Stelle unter dem Kinn vergessen, und auf seiner Krawatte waren Flecken; mehrere Flecken, die weder von derselben Mahlzeit noch vom selben Tag stammten. Auf dem Revers seines Jacketts trug er ein Abzeichen des Lions Club, von dem er wohl hoffte, dass man es für eine Ehrenlegion hielt. In der Hand hatte er einen Plastikbecher. Er neigte höflich den Kopf.

»Capitaine Merlot, zu Ihren Diensten. Mit wem habe ich die Ehre?«

Ein überwältigender Geruch nach Rotwein verpestete die Luft, und Capestan versuchte, so wenig wie möglich zu atmen, während sie antwortete: »Commissaire Capestan, guten Morgen, Capitaine.«

Fröhlich und in keinster Weise verlegen durch die Erinnerung an ihren Rangunterschied erwiderte Merlot: »Hocherfreut, werte Freundin. Leider wird meine Anwesenheit bei einer Verabredung verlangt, zu der ich mich nicht verspäten darf, aber ich hoffe, wir können unsere Bekanntschaft bald vertiefen, denn ...«

Merlot salbaderte noch ein paar Minuten über die Wichtigkeit seiner Verabredung und die Bedeutung seiner Freunde, bevor er den leeren Becher auf einen Kartonstapel im Eingangsbereich stellte und versprach zurückzukommen, sobald seine Verpflichtungen es erlaubten. Anne Capestan nickte lächelnd, als sei dieses Gleitzeitsystem völlig selbstverständlich, dann ging sie hinein und riss sofort das Fenster auf. Sie durchsuchte ihren geistigen Aktenschrank nach Merlot. Er war Capitaine, ein »Schreibtisch-Opa«, wie man die alternden Vollzugsbeamten bezeichnete, die sich um den Papierkram kümmerten. Nach dreißig Jahren bei der Sitte sah er jetzt nur noch von der Seitenlinie aus zu. Als notorischer Alkoholiker und unverbesserlicher Schwätzer arbeitete er die meiste Zeit überhaupt nicht, aber er verfügte über viel Geschick im Umgang mit Menschen. Capestan hoffte, er würde wirklich zurückkommen und die Reihen verstärken – nach seiner glorreichen Verabredung und ein paar Aspirin. In der Zwischenzeit musste sie erst einmal ihr Viererteam bei Laune halten. Und José Torrez dazu überreden, mit ihr zusammen zu ermitteln.

Gestern hatte sie in einem Karton der Kriminalbrigade, zwischen einem Selbstmord und einem Verkehrsunfall, eine interessante Akte entdeckt. Eine alte Frau war bei einem Einbruch erdrosselt worden. Den Täter hatte man nie gefunden. Der Fall lag bereits sieben Jahre zurück, verdiente jedoch eine Neuaufnahme.

Bevor sie nach Hause gegangen war, hatte sie eine Kopie der Akte auf Torrez' Schreibtisch platziert, um schon einmal die Weichen zu stellen. Wenn er sich, wie erwartet, seit

Punkt acht Uhr am Ende des Flurs verbarrikadierte, war er jetzt gerade dabei, sie zu lesen. Damit war die Schlacht allerdings noch lange nicht gewonnen.

Anne Capestan begrüßte kurz Louis-Baptiste Lebreton, der einen Computer mitgebracht hatte und mit einem Haufen Kabel kämpfte, um ihn ans Internet anzuschließen. Sie legte Handtasche und Mantel auf einen Stuhl neben ihrem Schreibtisch, und ihre Hände wanderten automatisch an den Gürtel, um die Smith & Wesson Bodyguard aus dem Halfter zu holen. Diese kompakte und leichte Waffe mit fünf Schuss, die .38 Spezialpatronen abfeuerte, hatte ihr Buron, damals Leiter der Spezialeinheit BRI, an ihrem ersten Tag in seiner Abteilung geschenkt. Doch der Revolver war nicht an seinem angestammten Platz. Anne Capestan war nicht länger berechtigt, eine Waffe zu führen. Um ihre Bewegung zu begründen und sich nicht allzu lächerlich zu machen, tat sie so, als wolle sie ihren Gürtel zurechtrücken, und schaltete die Schreibtischlampe ein.

Danach nahm sie die große rote Einkaufstasche, mit der sie gekommen war, und ging in Richtung Küche. Sie beförderte eine Kaffeemaschine, eine Schachtel mit sechs Tassen und Untertassen, vier große Kaffeebecher, Gläser, Teelöffel, drei Pakete gemahlenen Kaffee, Zucker, Spülmittel, einen Schwamm und ein Geschirrtuch mit dem Aufdruck »Fromages de France« zutage und bot Louis-Baptiste Lebreton widerwillig eine Tasse Kaffee an. Der lehnte ab. Das nächste Mal würde sie sich die Frage schenken.

Mit einem dampfenden Becher in der Hand kehrte sie schließlich an ihren Schreibtisch zurück und sah sich die Akte zu ihrem Mordfall genauer an: Marie Sauzelle, sechsundsiebzig, tot aufgefunden im Juni 2005 in ihrem Einfamilienhaus in der Rue Marceau 30 in Issy-les-Moulineaux. Das erste Foto genügte, und Capestan bekam nichts mehr von ihrer Umgebung mit.

*

Die alte Dame saß würdevoll auf dem Sofa. Ihre Haut war blau verfärbt. In den Augen und auf den Wangen waren rote Flecken zu erkennen, die Zungenspitze schaute zwischen den Lippen hervor, und ein panischer Ausdruck lag auf dem gedunsenen Gesicht. Aber ihre Hände waren sittsam gefaltet, und sie war ordentlich frisiert. Die Schildpattspange, die ihr Haar zurückhielt, war verkehrt herum befestigt.

Das Wohnzimmer rund um das untadelige Opfer allerdings sah aus, als sei buchstäblich eine Bombe explodiert. Alle Nippsachen waren aus den Regalen geschleudert worden. Der Boden war übersät mit den Überresten von Porzellantieren. Ein Barometer in Pudelform aus rosafarbenem Quarz ganz vorne im Bild sagte milde Temperaturen voraus. Ein Strauß Holztulpen war auf dem Teppich verstreut. Wie um ihn zu verhöhnen, stand auf dem Couchtisch ein zweiter Strauß, dieses Mal echte Blumen, in seiner auf wundersame Weise heil gebliebenen Vase.

Das nächste Foto zeigte das Wohnzimmer aus einem anderen Winkel. CDs und Bücher in allen Größen ruhten vor einem Schrank aus Eichenholz. Auf dem Fernseher gegenüber dem Sofa – einem Röhrenmodell – lief Planète. Ein Detail machte Capestan stutzig, und sie suchte in ihrer Tasche nach ihrer Klapplupe. Sie holte das Instrument mit dem Rahmen aus poliertem Stahl aus seiner Hülle und richtete es auf den Fernsehschirm. In der rechten unteren Ecke war ein Symbol. Ein durchgestrichener Lautsprecher. Der Fernseher war stumm geschaltet.

Anne Capestan legte die Lupe beiseite und breitete die Fotos auf ihrem Schreibtisch aus, um sich ein Gesamtbild zu verschaffen. Nur Wohn- und Schlafzimmer waren verwüstet worden. Bad, Küche und Gästezimmer waren unversehrt. Sie überflog den Tatortbefundbericht: Das Schloss der Haustür war aufgebrochen worden. Capestan trank einen Schluck Kaffee und dachte nach.

Ein Einbruch. Der Fernseher ist stumm geschaltet, also hat Marie Sauzelle zum Tatzeitpunkt ferngesehen. Man lässt den Apparat nicht an, wenn man ins Bett geht. Sie hört ein Geräusch und macht den Ton aus. Das Wohnzimmer befindet sich direkt gegenüber der Haustür, deswegen überrascht sie den Einbrecher, als er hereinkommt. Doch anstatt zu fliehen wie jeder andere Einbrecher, tötet er sie. Dann setzt er sie wieder hin und bringt, dem gepflegten Haar und der verdrehten Spange nach zu urteilen, ihre Frisur in Ordnung. Anschließend stellt er das Wohnzimmer auf den Kopf, auf der Suche nach Bargeld vermutlich, und das Schlafzimmer, aus dem der Schmuck verschwunden ist.

Anne Capestan spielte mit der Lupe auf dem Tisch. Der Einbrecher wirkte auf sie labil und unlogisch, irgendwie nervlich angeschlagen. Ein Drogensüchtiger vielleicht oder ein Anfänger, was die Ermittlungen immer ungemein erschwerte. Sie nahm sich den Obduktionsbericht und die Vernehmungsprotokolle vor.

Marie Sauzelle war durch Erdrosselung gestorben. Die Leiche war nicht unmittelbar entdeckt worden, sondern erst ungefähr zwei Wochen nach ihrem Tod. Der Gerichtsmediziner hatte weder Zeitpunkt noch Tag des Todes genau bestimmen können. Er hatte einen blauen Fleck am rechten Unterarm vermerkt, der wahrscheinlich von einem Kampf herrührte, aber keine Haut des Angreifers unter den Fingernägeln gefunden.

Die Spurensicherung hatte weder DNS noch Fingerabdrücke am Tatort sichergestellt, außer denen des Opfers und seiner Haushaltshilfe, die sich zum Tatzeitpunkt in Le Lavandou aufgehalten hatte, bei strömendem Regen; »manche haben einfach kein Schwein«, wie sie es ausdrückte, wobei sie an das Wetter und nicht an den Mord dachte.

Obwohl das zuständige Team der Kriminalbrigade ziemlich schnell auf einen eskalierten Einbruch geschlossen hatte, hatten sie auch in andere Richtungen ermittelt. Die Überprüfung der Telefonabrechnung ergab einige kürzere Gespräche mit der Familie, ein paar Behörden, einigen Freunden, nichts Ungewöhnliches. Die Bankbewegungen des Opfers waren ebenfalls unauffällig, nur das Girokonto war außergewöhnlich gut bestückt.

Die Zeugenaussage einer Freundin erwähnte Marie Sauzelles ausgeprägtes Vereinsleben und besonders ihre Leidenschaft für Tango: »Vor einem Jahr habe ich sie mal mitgenommen, und das hat ihr Leben verändert. Marie hat mehrere Kurse pro Woche besucht, und jeden Donnerstag waren wir zusammen beim Tanztee im Balajo. Sie hat sich die unglaublichsten Kleider gekauft: Röcke mit langen Schlitzen und tief ausgeschnittene Bodys. Für ihr Alter hatte sie sich gut gehalten ... Ja, sie war begabt und immer so fröhlich. Selbst beim Tanzen konnte sie nicht aufhören zu summen: tam tam tadam, tadadadam, tam tam tam tadam ...

Ihre Partner hat das freilich eher gestört.« Die südländische Aufmachung dürfte dabei tatsächlich an Wirkung eingebüßt haben, und Capestan musste lächeln, als sie sich die enttäuschte Miene der geleckten Opis vorstellte.

Der Nachbar Serge Naulin, sechsundfünfzig Jahre alt, hatte die Behörden verständigt. Der Bruder des Opfers, André Sauzelle, achtundsechzig, wohnhaft in Marsac, war besorgt gewesen, weil er länger nichts von seiner Schwester gehört hatte, und hatte ihn gebeten nachzusehen, ob alles in Ordnung sei. Nachdem Naulin mehrfach erfolglos geklingelt hatte und »weil irgendwas da drin furchtbar gestunken hat«, hatte er die Feuerwehr gerufen, die wiederum die Polizei benachrichtigte.

Das Vernehmungsprotokoll des Bruders umfasste nur zwei einfache Seiten, aber seine Akte im Anhang zeichnete das Bild eines cholerischen und gewaltbereiten Mannes, der bereits wegen häuslicher Gewalt aufgefallen war. Der ideale Verdächtige. Doch der Verdacht hatte sich nicht erhärtet: keine belastenden Beweise, kein offensichtliches Motiv und die räumliche Entfernung ohne Bankbewegungen, die auf eine Reise hingewiesen hätten. Also hatte sich die Kriminalbrigade wieder auf die zur damaligen Zeit aktiven Einbrecher konzentriert – ohne Erfolg.

Sie mussten noch einmal bei null anfangen, den Tatort besichtigen und die Nachbarn befragen. Nach sieben Jahren standen die Chancen gut, dass sich noch jemand an irgendetwas erinnerte. Einen Mord nebenan vergisst man nicht so schnell.

*

Als Anne Capestan gerade aufstehen wollte, um Torrez zu suchen, fiel ihr ein Kopf auf, der neugierig durch die Eingangstür spitzte. Er gehörte zu einem schlaksigen jungen Mann mit spärlichem hellem Haar. Er sah sich kurz um, hob die Hand und verschwand prompt wieder. Capestan identifizierte ihn als Brigadier Lewitz, der im SRPJ Nanterre übereifrig drei Autos in drei Monaten zu Schrott gefahren hatte. Er war an diesem Vormittag schon der Zweite, der auftauchte und wieder abhaute. Wenn man Merlots Kurzbesuch mitzählte, konnte man vielleicht sogar sagen, dass dieses Kommissariat sich allmählich füllte: eine Brigade voll Blindgänger.

Sie waren zu sechst.

Lebreton arbeitete gerade die Akte Yann Guénan durch und wartete darauf, dass Eva Rosière sich dazu bequemte, ihren ausladenden Hintern herzuschwingen. Jedes Mal, wenn er umblätterte, tippte er einmal kurz mit dem Kugelschreiber auf den Schreibtisch, wie ein Schlagzeuger mit Zuckungen. Trotzdem strahlte er nicht die geringste Spur Angespanntheit aus, nie. Vor seiner Zeit bei der Dienstaufsicht war er zehn Jahre lang bei der Antiterrorbrigade gewesen, diesen Mann brachte so schnell nichts aus der Ruhe. Er war ein Fels der Gelassenheit, der nur manchmal durch Anwandlungen von Arroganz Risse bekam. Er schaute nicht auf, als Capestan vorbeiging.

Durch die Tür hörte sie die Stimme von Daniel Guichard *Mon vieux* singen. Sie klopfte, und es dauerte bestimmt fünf Sekunden, bis ein »Herein!« zurückkam, das mehr wie ein »Wer zum Teufel stört mich und warum?« klang. Sie trat ein; dann würde sie eben den Störenfried spielen, wenn das nötig war. José Torrez lag ausgestreckt auf einem braunen Samtsofa, das gestern noch nicht da gewesen war. Wie hatte er es bloß hier raufgebracht? Ein Rätsel... An der Wand hing eine Kinderzeichnung, die eine Sonne und einen Hund zeigte, oder eine Katze, vielleicht auch ein Pferd. Der aufgeschlagenen Akte auf den Knien des Lieutenants nach zu urteilen, war er schon fast fertig mit der Lektüre.

»Ich fahre nach Issy«, verkündete Capestan. »Kommen Sie mit?«

»Ich fahre nirgendwohin, mit niemandem. Nichts gegen Sie«, antwortete Torrez, ohne den Blick von der Seite zu lösen.

Auf dem Schreibtisch des rätselhaften Polizisten bemerkte Anne Capestan einen selbst gebastelten Stiftehalter aus Kupferblech. In der Mitte war eine Blume eingeprägt und mit rotem Nagellack nachgezogen, die »Alles Gute zum Vatertag, Papa!« verkündete. Freundlich, aber ohne zu lächeln, stellte Capestan klar: »Und ob. Von acht bis zwölf und von zwei bis sechs kommen Sie mit mir, Ihrer Vorgesetzten, wenn Sie ermitteln wollen.«

Anne Capestan mochte solche Machtproben nicht besonders. Um ordnungsgemäß arbeiten zu können, brauchte sie allerdings einen Partner, und außer Torrez war niemand verfügbar. Also würde er sich wohl oder übel damit abfinden müssen.

José Torrez taxierte sie kurz. In seinem Gesicht spiegelte sich Resignation. Er setzte sich schwerfällig in Bewegung und packte seine Jacke. Als er an Capestan vorbeischlurfte, sagte er düster: »Es sind immer die anderen, die am Ende im Krankenhaus landen, wissen Sie?«

An den Rücken des Lieutenants gewandt, gab sie im gleichen Tonfall zurück: »Sollte ich am Ende der Woche tot sein, können Sie ja behaupten, Sie hätten mich gewarnt.«

Key West, im Süden Floridas,
USA, 18. Januar 1991

Alexandre saß auf der Holzterrasse seines kleinen Häuschens im Kolonialstil, ein weißer, reich verzierter Bau, und nippte an einem Rum mit Eis. Der Schweiß ließ das Glas durch seine Finger rutschen. Rosa, die im achten Monat schwanger war, trank neben ihm Zitronensaft. Beide genossen das regelmäßige Hin und Her der Hollywoodschaukel, das leise Klappern der Fliegengittertür und den Duft der Kletterbougainvillea. Doch die normalerweise so aktive Rosa langweilte sich allmählich auf ihrem gepolsterten Kissen. Sie wollte spazieren gehen, bloß ganz kurz, bloß in der Nähe.

Ein neues Museum habe aufgemacht, es wäre doch bestimmt interessant, sich das mal anzuschauen. Die »Treasure Exhibit« zeigte einen bescheidenen Teil der Beute, die der berühmte Mel Fisher aus den Wracks zweier spanischer Galeonen geborgen hatte. Alexandre tauchte ebenfalls, und die Vorstellung, einem Kerl Geld dafür hinzublättern, dass er sich durch das Zurschaustellen eines Bruchteils seiner glorreichen vierhundert Millionen Dollar selbst beweihräucherte, reizte ihn überhaupt nicht. Aber Rosa, der strahlendste aller Schätze, bestand darauf.

Alexandre wurde nie müde, sie zu betrachten. Rosa, die Kubanerin, die wie Tausende andere vor Fidel Castro Geflüchtete eine Tochter Floridas geworden war. Es war nicht ihre Schönheit im eigentlichen Sinne, die ihn faszinierte, vielmehr eine winzige Nuance in der Abfolge ihrer Bewegungen, der fließende Charakter ihrer Gesten. Bei deren Anblick zog sich Alexandres Magen zusammen, weil er in ihnen das perfekte Gegenstück zu seinen eigenen Bewegungen, seinen eigenen Gesten erkannte. Rosas Blick war von einer Intensität, einer Mischung aus Autorität und Melancholie, die ihn aus der Bahn warf. Und sie erwartete ein Kind von ihm. Sie würden bis in alle Ewigkeit verbunden sein. Wenn sie sich also durch die Horden schmutziger, schwitzender Einfaltspinsel zu Mel Fishers Touristenfalle kämpfen wollte, bitte schön, er würde ihr folgen.

7.

»Verfluchte Scheißhandtasche«, schimpfte Eva Rosière vor sich hin, während sie ihr Handy suchte.

Sie stellte ihre Louis Vuitton Monogram auf die Treppe und riss wütend den gesamten Inhalt heraus. Endlich fand sie das Telefon und scrollte durch das Verzeichnis bis zu Lebretons Nummer.

»Eva hier. Ja, ich komme später als geplant... Nein, mein Hund hat beschlossen, mir auf den Geist zu gehen. Ich bin schon seit einer halben Stunde mit ihm Gassi, und er will einfach nicht pinkeln... Quatsch, wir müssen nicht zum Tierarzt, dem geht's gut, ich kenne ihn, das macht er nur, um mich auf die Palme zu bringen. Er will nicht, dass ich ihn allein lasse.« Und an ihren Hund gewandt, fügte sie hinzu: »Hm, Pilou, du glaubst doch nicht, dass Maman mit dir bis zum Mont-Saint-Michel marschiert?«

Aber genau das tat Pilote – Pilou für seine Freunde – anscheinend. Mit seiner feuchten Schnauze und den großen Pfoten, die noch lange nicht genug hatten, stand er da und sah sein Frauchen an, als wolle er sagen, Maman könne sehr wohl mit ihm bis in die Normandie spazieren, sie habe ja sonst nichts zu tun.

Am anderen Ende der Leitung verkündete Louis-Baptiste

Lebreton: »Ich habe Nachforschungen über unseren Seemann angestellt.«

»Aha.«

Rosière ging ein paar Schritte und versuchte, Pilou zu motivieren, indem sie immer wieder leicht an der Leine zog, aber nichts zu machen, er schnüffelte und schnüffelte, und das war's.

»Sag mal, Louis-Baptiste, würde es dich stören, wenn wir uns hier treffen statt im Kommissariat? Dann schleife ich meinen Tyrannen noch ein bisschen hinter mir her, und du erzählst mir alles bei einer Tasse Kaffee bei mir zu Hause.«

»Wo wohnst du?«

»Rue de Seine 27.«

»Okay. Ich bin in einer Viertelstunde da.«

Und weil sie es sich nicht verkneifen konnte, schob sie hinterher: »Von außen sieht es aus wie ein Mehrfamilienhaus, aber da wohne nur ich. Also klingel einfach, dann lass ich dich rein.«

Am Vorabend hatte Eva Rosière am Set von *Laura Flammes* vorbeigeschaut. Sie sollte dort nicht hin, das wusste sie, doch sie konnte nicht anders. Das war ihr kleines Ritual. Jedes Mal hoffte sie, dass man sie inmitten der Kameras wie einen Star willkommen heißen würde. Sie stellte sich vor, wie die Schauspieler, dankbar für die vielen schlagfertigen Dialoge, sie mit ihrem breitesten Zahnblendenstrahlen begrüßen würden. Dass der Regisseur, glücklich über so innovative Actionszenen, ihr feierlich die Hände tätschelte. Aber nein. Wieder nichts. Nach sechs Staffeln war Eva Rosière dank des knallharten Vertrags, den ihr berüchtigter Agent ausgehandelt hatte, stinkreich. Am Set empfing man sie allerdings, genau wie gestern, noch immer mit einem gekünstelten Lächeln, so als müsste die Alzheimer-Oma zurück in ihr Zimmer geschickt werden. Ehrerbietungen gab es nur für die Schauspielerinnen. Als Drehbuchautor hatte man abzuliefern und gefälligst nicht zu nerven. Und allein vor seiner Tastatur zu hocken.

Eva Rosière verging fast vor Einsamkeit. Und ein solches Problem ließ sich nicht durchs Schreiben lösen. Sie hatte den Abgrund nicht kommen sehen. In ihrer glücklichen Anfangszeit als Autorin war sie gleichzeitig auch Mutter und Polizistin gewesen. Ihr gesellschaftliches Leben pulsierte, sie war erfolgreich und wohlhabend. Sie hatte keine Eltern mehr, nie einen Ehemann gehabt, aber ihr Sohn Olivier wohnte noch bei ihr, während er sein Examen als Physiotherapeut machte. Er verteilte sein Zeug in der ganzen Wohnung und kochte jeden Abend. Was den Berufsalltag anging, lebte Eva Rosière wie der Bulle im Speck in der Chefetage der Polizei, wo alle Informationen zusammenliefen und die aus dem Einsatz zurückgekehrten Polizisten schufteten. Kollegen, Büro, Klatsch und Tratsch auf der einen Seite, Anerkennung und ein trautes Heim auf der anderen – sie war mit beidem gesegnet. Aber sie musste ja alles auf eine Karte setzen: Beurlaubung, Fernsehen.

Plötzlich machte sie nichts anderes mehr als schreiben. Von morgens bis abends. Die Serie und ihre unersättlichen Anforderungen hatten den Ideentank leer gepumpt. Kein einziger Tropfen Fiktion floss mehr durch ihre Adern.

Und unwissentlich hatte sie mit der Polizei auch ihre Freunde verlassen. Jetzt war die Tastatur ihre einzige Kollegin, der Bildschirm ihr einziger Gesprächspartner, Olivier ihr einziger Kontakt zur Außenwelt. Ein Band, das unglaublich dünn geworden war nach seinem Abflug nach Papeete.

Tahiti. Eva Rosière hatte es auf dem Globus überprüft: Weiter weg von Paris ging es kaum.

Während des letzten Jahres ihrer Freistellung hatte sie überhaupt niemanden mehr gesehen, außer zwischen Tür und Angel, für eine Vertragsunterzeichnung oder eine Besprechung. All ihre Beziehungen waren sinnvoll, zweckmäßig. Unverbindliche Treffen gab es nicht mehr. Morgens sah sie niemanden, nachmittags sah sie niemanden, und sie wusste genau, dass abends, wenn sie vom Bäcker zurückkam, auch niemand da sein würde. Eine Woche mit sieben Sonntagen. Was brachte der ganze Erfolg, wenn man vor niemandem damit angeben konnte? Ihr Leben ähnelte mehr und mehr einem Werbeplakat gegen Vereinsamung.

Deswegen war sie in den Polizeidienst zurückgekehrt. Am Quai des Orfèvres konnte sie gleichzeitig ihren Alltag und ihren Ideenvorrat füllen. Alles kam wieder in Schwung. Hier konnte sie rumblöken, ohne gefeuert zu werden. Zumindest hatte sie das gedacht, bis man sie in diese Brigade gesteckt hatte. Na ja, man würde sehen. Bei nur drei Kollegen war sie zumindest, was Vertrautheit anbelangte, im Moment bedient.

Eva Rosière hatte sich auf die Jagd nach Informationen begeben, und was sie an Gerede und Gerüchten aufgespürt hatte, hatte sie neugierig gemacht. Sie war nicht unglücklich darüber, mit Anne Capestan zu arbeiten. Die in Ungnade gefallene Musterschülerin mit der Sanftmut einer Kalaschnikow. Dieses Mädchen war ein echter Glücksgriff für ein Drehbuch. Normalerweise konnte Eva Rosière dem bürgerlichen Milieu eher wenig abgewinnen, aber diese

Frau hatte etwas, das musste man zugeben. Und sie ging einem nicht auf die Nerven. Eine natürliche Autoritätsperson, eine wahre Willensgewalt, aber nicht der Typ, der einem auf die Füße trampelte. Und sie hatte Torrez genommen, anstatt ihn jemand anderem anzuhängen, das zeugte von Mut. Rosière schlug sich tausendmal lieber mit dem Apollo vom IGS herum. Außerdem schien die Akte des ermordeten Seemanns vielversprechend.

Überhaupt dachte sie so viel über den Fall nach, dass sie den ganzen Vormittag noch keine einzige Zeile geschrieben hatte. Sie musste dringend ein paar neue Folgen abliefern, aber kein Autor sitzt gern mit Schreibblockade vor dem leeren Bildschirm. Rosière hatte trotzdem verbissen versucht, irgendetwas zu Papier zu bringen. Das hatte Pilotes zweiten gewerkschaftlich vorgeschriebenen Gassigang verzögert, daher der Racheakt. Ihr Hund war kleinlich, was den Zeitplan betraf.

Wie sollte man in einem Fall ermitteln, der zwanzig Jahre zurücklag? Die Akte war dünn, die Vernehmungen nichts Halbes und nichts Ganzes. Die zuständigen Beamten von damals hatten geschludert: Es war die Arbeit von richtigen Faulpelzen.

Eva Rosière blieb mitten auf dem Bürgersteig stehen, zog eine Zigarette aus der Packung und zündete sie mit ihrem goldenen Dupont-Feuerzeug an. Der Name Laura Flammes war hineingraviert. Sie blies den Rauch durch die Nase aus. Der Mord an einem arbeitslosen Seemann hatte nicht gerade die Massen bewegt. Seine Witwe hatte am Anfang ein bisschen Stunk gemacht und später dann angefangen zu trinken. Vielleicht trank sie immer noch, und der Welt ging es immer noch am Arsch vorbei. Rosière stellte sich den Auftritt der Witwe mit der Saufnase bildlich vor, verlegte ihn ins Fernsehformat und dachte sich einen Dialog aus, der die Gefühle rüberbrachte, ohne vor Pathos zu triefen. Pilou nutzte die Pause, um sich zu erleichtern.

Eva Rosière betrachtete die Glut ihrer Zigarette, als Louis-Baptiste Lebretons breite Schultern sich in ihr Sichtfeld schoben. Was für ein Leckerbissen! Wie war der in dieser Schrottbrigade gelandet? Er sah nicht aus wie ein Loser. Sie trat die Kippe mit der Spitze ihrer Louboutins aus.

»Nichts Neues?«, fragte Lebreton und deutete mit dem Kinn in Richtung Hund.

»Doch, die Platane da hat ihn schließlich inspiriert. Direkt vor meiner Haustür. Er hat mich durch das ganze Viertel latschen lassen, um dann in meinen Vorgarten zu pinkeln. Wurde auch Zeit. Na komm, Pilou, einmal drehen?«

Bei diesen Worten sprang der Hund auf die Fußmatte und drehte sich um sich selbst. Linksrum, rechtsrum, und das Ganze noch mal von vorn, wobei er sich gewissenhaft die Pfoten an den harten Borsten abputzte.

»Braver Hund«, lobte Rosière, bevor sie sich an Lebreton wandte. »Kaffee?«

*

Sie saßen auf dem großen Ecksofa aus weißem Leder, die Akte Guénan sorgfältig auf dem Rauchglastisch ausgebreitet. Lebreton rührte seinen Kaffee um, legte den Löffel auf die Untertasse und fasste mit ruhiger Stimme zusammen: »Also, das Opfer ist Yann Guénan, Brückenwachoffizier bei der Handelsmarine. Nach einer kurzen Phase der Arbeitslosigkeit hatte er gerade eine Stelle auf den Bateaux-

Mouches angetreten. Dreißig Jahre alt, verheiratet mit Maëlle Guénan, sechsundzwanzig, Tagesmutter. Die beiden hatten einen Sohn, Cédric, fünf. Die Familie war erst kurz zuvor in die Rue Mazagran im 10. Arrondissement gezogen, unweit von Maëlle Guénans Schwester.«

»Hm.« Eva Rosière griff nach einem Schwarz-Weiß-Foto. »Als die Jungs von der Flussbrigade ihn rausgeholt haben, war er schon eine ganze Weile auf Tauchstation, so wie die Fische ihn angeknabbert hatten. Und bei der durchsichtigen Haut wäre er auch als Qualle durchgegangen. Scheiße, die Jungs haben wirklich Eier, so einen Pudding anzupacken... Der Todeszeitpunkt ist auf die Woche genau?«

»Wir können nach der Vermisstenanzeige seiner Frau gehen.«

»Damit wären wir ungefähr beim 3. Juli 1993. Er wurde das letzte Mal lebend gesehen, als er ein Bistro an der Ecke Quai Branly verließ.«

»Nicht gerade in der Nähe seiner Wohnung...«

»Aber in der Nähe der Seine«, merkte Rosière an, während sie mechanisch über das Kettchen um ihren Hals strich.

»Stimmt.«

»Moment, 1993 – ist der Mord nicht längst verjährt?«

»Nein. Die Witwe hat 2003 neue Beweise vorgelegt, die letztendlich dann keine waren, aber dem Ermittlungsrichter waren die Hände gebunden, und der Fall wurde wiederaufgenommen.«

Lebreton machte eine Pause und lehnte sich zurück, bevor er hinzufügte: »Uns bleiben noch drei Monate. Danach ist die Sache gelaufen.«

Er zog seine Dunhills heraus und hob fragend die Augenbrauen. Eva Rosière nickte und riss bei der Gelegenheit gleich eine neue Packung Vogues auf. Sie zündete sich eine an, nahm einen tiefen Zug, den sie à la Marlene Dietrich auszuhauchen versuchte, und legte ihr Feuerzeug gut sichtbar auf den Tisch. Der Rauch wand sich spiralförmig bis zum Stuck an der Decke. Zu ihren Füßen schnarchte Pilou friedlich auf einem echten schwarz und fuchsiafarben gemusterten Perserteppich, der sechzig Riesen gekostet hatte.

So etwas brauchte man, um sich im Rive-gauche-Stil einzurichten. Das hier war kein Stadtpalais, aber doch schon ein hübsches Häuschen. Hundertachtzig Quadratmeter, verteilt auf drei Stockwerke. Mehr als genug Platz für einen Erwachsenen und einen Hund. Und was für eine Adresse! Rue de Seine. Rosière hatte es vor zwei Jahren gekauft, mit den Einnahmen aus ihren Lizenzrechten im Ausland. Europa, Japan und vor allem Südamerika. Ihre Krimis waren in Argentinien ein Kassenschlager gewesen, und die Fernsehserie war anschließend auf bestellten Boden gefallen. Seitdem lernte sie, im Geiste der Verbundenheit, Spanisch und hatte die Jungfrau von Luján, die Schutzpatronin Argentiniens, zu den Anhängern ihrer Kette hinzugefügt.

Eva Rosière schenkte sich noch eine Tasse Kaffee ein und fragte sich, ob sie ihn besser doch nicht in eine Porzellanteekanne umgefüllt hätte. Vielleicht gehörte sich das nicht. Das muss ich dringend herausfinden! Sie machte sich eine geistige Notiz. Der Aubusson-Teppich an der Wand umrahmte Louis-Baptiste Lebretons Patrizierzüge ausgesprochen gut. Der Commandant fuhr fort: »Die erste Kugel hat die rechte Herzkammer durchbohrt, die zweite die Wirbelsäule zerschmettert. Beide Kugeln haben ihr Ziel erreicht, also war es wahrscheinlich ein erfahrener Schütze, der aus nächster Nähe geschossen hat. Der Gerichtsmediziner vermutet Neun-Millimeter-Projektile.«

»Das gängigste Kaliber. Wenn er uns jetzt noch verrät, dass der Schütze Jeans und Turnschuhe anhatte, dann haben wir ihn!«

Lebreton lächelte, was die Falte auf seiner Wange vertiefte.

»Auf jeden Fall sind das alles nur Vermutungen. Die Patronen wurden nicht gefunden, und der Schütze hat die Kugeln mit dem Messer entfernt. Sauberer Kreuzschnitt auf Höhe des Herzens.«

»Ein Profi.«

»Genau. Ein sehr vorsichtiger Profi. Er hat Guénan mit einem Tauchgürtel beschwert. Das gängigste Modell natürlich, und keine Fingerabdrücke.«

Lebreton schob sich das dichte Haar zurück und drückte sorgfältig seine Zigarette aus. Er dachte nach.

»Der Mörder ist ein Mann«, sagte Eva Rosière. »Yann Guénan war ein ordentlicher Brocken. Ohne Muckis kriegt man den nicht in die Seine gehievt, noch dazu mit Bleigewichten. Kein Lärm, keine Zeugen, keine Spuren, da würde ich doch glatt auf einen Profikiller tippen. Ein Auftrag, eine Exekution. Muss nicht stimmen, würde aber passen.«

»Daran habe ich auch schon gedacht. Ich habe heute Morgen einen Suchlauf gestartet. Unser Zugriff auf die Datenbank ist zwar beschränkt, aber anscheinend hat Guénan keiner Mafia angehört. Wenn es ein Vergeltungsakt war, dann hatte es nichts mit dem organisierten Verbrechen zu tun.«

Langsam holte Lebreton mehrere Zettel aus seinem Jackett und faltete sie auseinander.

»Zwei Monate vor seinem Tod hat er auf der *Key Line Express* gearbeitet.«

»Aha«, machte Rosière. Der Name sagte ihr nichts.

»Eine Fähre, die Key West mit Miami verbindet. Sie ist im Golf von Mexiko gekentert. Dreiundvierzig Tote, darunter sechzehn Franzosen. Eine amerikanische Reederei, aber gebaut worden ist das Schiff in der Bretagne, in der Werft in Saint-Nazaire. Und genau da ist Yann Guénan Anfang Juni hingefahren.«

Eva Rosière beugte sich vor, um das seidig weiche Ohr ihres Hunds zu kraulen. Der ließ sich zu einem trägen Schwanzwedeln herab und brummte zufrieden. Lebreton fuhr fort: »Der Schiffsbauer wurde zwar vernommen, aber dabei ist nichts herausgekommen.«

»Und was hält die Witwe von der ganzen Sache?«, fragte Rosière und richtete sich wieder auf.

»Sie wohnt immer noch in der Rue Mazagran. Sie hat eingewilligt, uns morgen zu empfangen.«

»Sehr gut! Fahren wir ins Kommissariat? Ich muss da noch ein paar Sachen ausmessen.«

*

Die beiden traten in den strahlenden Sonnenschein. Eva Rosière schloss die Haustür, und sofort ertönte ein Alarm, der sich mit keinem Code abstellen ließ: das Jaulen eines verzweifelten Köters. Sie drehte sich zu Lebreton, um seine Zustimmung zu erbitten, aber der erwiderte ihren Blick ausdruckslos. Drinnen stieß Pilou mittlerweile ein trostloses Fiepen aus und schnüffelte am Türschlitz. Rosière gab auf.

»Gut, ich nehme ihn mit.«

Louis-Baptiste Lebreton nickte, ohne ein Wort zu verlieren. Dieser Mann kommentierte wirklich nichts, niemals.

Seine Miene war immer liebenswürdig, zeigte jedoch nie eine Reaktion, die einem erlauben würde, sich aus der Verantwortung zu stehlen. Eva Rosière machte die Tür wieder auf, und der Hund sprang auf sie zu, als wäre er zehn Jahre lang eingesperrt gewesen. Lebreton ging in Richtung Seine.

»Wo willst du hin?«, fragte Rosière.

»Zum Kommissariat.«

»Zu Fuß?«

»Sind nur zehn Minuten …«

Eva Rosière lachte los.

»Du bist ja süß.«

Mit einer schwungvollen Geste weckte sie einen PS-starken Lexus, das Vollhybrid-Luxusmodell in funkelndem Schwarz, das an der Ecke der Straße geparkt war.

8.

Zwanzig Minuten später schnurrte der Motor noch immer vor der Ampel an der Rue Dauphine. Ein gelber Duftbaum hing am Rückspiegel und flatterte sanft vor sich hin. Louis-Baptiste Lebreton saß mit gleichgültiger Miene auf dem Beifahrersitz und beobachtete die Touristen, die den Pont Neuf und die Statue von Heinrich IV. fotografierten. Mit hochgekrempelten Ärmeln und um die Hüfte gebundenen Regenjacken genossen sie die milden Temperaturen und die Aussicht über die Seine. Selbst rückwärts kamen sie noch schneller voran als die Autos.

»Bist du verheiratet?«, fragte Eva Rosière und deutete auf die silbernen Ringe an Lebretons linker Hand.

»Verwitwet.«

»Oh, mein Beileid. Wie lange schon?«

»Acht Monate und neun Tage.«

Eva Rosière räusperte sich betreten, aber ihre Natur zwang sie weiterzubohren.

»Wie war ihr Name?«

»Vincent.«

»Ah!«

Das kam jedes Mal. Dieses gleichermaßen erstaunte und erleichterte »Ah!«. In dem Fall sprach man nicht von einer auseinandergerissenen Familie, einem wahren Drama. Louis-Baptiste Lebreton hatte zwölf Jahre mit Vincent zusammengelebt, trotzdem schien die Welt zu glauben, dass er nicht wirklich litt, zumindest nicht vergleichbar. Daran hatte er sich mittlerweile gewöhnt, doch jedes neue »Ah!« bohrte sich wie eine Banderilla in seinen Rücken. Ob in dieser Brigade oder anderswo, bis zum Ende des Jahres würde er aussehen wie ein Stachelschwein.

Die nächsten paar Minuten schwieg Eva Rosière peinlich berührt. Lebreton beobachtete die Menschenmenge mit derselben Gleichgültigkeit wie zuvor. Als sie allerdings am Habitat in der Rue du Pont-Neuf vorbeifuhren, fiel Rosière ein mit Bajadere-Tuch bespannter Liegestuhl auf, den sie sich unbedingt genauer ansehen musste. Sie stellte sich quer in eine Lieferzone und schleppte ihren Partner in das Geschäft.

Sie wählte vier Liegestühle und einen runden Eisentisch mit dazu passenden Stühlen, die in die Rue des Innocents geliefert werden würden, um die Dachterrasse zu verschönern. Anschließend hatte Eva Rosière ein neues, viel dringenderes Projekt Lebreton betreffend: Er sollte einen Oleanderstrauch vom Quai de la Mégisserie bis zum Terrakottakübel des Kommissariats transportieren. Der Fall war schnell zu ihren Gunsten entschieden, denn der Commandant weigerte sich nie zu helfen. Sie setzte ihn unten vor dem Gebäude ab und fuhr dann weiter in Richtung Parkhaus.

*

Als Lebreton endlich mit dem Busch im fünften Stock angekommen war, klopfte er mit dem Ellbogen an die Tür.

Er hörte langsame Schritte auf dem Holzfußboden, gefolgt vom verstohlenen Klimpern des Metallplättchens über dem Türspion. Zwei Schlüsselumdrehungen später ging die Tür auf und offenbarte ein bekanntes Gesicht: Capitaine Orsini. Ein kalter Luftzug fegte durch das Kommissariat. Bestimmt stand irgendwo ein Fenster offen. Oder vielleicht genügte Orsinis Anwesenheit.

Lebreton stellte den Oleander ab und schüttelte die eisige Hand, die ihm der ehemalige Fahnder der Finanzbrigade reichte. Er war erst zweiundfünfzig, wirkte aber zehn Jahre älter. Er trug stets eine Hose aus grauem Gabardine, ein weißes Hemd und einen schwarzen, manchmal auch dunkelblauen Seidenschal. Ein Pullover mit V-Ausschnitt in den gleichen Farbtönen komplettierte seine Uniform im Winter. Nur die Schuhe blitzten und funkelten – der Capitaine duldete nicht die kleinste Nachlässigkeit.

Bis zu seinem vierunddreißigsten Lebensjahr hatte Orsini Geige am Konservatorium in Lyon unterrichtet, bevor er zur Kriminalpolizei gekommen war. Ein ungewöhnlicher Wechsel, besonders, weil Orsini die Polizei zu hassen und ihr nur anzugehören schien, damit er sie besser verraten konnte. Wiederholt war Lebreton bei IGS-Ermittlungen seinen Hinweisen nachgegangen. Zur Entlastung des Denunzianten: Er hatte nur erwiesene Korruptionsfälle aufgedeckt und seine Anschuldigungen immer mit Beweisen untermauert. Er nahm der Dienstaufsicht die halbe Arbeit ab, aber auch und vor allem der Presse. Wenn der ansonsten untadelige Polizist in dieser Brigade gelandet war, lag das mit Sicherheit an seinem Adressbuch und der Neigung, alle schmutzigen Geheimnisse des Quai des Orfèvres an Journalisten weiterzugeben. Er war noch nie wegen Verletzung der Geheimhaltungspflicht des Dienstes enthoben worden, aber irgendein hohes Tier hatte ihn wohl für ein Leck zu viel in seiner Behörde gehalten und ihn weit weg gewünscht, zum Teufel zum Beispiel. Abgang des Verräters: Endstation Abstellgleis.

Bei seinen neuen Kollegen würde Orsini genug Material für einen ganzen Stapel Anzeigen finden. Das kommt Capestan sicher nicht gerade gelegen, dachte Lebreton ungerührt.

Eva Rosière vergewisserte sich, dass sie nichts in der Ablageschale der Fahrertür vergessen hatte. Sie strich dankbar über die Christophorus-Plakette, die am Armaturenbrett klebte, und griff nach dem Henkel ihrer Handtasche auf dem Beifahrersitz. Bevor sie ausstieg, drehte sie sich zu ihrem Hund, der in Habachtstellung auf der Rückbank saß.

»Sperr die Lauscher auf, Pilou. Bestimmt sind Hunde sogar hier noch verboten, aber wir wagen einen Versuch. Also benimm dich, verstanden?«

»Jap!«, war Pilotes knappe Antwort.

»Und sei höflich, vor allem zur Chefin.«

9.

Der Verkehr auf den Quais de Seine floss, und die Roller schossen so knapp an ihrem Auto vorbei wie ein Schwarm Mauersegler. Ein paar Minuten zuvor war José Torrez beim Anblick des klapprigen Peugeot-Wracks fast hintenübergefallen. Mit einem bekräftigenden Lächeln auf den Lippen hatte Anne Capestan ihm erklärt, dass dieser 306 neben dem verrosteten Clio und dem Twingo ohne Stoßstangen den gesamten ihrer Brigade zugewiesenen Fuhrpark bildete.

Offensichtlich verteilte der Staat seine Fahrzeuge nach Leistung.

Torrez hatte sich zunächst geweigert, das Steuer zu übernehmen, aber Capestan hatte darauf bestanden. Sie fuhr nicht gerne und bevorzugte den Beifahrersitz und seine kontemplativen Annehmlichkeiten.

Das Innenleben des Peugeots stand der Karosserie in nichts nach. Ein Schraubenzieher in der Ecke des Fensters hinderte es daran aufzugehen. Der Knauf der Gangschaltung war abgerissen und hatte nur eine lange, schmierig schwarze Stange zurückgelassen, die man wohl oder übel anfassen musste. Die Kabel, die aus dem Radioschacht quollen, tanzten im Takt der Fahrt. Seit sie das Parkhaus verlassen hatten, saßen die beiden Polizisten schweigend nebeneinander in diesem heimeligen Gefährt. Erst als sie an der Ampel des Pont de Grenelle warteten, bemerkte Torrez: »Das wird ein Spaß werden, einen Einbrecher sieben Jahre nach der Tat zu finden.«

»Da müssen wir Kreativität beweisen, so viel ist sicher.«

Der Lieutenant hob die dicken Augenbrauen und fuhr an. Sein Optimismus war wirklich herzerwärmend.

Eine Viertelstunde später parkten sie am Ende der Rue Hoche, nur ein paar Schritte vom Rathaus von Issy-les-Moulineaux entfernt. Auf dem Platz davor stand ein Ehrenmal, das hochtrabend »Zum Gedenken an alle Soldaten und Kriegsopfer« mahnte. In dieser Gegend hatte man anscheinend keine Angst vor Rundumschlägen: Ehre all jenen vor und hinter dem Gewehr aus allen Epochen und jedem Erdteil.

Anne Capestan und José Torrez ließen einen Bus vorbei, der zu seiner Endhaltestelle manövrierte, bevor sie in die Rue Marceau einbogen.

Das Häuschen mit der Nummer 30 wirkte heruntergekommen. Schmal und hoch, umfasste es zwei Stockwerke und einen Dachboden, dem Oberlicht zwischen den verwitterten Dachziegeln nach zu urteilen. Die gelbe Farbe an den Fensterläden blätterte ab, der Putz war bröckelig, und ein mit Grünspan besetztes Fallrohr zierte die Fassade. Auf dem Briefkasten aus Weißblech klebte ein verblasstes Schildchen mit der Aufschrift »Bitte keine Werbung!«, das sich an den Rändern bereits ablöste. Das verrostete Gartentor quietschte, als Capestan es aufdrückte. Es führte in einen winzigen verwahrlosten Vorgarten. Anne Capestan stieg die drei Stufen zur Haustür hoch und klingelte. Niemand öffnete.

»Sieht unbewohnt aus«, sagte Torrez, während er mit seinen dicken geriffelten Schuhsohlen das hohe Gras niedertrampelte.

»Ja. Zumindest hält es schon seit einer Weile keiner mehr instand.«

Torrez ging ein paar Schritte und bückte sich. Zwischen der Mauer und einem verkrüppelten Buchsbaum lag ein Stück altes, neonorangefarbenes Absperrband, mit dem man Tatorte sicherte. Er nahm es zwischen Daumen und Zeigefinger und drehte sich zu seiner Partnerin.

»Seit dem Mord vielleicht?«

Das schien unwahrscheinlich. Sieben Jahre. Anne Capestan überlegte kurz, dann sagte sie: »Ich frage die Nachbarn. Warten Sie hier.«

Ein paar Minuten später kehrte sie zurück. In der Nummer 28 wohnte ein Pärchen, das erst vor knapp zwei Jahren hergezogen war. Die junge Frau hatte aufgemacht. An ihrem Bein hing ein kleines Mädchen mit Zöpfen, die wie Palmen vom Kopf abstanden. Anne Capestan hatte lächelnd ihren Dienstausweis gezeigt, und die Mutter hatte ihre Tochter ins Wohnzimmer geschickt.

Die Familie hatte überhaupt nichts von dem Mord gewusst. Diese Information würde ihnen bestimmt den Abend, wahrscheinlich sogar die nächsten Wochen vermiesen. Aber die junge Frau hatte bestätigt, nebenan noch nie jemanden gesehen zu haben.

Capestan ging zurück zu Marie Sauzelles Haus, wo Torrez gerade dabei war sich mechanisch die Erde von den Schuhen zu streifen.

»Gehen wir rein?«, fragte er.

Sie würden nicht ihre Zeit damit verschwenden, auf einen Durchsuchungsbeschluss zu warten. Anne Capestan nickte. Nach einem wachsamen Blick über die Schulter holte der Lieutenant ein Dietrichset aus der Tasche und öffnete ganz selbstverständlich das Schloss.

»Der Riegel war nicht vorgeschoben«, sagte er erstaunt.

Das Holz war aufgequollen, und die Tür scheuerte über das Parkett, als die beiden Polizisten sie aufschoben. Kaum waren sie über die Schwelle getreten, blieben sie wie angewurzelt stehen.

Nur die Leiche war verschwunden. Sonst hatte sich in den sieben Jahren nichts getan. Herausgerissene Schubladen, verstreute Bücher und zersplittertes Glas übersäten den Boden, die benutzten Handschuhe der Spurensicherung lagen auf dem Wohnzimmertisch, und das Fingerabdruckpulver hing noch an den Türgriffen und Möbeln. Die Jungs hatten bei ihrem Abgang alles unverändert hinterlassen, und kein Erbe oder Immobilienmakler hatte eine Reinigungsfirma beauftragt, um das Haus dann zu einem Wucherpreis zu verkaufen.

»Haben Sie so was schon mal gesehen? Dass sieben Jahre nach einem Verbrechen noch keiner aufgeräumt hat?«, fragte José Torrez verblüfft.

»Nein. Vor allem nicht bei einem Haus, das man so gut losbekommt.«

Sie begannen mit der Durchsuchung. Seit den Tatortfotos aus der Akte hatte sich eine graue Staubschicht über die Wohnung gelegt. Die Spinnen hatten die Abwesenheit ihrer Mitbewohnerin genutzt, um unermüdlich zu weben. Anne Capestan versuchte sich die Leiche auf dem Sofa vorzustellen. Vorsichtig, um keine Scherben zu zertreten, hob sie einen Fotowürfel aus Plexiglas auf. Marie Sauzelle, die in einer schwarz-weißen Dschellaba auf dem Rücken eines Kamels saß und in der Wüste posierte. Auf einem anderen Foto beugte sie sich lachend zur Seite, parallel zum Turm von Pisa. Capestan drehte den Würfel weiter. Das nächste Bild war vergilbt. Der junge Mann darauf wies eine ausgeprägte Familienähnlichkeit mit dem Opfer auf – wahrscheinlich Maries Bruder – und stand in einem gepunkteten Fahrradtrikot neben einem Rennrad. Auf dem nächsten Foto war ein junges Paar – Marie und ein hoch aufgeschossener Blondschopf – unter einem Apfelbaum zu sehen. Die folgende Seite zeigte die beiden tief bewegt beim Verlassen einer Kirche. Und schließlich Marie Sauzelle in Jeans und Sandalen, wie sie vor dem Buckingham Palace Mineralwasser aus der Flasche trank.

Ein Mann hatte diese lebensfrohe Frau ermordet. Und bis heute lebte er irgendwo völlig ungestraft, vielleicht sogar in dieser Stadt.

Anne Capestan stellte den Fotowürfel behutsam auf das Bücherregal, neben eine Schachtel, die bis zum Rand mit bunten Rabattcoupons gefüllt war. José Torrez wanderte im Zimmer umher, mit der üblichen Miene, als hätte ihm jemand eine Delle in die Karre gefahren. Aus dem Gedächtnis fasste er den Anfang des Polizeiberichts zusammen: »Marie Sauzelle, sechsundsiebzig Jahre, Schwester von André Sauzelle, achtundsechzig. Beide stammen ursprünglich aus dem Departement Creuse, genauer gesagt aus Marsac. Ich komme auch aus der Creuse, aus Dun-le-Palestel«, fügte er hinzu, und sein Gesicht hellte sich einen kurzen Moment lang auf, bevor er weitersprach: »Der Bruder wohnt immer noch dort. Marie war verheiratet, aber ihr Ehemann ist während des Indochinakriegs in Hanoi umgekommen. Keine Kinder. Von Beruf war sie Lehrerin.«

Dann schwieg er und schien nachzudenken, während er sich im Zimmer umschaute. Ein Detail störte ihn.

»Ein Einbrecher, der jemanden erwürgt, so was passiert nicht oft.«

»Wenn er keine Waffe hat und jemanden zum Schweigen bringen will ... Ungewöhnlich ist eher, dass er sich die Zeit genommen hat, sie wieder aufs Sofa zu setzen«, erwiderte Capestan, hob eine Porzellanfigur auf, die wie durch ein Wunder verschont geblieben war, und stellte sie auf das Regal neben den Fotowürfel.

Sein Opfer wieder hinzusetzen, war eine kontraproduktive Impulshandlung, die den unerfahrenen Einbrecher verriet. In Panik erdrosselt er sein Opfer hektisch, nur um gleich danach das Ausmaß seiner Tat zu erkennen. Von Gewissensbissen geplagt, versucht er sie ungeschehen zu machen, wie ein Kind, das eine Vase mit dem Fußball kaputt schießt und dann wieder zusammenklebt.

Die Hände in die Hüften gestemmt, untersuchte José Torrez mittlerweile die Haustür.

»Das Schloss ist ausgetauscht worden, aber der Riegel ist noch der alte. Und er ist unversehrt. Also war er nicht vorgeschoben, als der Einbrecher sich Zugang verschafft hat.«

»Ja, sonst hätte er ihn aufhebeln müssen.«

Anne Capestan wollte gerade nach einer Tango-CD greifen, die auf einem anderen Regalbrett lag, hielt aber mitten in der Bewegung inne. Ihr war ein Detail aus dem Tatortbefundbericht eingefallen.

»Der Riegel war nicht vorgeschoben, aber die Fensterläden

waren geschlossen. Merkwürdig – normalerweise macht man doch beides zur gleichen Zeit, oder nicht?«

»Doch, genau.«

José Torrez zog ein bekümmertes Gesicht und seufzte. »Andererseits vergessen alte Menschen alles Mögliche. Als meine Mutter uns letzten Sonntag besucht hat, hatte sie noch ihren Müllbeutel in der Hand. Sie ist mit der Métro gefahren, hat Schokoladeneclairs gekauft, unseren Türcode eingegeben und den Aufzug genommen, ohne daran zu denken, ihren Müll wegzuschmeißen. Und dabei war der Beutel kurz vorm Platzen. Aber bei der Anzahl der Eclairs hat sie sich nicht vertan. Und sie waren auch noch gut. Wenn es um die Adressen der besten Bäckereien geht, funktioniert alles noch wunderbar.«

Anne Capestan warf dem besorgten Sohn ein Lächeln zu. Er hatte wahrscheinlich recht. Marie Sauzelle hatte den Riegel vergessen. Genau wie den stumm geschalteten Fernseher, der Capestan so stutzig gemacht hatte: Ein Einbrecher schneite nicht zur Primetime herein, das war viel zu riskant, er kam zur Ganovenstunde gegen drei Uhr morgens, wenn die Omis nicht mehr vor dem Fernseher saßen. Erst hatte sie gedacht, irgendetwas an dieser Sache sei faul, aber vermutlich war Marie Sauzelle ganz einfach schlafen gegangen und hatte nicht mehr daran gedacht, den Fernseher auszuschalten.

Die Leiche war auf dem Sofa gefunden worden, einem gewaltigen Dreisitzer mit einem rustikalen Untergestell aus lackiertem Holz. Ein Stück Stoff aus dem Rückenpolster war zu Analysezwecken herausgeschnitten worden. Auf den noch intakten Armlehnen und Kissen bemerkte Capestan eine Verzierung, die sie unter Tausenden erkannt hätte:

die Haare einer Katze mit Expansionsdrang. Der mit großen beigen Blumen gemusterte Samtstoff war von grauen und weißen Härchen übersät.

Mechanisch sammelte sie ein paar Exemplare auf und rollte sie in der Handfläche hin und her. Sie erinnerte sich nicht daran, irgendetwas über die Existenz eines Haustiers in der Akte gelesen zu haben. Wo war die Katze hingekommen?

Anne Capestan ging in die Küche. Auf den Mosaikfliesen stand nirgendwo ein Futternapf. Wäre die Katze durch die Beine des Einbrechers geschlüpft, würde der Napf noch an seinem Platz stehen. Irgendetwas stimmte da nicht.

Sie kehrte ins Wohnzimmer zurück, um José Torrez das Problem darzulegen. Der erwiderte, als verstünde sich diese Schlussfolgerung von selbst: »Sie ist vor dem Einbruch gestorben. Vielleicht sogar schon lange vorher. Katzenhaare sind wie Kaninchenhaare, es dauert ewig, bis die verschwinden. Man kriegt sie nie ganz weg!«

Torrez machte eine kurze Pause und trat seinerseits ans Sofa, um es genauer unter die Lupe zu nehmen. Dann fuhr er lebhaft fort: »Davon kann ich ein Lied singen. Mein Sohn hat ein Kaninchen. Er hat es Casillas genannt, nach dem Torwart der La Roja, nur dass sein Kasten immer offen ist. Ergebnis: Es knabbert alle Kabel an. Das nimmt irgendwann noch ein böses Ende.«

Anne Capestan betrachtete José Torrez, der verdrossen den Kopf schüttelte. Für einen Mann, der angeblich alles im Alleingang erledigte – der schweigsame Verfluchte und dieses ganze Trara –, war er erstaunlich redselig, wenn er erst einmal in Fahrt kam. Plötzlich wurde er rot. Er hatte zu viel gesagt, sie zu nah rangelassen, zu sehr vergessen, wer er war. Capestan konnte sehen, wie diese Tatsache sich zurück in sein Bewusstsein drängte. Er runzelte die Stirn, senkte den Kopf und presste die Lippen zusammen, machte die Schotten dicht und schloss die schwarzen Wogen ein, wurde wieder der gedrungene Mann mit dickem Fell und dickem Panzer, der seine zerschellten Hoffnungen verbarg. Um ihn nicht noch mehr in Verlegenheit zu bringen, wanderte Capestan zurück in den Eingangsbereich und stieg die Treppe in den ersten Stock hinauf.

Oben führte ein dunkler, enger Gang zum Schlafzimmer, das ein Sonnenstrahl mit einem Heiligenschein aus schwebenden Staubteilchen umgab. Der muffige Geruch schnürte Anne Capestan die Kehle zu.

Der große Raum war blasslilafarben tapeziert und enthielt ein Empirebett mit passendem Nachttisch, über dem sich ein Kreuz erhob. Ein Regal an der Wand beherbergte eine Sammlung alter *Asterix*-Comics. Originalausgaben, wie Capestan feststellte, als sie einen Band herauszog. Der staubige Holzfußboden unter den Sohlen ihrer Ballerinas war rutschig, aber allmählich gewöhnte sie sich an den Geruch und fing an, wieder normal zu atmen. Auf der Kommode stand eine Isis-Statue neben einem Schmuckbaum mit Armreifen. Capestan schob die Spitzenvorhänge vor dem Fenster beiseite, das auf einen kleinen, ebenfalls völlig verwahrlosten Garten hinausging. In einer Ecke verschwand eine verbeulte Gießkanne beinahe unter dem wuchernden Gras. Der Schotterweg war mit Moos und Löwenzahn übersät. Es gab keine Möglichkeit, von hinten in den Garten zu kommen, also musste der Einbrecher durch die Vordertür ins Haus hinein- und wieder herausgelangt sein. Trotzdem gab es keine Zeugen.

Anne Capestan ließ den Vorhang wieder fallen und lenkte ihre Schritte in das angrenzende Badezimmer. Die Kosmetikprodukte waren nicht bewegt worden. Sieben Jahre lang hatte Marie Sauzelles Geist hier weiterexistieren können, ohne seine Gewohnheiten zu ändern. Eine Tube Émail-Diamant-Zahnpasta, ein Fläschchen Rosenwasser, eine Rosshaarbürste, eine Seife mit Veilchenduft und ein großer Glasbehälter mit bunten Wattebäuschen, außerdem eine blaue Steingutschale mit einem Lippenstift. Marie Sauzelle hatte auf ihr Äußeres geachtet.

Ein plötzlicher Gedanke drängte Capestan dazu, ins Schlafzimmer zurückzukehren: Das Bett war gemacht. Also hatte Marie Sauzelle doch unten vor dem Fernseher gesessen, als ihr Mörder das Haus betreten hatte. Er war am frühen Abend gekommen, unangekündigt, wie ein langjähriger Freund.

José Torrez war immer noch im Wohnzimmer, als Anne Capestan wieder nach unten ging. Die Naht einer Gürtelschlaufe an der Lammfelljacke des Lieutenants trennte sich auf, und ein langer gekräuselter Faden hing herab. Torrez schaute auf die Uhr. Vollkommen ernst verkündete er: »Zwölf Uhr. Ich gehe mittagessen. Treffen wir uns um zwei vor der Nummer 32 bei Serge Naulin?«

Bevor Capestan antworten konnte, war er schon zur Tür hinaus.

Sie blieb allein zurück und hob hilflos die Arme.

10.

Auf die Minute genau zwei Stunden später kam Torrez im wiegenden Gang eines Nashorns die Straße entlang.

»Ich habe die Zeit genutzt, um ein paar Infos zu sammeln«, erklärte er, während er sich breitbeinig vor ihr aufstellte.

Die beiden Polizisten hielten sich ein wenig abseits des Hauses. Eine schlecht gestutzte Lorbeerhecke schirmte sie vor den Erdgeschossfenstern des Mannes ab, der damals die Feuerwehr gerufen hatte.

»Marie Sauzelles Haus ist seit ihrem Tod nie zum Verkauf angeboten worden. Ich fand es komisch, dass es dann kein Hausbesetzer für sich beansprucht hat, also habe ich nachgefragt. Stellen Sie sich vor, der Bruder bezahlt jemanden, um die Bruchbude zu bewachen. Wen, konnte ich nicht rausfinden.«

Also war dem Bruder die Überwachung wichtiger als die Reinigung. Eigenartig.

Auf dem Briefkastenschild stand »Serge Naulin«.

Der Mann, der die Tür aufmachte, trug unter dem weinroten Morgenmantel noch seinen Schlafanzug. Obwohl er schlank war, wirkte er dick, was seiner fleischigen Schlaffheit geschuldet war. Er hob die schweren Augenlider und musterte Anne Capestan eingehend, während sich seine Lippen zu einem widerlichen Grinsen verzogen.

»Lieutenant Torrez und Commissaire Capestan«, stellte sie sie kurz angebunden vor und zeigte ihren Ausweis. »Wir stören nicht lange, wir haben nur ein paar Fragen über Ihre frühere Nachbarin, Marie Sauzelle. Sie ist vor sieben Jahren ermordet worden. Erinnern Sie sich?«

»Natürlich«, antwortete er und bat sie hinein.

Er war nur so weit zur Seite getreten, dass Capestan nicht durchkam, ohne ihn zu streifen. Sie unterdrückte ein angeekeltes Schaudern und drängte sich rücksichtslos an ihm vorbei.

»Die ganze Straße hat sich nach dieser furchtbaren Geschichte monatelang verbarrikadiert. Wollen Sie etwas trinken?«, fragte er mit süßlicher Stimme. »Ich könnte Ihnen Schnaps oder Crème de Cassis anbieten.«

»Nicht nötig, vielen Dank«, wiegelte Capestan ab.

Vereinzelte Stoppeln verunzierten Serge Naulins ansonsten bartlose Wangen. Er hatte sein langes, spärliches Haar zu einem dünnen Pferdeschwanz gebunden. Offensichtlich bemühte er sich um das sinnliche Aussehen eines aufregenden Bohemiens. Als Anne Capestan sah, dass ihr Partner Kugelschreiber und Heft in der Hand hatte, legte sie schnell los.

»Sie kannten sie?«

»Flüchtig. Wir haben uns hin und wieder unterhalten, wie unter guten Nachbarn üblich, das war alles.«

Er zündete sich eine Zigarette an. Der Filter verschwand fast ganz, als er ihn zwischen die karmesinroten Lippen schob.

»Gab es damals noch andere Einbrüche hier in der Gegend?«, fragte Capestan und wandte den Blick von diesem wenig appetitlichen Schauspiel ab.

»Nein, nur bei ihr. Dabei hat ihr Haus bei Weitem nicht am meisten hergemacht.«

»Und Sie haben nichts gehört an dem Abend? Ist Ihnen vielleicht seitdem noch etwas eingefallen? Ein Handwerker, der kurz vorher da war, jemand, der sich vor ihrem Haus herumgetrieben hat...?«

»Nein, nichts«, antwortete Naulin und blies dabei eine Wolke Rauch aus. »Nichts Besonderes.«

»Wirkte sie in der Zeit davor irgendwie beunruhigt?«

Naulin wischte sich mit dem gelb verfärbten Daumen über den Mundwinkel und machte sich nicht einmal die Mühe, kurz nachzudenken. »Möglich«, sagte er. »Obwohl sie eigentlich nicht der besorgte Typ war, wissen Sie? Möchten Sie einen Keks? Ich habe immer einen kleinen Vorrat im Haus.«

Capestan wollte weder Kekse noch Alkohol. Sie wollte neue Hinweise, ein Detail, irgendeins, eine frische Spur, um diese Ermittlung neu aufzurollen. Sie wollte Marie Sauzelles Andenken ehren, und sie wollte, dass ihre Brigade erfolgreich war, wo andere versagt hatten.

Dieser Naulin wich ihr aus. Er hatte die selbstzufriedene Miene von jemandem, der auf seinen Informationen hockte und es genoss, sie für sich zu behalten. Die Fragen zum Einbruch brachten sie nicht weiter. Anne Capestan änderte ihre Taktik und schlug einen schrofferen Ton an.

»Hatte es jemand auf Marie Sauzelle abgesehen? Jemand hier aus dem Viertel vielleicht?«

Verstimmt holte Naulin tief Luft, bevor er widerwillig antwortete: »Natürlich. Sie war politisch aktiv und ein ziemlicher Starrkopf, der sich nicht um das Wohl seiner Mitmenschen schert. Das Immobilienkonsortium Issy-Val de Seine zum Beispiel hat sie bestimmt nicht in seine Gebete eingeschlossen...« Er lachte spöttisch.

»Warum das?«

»Genau hier sollte eine neue Mediathek gebaut werden. Bernard Argan, der Chef der Baufirma, hat ihr ein Vermögen für ihre Bruchbude geboten.«

»A-r-g-a-n?«, fragte Torrez dazwischen.

Capestan ließ ihn zu Ende schreiben, ehe sie fortfuhr: »Sie hat nicht verkauft?«

»Nein. Friede ihrer Seele, das Miststück wollte nicht.«

José Torrez hob den Kopf, die Spitze seines Kulis noch auf dem Papier. Anne Capestan zwang sich, keine Miene zu verziehen.

»Ihr Haus steht gleich daneben... Hat sie mit Ihnen gesprochen, bevor sie das Angebot ausgeschlagen hat?«

»Nein.«

»Sie haben bestimmt viel Geld verloren.«

»Zwei Millionen Euro. Kein schlechtes Angebot damals.«

Naulin lieferte ihnen hier freiheraus ein hübsches Motiv. Vielleicht hatte er den Einbruch geplant, um Marie Sauzelle Angst einzujagen und sie dazu zu bringen wegzuziehen. Vielleicht war die Sache außer Kontrolle geraten. Aber kaum hatte sie den Gedanken formuliert, glaubte sie schon nicht mehr daran. Naulin beobachtete sie mit den halb geschlossenen Augen eines Warans. Er hatte ihnen den Köder hingeworfen und lauerte jetzt auf die Gelegenheit, ihn wieder wegzuziehen. Er hatte ganz sicher ein wasserdichtes Alibi für die Tatzeit. Capestan tat ihm nicht den Gefallen, danach zu fragen, sondern begnügte sich damit, zu schweigen und seine Worte wirken zu lassen. Er durchschaute ihre Absicht anscheinend, denn er fügte hinzu: »Ich war damals in Bayeux, bei meinen Eltern. Ich bin erst zwei Tage, bevor ich die Leiche gefunden habe, zurückgekommen. Ich habe sie nicht umgebracht. Und damit im Übrigen alles richtig gemacht, denn, wie Ihnen bestimmt schon aufgefallen ist, hat ihr Ableben rein gar nichts geändert. Die Mediathek ist letztendlich dann in der Nähe des Boulevards gebaut worden.«

»Sauzelles Bruder wollte ebenso wenig verkaufen, was?«
»Ihnen bleibt auch nichts verborgen.«
»Er bezahlt sogar jemanden dafür, dass er das Haus bewacht, das ist wirklich Pech«, bemerkte Capestan spöttisch.
»Er bezahlt mich«, entgegnete Naulin und drückte seine Zigarette in einem übervollen Aschenbecher aus.
»Sie legen sich aber nicht gerade krumm«, sagte Torrez. »Wir sind heute am helllichten Tag in die Hütte eingestiegen.«
»Ich habe nicht behauptet, dass er mich gut bezahlt.«

Naulin war also mit der Bewachung des Hauses betraut. Vielleicht war das die Information, die er seit Beginn des Gesprächs mit so viel Geheimnistuerei hütete. Dieser Kerl wusste nicht viel, aber das Wenige war sorgfältig verpackt, um sich wichtigzumachen. Oder vielleicht war dieses Geständnis wieder ein Köder. Bevor Capestan weiterbohrte, wollte sie die Vorgeschichte des Typen überprüfen. Es wurde Zeit, die Segel zu setzen.

Nach ein paar letzten Fragen über die Entdeckung der Leiche befreiten sich die beiden Polizisten erleichtert aus dem Schaumstoffsofa. Sie ließen Serge Naulin ihre Telefonnummer da, falls er sein Gedächtnis oder sein Mitgefühl wiedererlangte, und flüchteten nach den üblichen Verabschiedungsfloskeln.

*

Unter dem Scheibenwischer klemmte ein Flyer, der Beinenthaarungen zu einem unglaublichen Preis versprach.

»Sympathischer Kerl, was?«, bemerkte José Torrez, knüllte den Flyer zusammen und warf ihn in den nächsten Mülleimer.

Anne Capestan öffnete die Beifahrertür und kletterte in den Peugeot, der hartnäckig nach kaltem Rauch stank. Als auch Torrez eingestiegen war, antwortete sie: »Mit diesem Kerl ist irgendwas faul. Genauso wie mit seiner Verbindung zum Bruder des Opfers.«

»Sie glauben nicht mehr an einen Einbruch?«

»Doch, wenn die Kriminalbrigade es sagt. Die haben sich schließlich ein Weilchen mit dem Fall beschäftigt. Wobei ... nein, ich weiß nicht«, gab Capestan zu und kurbelte das Fenster herunter, um die milde Luft hereinzulassen.

Ein Aufkleber auf einem Straßenschild sagte »Nein!« zur Sparpolitik. Zwei junge Frauen saßen auf einer Bank im Schatten einer Platane und plauderten, während sie ihre Kinderwagen schaukelten.

»Wir müssen Naulin durch die Datenbank laufen lassen, vielleicht hat er Dreck am Stecken.«

»Ich kümmere mich darum, sobald wir zurück sind«, bot Torrez an und fuhr los.

Er schwieg beim Ausparken, und konzentrierte sich auf die Passanten, die ohne Vorwarnung auf die Fahrbahn rannten. Dann sagte er: »Und der Bruder? Sieben Jahre später hat er immer noch nicht verkauft? Und lässt das Haus bewachen? Merkwürdiges Verhalten.«

»Der Bruder... von dem können wir uns kein Bild machen, solange wir nicht mit ihm gesprochen haben. Wir müssen ihm einen Besuch abstatten.«

»Mit der Karre hier?« Torrez' besorgter Tonfall täuschte nur schlecht über seine Begeisterung hinweg, in die Creuse hinunterzufahren.

»Zug. Wir mieten ein Auto vor Ort. Unser Fahrtkostenbudget deckt eigentlich nur Reisen innerhalb der Region ab, ist aber für vierzig Leute ausgelegt. Da wir bisher nur zu sechst sind, sollte das schon durchgehen.«

Anne Capestan schwieg wieder. Es wäre gut, sich auch einmal mit den zuständigen Beamten von damals zu unterhalten, sie zu fragen, wie sie zu ihren Schlussfolgerungen gekommen waren. Ein allein agierender Einbrecher. Sie drehte sich zu Torrez: »Nein, eigentlich glaube ich überhaupt nicht mehr an einen Einbruch.«

»Ich auch nicht.«

11.

Sie fuhren wieder über die Quais de Seine und mussten auf Höhe der Place de la Concorde anhalten. Anne Capestan bewunderte den Obelisken und die Straßenlaternen, die von Touristenhorden auf Segways umringt waren. Starr vor Angst klammerten sie sich an die Lenkstangen, während sie sich ruckartig fortbewegten, und lächelten von ihren fahrenden Aussichtsplattformen herunter. Sie hatten ganz Paris vor Augen, aber nichts beeindruckte sie so sehr wie die großen Gummireifen auf den Pflastersteinen unter ihnen. Die Verkehrsstockungen ließen Capestan genügend Zeit, die Vorstellung zu genießen. Endlich schaltete die Ampel auf Grün, und der Motor des Peugeots erstarb. Drohend fixierte José Torrez das Lenkrad, holte tief Luft und drehte den Zündschlüssel. Das Auto fuhr los, als die Ampel wieder rot wurde. Bei dem dröhnenden Hupkonzert hoben die Möwen, die die Brücke auf der gegenüberliegenden Straßenseite belagerten, nur müde den Kopf. Zwanzig Meter weiter wartete schon der nächste Stau.

Torrez seufzte und tastete ungeduldig auf dem Armaturenbrett herum.

»Wir fahren mit Blaulicht.«

Er löste den Blick einen Moment lang von der Straße, um

auch unter dem Beifahrersitz zu suchen. Er fand nichts. Mit müder Stimme bestätigte Capestan: »Wir haben keins.«

»Keine Sirene?«

»Nein. Kein Martinshorn, kein Blaulicht. Als Sonderbrigade passen wir bei einigen Ausgaben nicht mehr ins Budget.«

Als sie den Zustand der Schreibtische, Computer und Autos gesehen hatte, hatte sie nachgeforscht.

»Also nicht bei Sirenen?«

»Nicht bei Betriebsmitteln. Wir kriegen das, was übrig ist. Oder unzeitgemäß. Und Sirenen kommen nicht aus der Mode.«

»Und wie sollen wir ohne arbeiten?«

»Wir haben es doch nicht eilig. Unser Fall ist sieben Jahre alt. Ein paar Stunden hin oder her ...«

Das Auto stand noch immer, und José Torrez starrte Anne Capestan wortlos an, als hätte sie ihm gerade eine Versetzung nach Minsk angekündigt. Sie fügte hinzu: »Es tut mir leid.«

Torrez wandte sich wieder dem Lenkrad zu. Er kämpfte kurz mit sich, bevor er gestand: »Wissen Sie, den Posten des Verstoßenen besetze ich schon seit Jahren. Nur war ich vorher allein, jetzt sind wir eine Brigade. Für mich ist das also ein Fortschritt.«

Die Bremslichter des Volvos vor ihnen erloschen, es ging weiter. Torrez ordnete sich auf der Rechtsabbiegerspur ein, wobei er einem Fahrradfahrer auswich, der, anders als auf dem Radweg zwei Meter weiter hinten, hier nichts mehr zu suchen hatte. Torrez sah aus, als würde ihm etwas auf der Zunge liegen. Noch zögerte er, es auszuspucken, aber das würde nicht mehr lange dauern. Capestan wusste genau, was er fragen wollte. Sie gab ihm bis zur Place du Châtelet, um damit herauszurücken. Auf Höhe der Kirche Saint-Germain-l'Auxerrois knickte er ein.

»Haben Sie wirklich auf ihn geschossen? Auf den Typen damals, für den man Sie jetzt hinhängt, trotz... trotz allem, was vorher war?«

Gewonnen. Capestan war es mehr als leid, rang sich aber trotzdem durch, ihr Sprüchlein aufzusagen: »Es war Notwehr.«

Torrez rümpfte skeptisch die Nase und blickte stur geradeaus. Gleich würde die zweite Frage folgen, immer dieselbe, unweigerlich. Torrez schwieg. Er hob sie sich für ein andermal auf.

Sie erreichten den Boulevard de Sébastopol. Der Peugeot bog in die Vinci-Tiefgarage ein, in der der Brigade ein paar Plätze zugeteilt worden waren. Auf einem davon schlummerte ein prunkvoller Lexus in funkelndem Schwarz.

»Was ist das denn?«, fragte Torrez.

»Vermutlich Rosières Auto.«

»Die hat bestimmt eine Sirene!«

12.

Als Anne Capestan und José Torrez den fünften Stock erreichten, war die Tür verschlossen. Der Schlüssel steckte innen. Capestan blieb also nichts anderes übrig, als an der Tür ihres eigenen Kommissariats zu klingeln. Sie hörte ein Bellen und fragte sich, was das jetzt schon wieder sollte. Louis-Baptiste Lebreton öffnete ihnen, einen kläffenden kleinen Hund bei Fuß. Der Commandant nickte kurz, bevor er zu seiner Unterhaltung zurückkehrte. Der Hund trippelte hinter ihm her.

Eva Rosière hatte ihren Empiretisch opulent ausgestattet: eine Schreibtischunterlage aus geprägtem Leder, eine bronzene Lampe mit unechten Kerzen und einem mit napoleonischen Bienen bedruckten Lampenschirm, ein mit Feingold überzogener Stiftehalter. Außerdem hatte sie ungeniert ihr Territorium um zwei kleine Lehnsessel aus cremefarbenem Satin mit grünen Streifen erweitert, die gegenüber ihrem eigenen Thron aus Edelholz platziert waren. In einem dieser Sessel saß eine junge Frau mit blonden Locken. In der Hand hielt sie eine Aktenmappe, die sie geschickt herumwirbelte. Ein Neuzugang, dachte Capestan.

»Die habe ich in dem Karton da gefunden«, erklärte die Frau gerade und deutete auf eine Schachtel zu ihren Füßen mit dem Aufdruck »Drogenfahndung«. »Ein angeblich abgeschlossener Fall über einen Dealer, der im Parc Monceau Geschäfte macht.«

Als sie Capestan bemerkte, stand sie auf.

»Guten Tag, Commissaire Capestan, ich bin Lieutenant Évrard. Ich war bei der Glücksspielbrigade, bevor ich hierherversetzt wurde. Als ich erfahren habe, dass Sie die Brigade leiten, habe ich mir gedacht...«

Sie hob die Hände, so als wollte sie sagen: »Probieren kann man's ja.« Capestan setzte eine einladende Miene auf, während sie im Geiste ihre Lebenslaufliste durchging. Évrard war tatsächlich Lieutenant, aber auch eine zwanghafte Spielerin, die Hausverbot in vielen Kasinos hatte und in diese Brigade abgeschoben worden war, weil man ihr Mauscheleien mit illegalen Spielhöllen unterstellte. Sie hatte ein offenes, ehrliches Gesicht mit großen, unschuldigen blauen Augen. Nicht gerade eine Bluffervisage, das hatte ihr bestimmt geholfen.

»Guten Tag, Lieutenant. Schön, Sie in unseren Reihen begrüßen zu dürfen. Ist das Ihr Hund?«

»Ich mache mir einen Kaffee«, rief Torrez warnend, als er aus seinem Büro kam.

Évrard wurde schlagartig bleich. Sie hatte den Schlemihl erkannt, und ihre Hände begaben sich instinktiv auf die Suche nach Salz oder irgendeinem Amulett. Sie tastete ihre Taschen ab und beruhigte sich ein wenig. Torrez senkte verlegen den Blick und verzog sich schnell wieder.

Anne Capestan fragte noch einmal: »Wem gehört dieser Hund?«

»Mir«, antwortete Eva Rosière. »Er stört doch nicht, oder? Wir können so tun, als wäre er ein Polizeihund...«

»Ihr Polizeihund geht mir gerade mal bis zum Knöchel.«

»Hör nicht auf die Frau, Pilou, die macht nur Spaß«, sagte Rosière aufgesetzt tröstend zu ihrem Hund.

Mit normaler Stimme fügte sie hinzu: »Dafür hat er eine gute Nase.«

Hier war ein Machtwort geboten. Aber der Hund ließ sich auf seinen Hintern fallen, als würde er drei Tonnen wiegen, und schaute mit aufgestellten Ohren und gehobener Schnauze hingebungsvoll zu ihr auf. Seine großen Pfoten und der überdimensionale Kopf verliehen ihm das Aussehen eines ewigen Welpen. Anne Capestan machte sich sowieso nicht viel aus Machtworten.

»Was ist das für eine Kreuzung?«

Mithilfe der linken Hand zählte Eva Rosière auf: »Corgi, die Hunderasse der englischen Königin, ein bisschen Dackel, Straßenköter, Töle und Promenadenmischung. Das ist keine normale Kreuzung mehr, sondern ein ganzes Autobahnkreuz«, gluckste sie, zufrieden mit ihrem Witz oder mit ihrem Hund. »Er heißt Pilote, aber Sie können ihn Pilou nennen.«

»Ach wirklich, kann ich das? Und damit trete ich ihm nicht zu nahe?«

Eva Rosière lachte und bückte sich, um ihrem Hund den Nacken zu kraulen. Der streckte den Hals, um die Streicheleinheiten voll auszukosten. Capestan wollte sich gerade auf den Weg zu Torrez' Büro machen, als Merlot auf der Schwelle erschien. Mit theatralischer Gestik und Bauch voran begrüßte er das niedere Volk.

»Meine Damen. Meine Herren. Verehrte Hunde«, fügte er hinzu und neigte den Kopf vor dem nutzlosesten Wachhund der gesamten Schöpfung.

Nach ein paar weiteren Begrüßungsfloskeln bediente sich Merlot der Vorstellungsrunde, um Évrard und Rosière, die er noch nie getroffen hatte, einen Handkuss aufzuzwingen. In eine Wolke aus Wein gehüllt, bei der sich die Tapete von den Wänden löste, begann er seine mondäne Plauderei. Er redete, sie wichen zurück, er redete noch mehr, sie kapitulierten. Lebreton, der dank seiner Größe frischere Luft atmete, hörte kurz zu, ohne dem Capitaine zu viel Aufmerksamkeit zu schenken, dann kehrte er an seinen Schreibtisch zurück.

Capestan nutzte eine Atempause, um Évrard zu fragen: »Diese Akte mit dem Drogendealer im Parc Monceau, von der Sie gerade gesprochen haben, geht es da um einen Mord?«

»Nein, um verschnittenes Koks. Die Sache ist mir nur aufgefallen, weil sie den Kerl nicht längst geschnappt haben, alle Infos sind da. Und im Parc Monceau spielen Kinder, da passt ein Dealer nicht ins Bild.«

»Da haben Sie recht. Kümmern Sie sich zusammen mit Capitaine Merlot darum?«

Das würde nicht sehr angenehm für Évrards Nase werden, aber das Gesetz der Mathematik war hart. Évrard zuckte schicksalsergeben die Schultern. Sie kannte die Diktatur der Zahlen.

*Key West, im Süden Floridas,
USA, 19. Januar 1991*

Alexandre hob den Goldbarren hinter dem Panzerglas an. Er war gleichzeitig schwerer und weicher, als man auf den ersten Blick vermutet hätte. Das war der Clou, die Werbeattraktion des Museums. Während sie einem am Eingang das Ticket überreichten, klebten sie einem auch ungefragt einen kleinen ovalen Sticker auf die Brust, der in schwarzen Lettern auf goldenem Grund verkündete: *I lifted a gold bar*. Hierher kam man nicht umsonst, und das sollte jeder erfahren.

Alexandre spürte, wie sich Rosas Hand sanft auf die nackte Haut seines Arms legte.

»Ich fühl mich nicht so gut...«, flüsterte sie, wie jedes Mal, wenn er ihr das Frühstück ans Bett bringen sollte.

»Wenn du willst, dass ich dir den Smaragd da klaue – vergiss es, hier sind überall Kameras«, scherzte Alexandre.

»Nein. Nein. Ich glaube, es ist das Wasser...«, sagte sie, und ihr Griff um seinen Arm verkrampfte sich.

Kurzatmig stützte sie sich auf ihn und ließ sich zu Boden gleiten. Das Wasser. Welches Wasser?

»Das Baby kommt? Jetzt? Hier?«

»Ja, ich fürchte schon.«

»Wir sind in einem Museum, das Baby kann hier nicht kommen...«

Schweißperlen traten auf die braune Haut seiner Frau. Sie lächelte, aber sie würde nicht nachgeben. Sie hatte wirklich vor, hier inmitten der Vitrinen des Mel Fisher Museums ihren Sohn zur Welt zu bringen.

13.

Draußen verdeckte der Nebelschleier einer grauen Nacht die Sterne. Nur das blaue Neonschild des Hotels gegenüber erhellte die Umgebung. Louis-Baptiste Lebreton saß im Dunkeln auf dem Sofa, die nackten Füße auf den noch warmen Dielen, und rauchte. So konnte er stundenlang bleiben. Das rote Licht der Stand-by-Leuchte des Fernsehers bohrte sich durch das unbelebte Wohnzimmer, die statische Antwort auf die pulsierende Glut seiner Dunhill. Seinen E-Bass, einen Rickenbacker 4001, ließ er an der Wand hängen, um die Nachbarn nicht aufzuwecken. Ab und zu warf das Glas vor dem Plakat für das Bowie-Konzert im Hammersmith Odeon einen Lichtreflex zurück. Lebreton beobachtete das Spiel der Spiegelungen eine Stunde, manchmal auch zwei, bis er einschlief. Dann wachte er wieder auf und rauchte weiter. Er wartete darauf, dass es sechs Uhr wurde, die Zeit, zu der auch normale Leute aufstanden. Mit Dusche und Kaffee kam man auf sieben. Sieben Uhr war eine gute Zeit, um den Tag in Angriff zu nehmen. Bei Louis-Baptiste Lebreton blieb nichts liegen. Er hatte mehr als genug Zeit, den Alltag zu regeln, den das Leben ihm gewährte. Er drückte seine Zigarette aus und sank noch tiefer in das Sofa, um zu warten.

In drei Stunden würde er Maëlle Guénan besuchen. Eigentlich interessierte der Fall ihn überhaupt nicht, und diese völlig ahnungslose Brigade noch viel weniger, aber das war nun einmal die Marschrichtung, also folgte er ihr, er hielt sich an seine Anweisungen. Zumindest war Rosière unterhaltsam. Was Capestan anging, von der erwartete er nichts.

Sieben Uhr. Vincents T-Shirts lagen noch immer perfekt gefaltet in der Schublade der Kommode. Lebreton hatte die, die am Tag des Unfalls zum Trocknen auf dem Wäscheständer hingen, gebügelt und an ihren Platz geräumt. Zwanzig Jahre war es her, dass Maëlle Guénans Mann verschwunden war. Nach zwanzig Jahren wurde der Schmerz wahrscheinlich von vielen Lagen Schutzfilm in Schach gehalten. Eine Lage pro Jahr vielleicht. Oder auch nicht. Lebreton wusste es nicht, er hoffte nur.

Er selbst hatte nach acht Monaten immer noch das Gefühl, unter einem Leichentuch zu schlafen, in einem Mausoleum zu duschen. Jedes Zimmer, jedes Möbelstück, jedes Knarren des Parketts rief ihm genau dasselbe Zimmer, Möbelstück, Knarren vor einem Jahr ins Gedächtnis, als er gerne nach Hause gekommen war, als alles in dieser Wohnung einen Nutzen hatte. Heute war alles Erinnerung, und Lebreton konnte weder wegziehen noch hierbleiben. In dieser Wohnung lief bei jeder seiner Bewegungen ein Untertitel mit. Er ging in die Küche, um zu frühstücken, im Stehen, damit er sich nicht allein an den Tisch setzen musste.

Sie hatten zwölf Jahre zusammengewohnt. Zwölf Jahre, in denen Vincent das Brot über der Spüle geschnitten hatte, damit er hinterher keine Krümel wegwischen musste. Jeden

Morgen hatte Lebreton den Hahn aufgedreht, um die aufgeweichten Krumen wegzuschwemmen. Heute machte er morgens einen Bogen um die Spüle, schon im Voraus von Traurigkeit erfüllt.

In der Kühlschranktür stand noch das letzte einer langen Reihe von leeren Essiggurkengläsern, die Vincent in der Erwartung dorthin geräumt hatte, dass irgendeine göttliche Macht sie in den Müll werfen würde. Lebreton hatte seit dem Unfall nichts verändert, und so war das Glas geblieben, mitsamt dem Essig und dem grünen Plastikheber darin. Lebreton aß keine Kekse, hatte aber noch drei Packungen Galettes St Michel im Schrank, eine davon angebrochen. Der erste Band der *Weitseher*-Trilogie war verkehrt herum in den Bücherschrank im Wohnzimmer geschoben. Band zwei lag aufgeschlagen auf Vincents Nachttisch. Der Nachttisch gehörte eigentlich Louis-Baptiste Lebreton, er hatte ihn von seiner Familie bekommen. Trotzdem nannte er ihn immer »Vincents Nachttisch«. Er stand auf Vincents Seite des Betts. Lebreton hatte die Bettwäsche seit acht Monaten nicht gewechselt. Und aus dem Freitagabenddrink war sein Feierabenddrink geworden. Mit neununddreißig war er schon »der Witwer, der Dunkle, ohne Trost«, der nur diesen einen Vers von Nerval kannte.

Lebreton schlüpfte in sein schwarzes Jackett und zog den Reißverschluss seiner Stiefel zu. Er fuhr kurz mit der Kleiderbürste über Erstere und mit dem Schuhputztuch über Letztere. Sein durch den Verlust gelähmter Körper war zu einer Zwangsjacke geworden. Er wollte sie fortreißen und verschwinden, wie man der Hauptstadt entflieht und aufs Land fährt. Er hätte gern für ein Wochenende sein Leben verlassen. Als er die Tür hinter sich zumachte, fragte er sich, wie lange Maëlle Guénan wohl dafür gebraucht hatte, sich durchzuringen, ihr Bett neu zu beziehen.

*

Es schüttete wie aus Kübeln. Eva Rosière und ihr Hund saßen auf der Terrasse des Eckcafés unten in seinem Haus. Der Regen prasselte laut auf den Stoff der Markise. Eva Rosière war gerade dabei, das Papier um die Zuckerwürfel zu ihrem Kaffee abzuwickeln, aber das Spiel schien noch nicht gewonnen. Als Pilou Lebreton sah, sprang er auf ihn zu, und der Tisch machte einen Satz, wodurch die halbe Tasse verschüttet wurde. Rosière ließ den Zucker mitsamt dem Papier hineinfallen.

»Ein Problem weniger«, sagte sie, bevor sie den Commandant begrüßte.

Maëlle Guénan wohnte in der Rue Mazagran, nicht weit von Lebretons Wohnung, deshalb hatten sie sich hier verabredet. Louis-Baptiste setzte sich auf den Stuhl neben Eva, kraulte dem Hund den Kopf und gab der Bedienung ein Zeichen, dass er auch eine Tasse Kaffee wollte.

»Hallo, Eva. Nimmst du Pilote mit?«

»Nein, ich lasse ihn im Lexus. Für eine halbe Stunde geht das hoffentlich, wenn ich das Fenster einen Spaltbreit aufmache. Außerdem ist er ein guter Abschleppschutz.«

Der Regen hämmerte auf das Vordach, und die Passanten hasteten auf dem Bürgersteig vorbei. Ein paar hatten sich unter die große Eingangstür gegenüber geflüchtet und blickten starr in den Himmel, um ja nicht den Moment zu verpassen, in dem der Regen nachließ. Ein stürmischer Windstoß fegte durch die Straße, stülpte die Regenschirme um und riss die Werbeprospekte mit sich. Das Wasser in den Pfützen zitterte, und ein Donnergrollen kündigte den nächsten Sturzregen an.

»So ein Wildwetter«, sagte Rosière und streichelte beruhigend ihren Hund, der sich zwischen ihren Füßen zusammengekauert hatte.

»Lustiger Ausdruck. Woher stammt er?«, fragte Lebreton.

»Aus dem Departement Loire. Ich komme aus Saint-Étienne. Und du bist aus Paris?«

»Nein, aus der Nähe von Dijon.«

Lebretons Eltern wohnten in einem dieser platten Landstriche, an dem die Züge vorbeifuhren und von denen man als Jugendlicher floh, um die gelobten Ufer des Marais zu erreichen. Der Commandant trank seinen Kaffee mit einem Schluck aus und legte genug Geld auf die Untertasse, um die Rechnung für beide Getränke zu begleichen. Wie um seine Kräfte vor dem nächsten Angriff zu sammeln, war der Regen schwächer geworden, die Tropfen fielen langsamer. Das sollten sie ausnutzen.

»Gehen wir?«

Der Hund bezog die Einladung auf sich und sprang sofort mit einem eifrigen Schwanzwedeln auf.

*

»Erinnern Sie sich noch an den Schiffbruch der *Key Line Express*?«, fragte Maëlle Guénan sie zur Begrüßung.

Eva Rosière fiel es schwer, sich zu konzentrieren. Sie dachte daran, dass Pilou ganz allein im Auto saß. Der Arme. Bei diesem Sturm sabberte er bestimmt vor Angst auf die honigfarbenen Ledersitze. Außerdem war der Anfang einer

Befragung immer wahnsinnig zäh, dabei kam nie etwas Verwertbares heraus. Rosière nutzte die Zeit normalerweise, um sich ein Bild von dem Zeugen zu machen, sonst nichts. Sie wartete auf den Moment, in dem die Gefühle zu sprechen begannen. Erst dann bekam man Hinweise, die diesen Namen auch verdienten. Scheiße, die gute Frau hatte etwas gefragt, was war das noch gleich gewesen? Ah ja.

»Nein, vor der Ermittlung hat mir der Name nichts gesagt.«

Maëlle Guénan nickte traurig. Sie war fast sechsundvierzig Jahre alt und trug eine mit bunten Schmetterlingen bestickte Jeans. Ihr lilafarbener Baumwollpulli war viel zu groß und an den Ellbogen fusselig und grau. Sie lächelte, strich sich mit den abgeknabberten Fingernägeln den Pony aus dem Gesicht und stellte die Füße nebeneinander. An den Schnürsenkeln ihrer Turnschuhe glänzte ein Plättchen in Form eines silbernen Sterns.

»Mir auch nicht, muss ich zugeben«, sagte Lebreton, aufrecht wie der Sonnenkönig.

Was für eine Verschwendung, dieser Mann, dachte Eva Rosière. Selbst die zurückhaltenden Augen von Maëlle Guénan hatten kurz aufgeleuchtet, als sie den Prachtburschen entdeckt hatten.

»Das ist verrückt«, bemerkte Maëlle Guénan. »Zwanzig Jahre später erinnert sich niemand mehr daran. Man kennt die *Concordia*, allenfalls noch die *Estonia*, aber die *Key Line*? Nichts. Zu weit weg oder nicht genug Todesopfer. Dabei waren es dreiundvierzig. Dreiundvierzig Tote, stellen Sie sich vor! Vielleicht waren zu wenige davon Franzosen.«

Eine Wachsdecke mit Blumenmuster lag auf dem Esszimmertisch, zu dem Maëlle Guénan sie führte. Man konnte den genoppten Tischschoner darunter fühlen. Die löchrigen Ecken ließen das dunkle Holz erkennen. Die Stühle mit den geflochtenen Sitzflächen drohten auseinanderzubrechen, deshalb saßen Rosière und Lebreton ganz still. Drei Deko-Bullaugen aus Messing hingen an der Wand. Darunter zeigten mehrere vergoldete Bilderrahmen die Entwicklung eines Jungen zum hübschen Mann: Das war bestimmt ihr Sohn Cédric. Eva Rosières Blick fiel auf ein seltsames Instrument auf einer Kommode. Es war mit einem Gitter versehen, das ebenfalls aus Messing war. Ein Kompass?

»Kann ich Ihnen ein Glas Cidre anbieten?«, fragte Maëlle Guénan so leise, dass sie sich vorbeugen mussten.

Cidre? Und das sollte die Schnapsdrossel sein? Cidre? Mannomann, so einen Ruf hatte man aber schnell weg. Eva Rosière wollte nach dem Kompassding greifen, um es sich genauer anzuschauen, aber ein Blick von Louis-Baptiste Lebreton brachte sie dazu, mitten in der Bewegung innezuhalten.

»Zwei Cidre bitte, das wäre wirklich sehr freundlich«, sagte er mit seiner rauen und gleichzeitig samtweichen Stimme.

Maëlle Guénan schien ein sehr ärmliches Leben zu führen. Sie sah aus, als hätte sie Angst davor, den Briefkasten aufzumachen. In einer Ecke des Zimmers, neben einem Laufstall mit weißen Gitterstäben, stand eine durchsichtige Plastikkiste voll mit Kuscheltieren, bunten Bauklötzen und zerschrammten Spielsachen. Ihre Tagesmutterutensilien. Als sie mit der angebrochenen Flasche Cidre zurückgekommen war und ihre Gläser gefüllt hatte, nahm Lebreton den Gesprächsfaden wieder auf.

»Ihr Mann war an Bord der Fähre, als sie gekentert ist, richtig?«

»Seitdem war er nicht mehr derselbe«, erwiderte Maëlle Guénan und setzte sich auf die Kante ihres Stuhls.

Ihre Augen waren auf das Glas in ihren Händen gerichtet.

»Er konnte an nichts anderes mehr denken. Oft ist er um vier Uhr morgens schweißgebadet aufgewacht. Er hat ständig davon geredet, von der Panik, dem Gedränge, den schreienden Menschen. Manche verschanzen sich nach so einem Trauma hinter einer Mauer aus Schweigen, bei ihm war es das Gegenteil. Ich glaube, ich kenne die Geschichte von jedem einzelnen Passagier auf dieser Fähre. Wochenlang hat er nur noch darüber gesprochen. Er hat nicht einmal mehr unserem Sohn zugehört, wenn der aus der Schule kam. Manchmal hat es ihn abends vor dem Fernseher gepackt, mitten in einem Film, er hat uns erzählt, wie ein Mädchen einem alten Mann ins Gesicht geschlagen hat. Er hat mich nachts aufgeweckt, um über Szenen zu reden, von denen er geträumt hatte, von einem Mann, der immer wieder ›Meine Brille, meine Brille!‹ gerufen hat, als er über Bord gesprungen ist; dabei hat er sich die Hände aufs Gesicht gepresst, damit er sie auch ja nicht verliert, während seine Frau sich an einen Rettungsring geklammert hat. Frauen, die Kinder niedergetrampelt haben, Schreie in allen möglichen Sprachen und noch tausend andere schreckliche Dinge. Es war kaum zu ertragen. Natürlich waren auch ein paar Menschen dabei, die sich heldenhaft verhalten haben oder einfach selbstlos, aber das hat Yann nicht verfolgt, davon hat er weniger erzählt. Doch, eine Geschichte hat er gemocht, die einer Französin, deren Mann ihr zugerufen hat: ›Rette, was du kannst!‹, und in ihrer Panik hat sie das Erste mitgenommen, das ihr in die Hände gefallen ist: einen Plastiksalzstreuer. Yann hat sie nach dem Unglück noch einmal besucht. Sie hatte den Salzstreuer in einer Vitrine stehen. ›Ich habe lieber ihn als meinen Schmuck gerettet, also muss er wertvoll sein‹, hat sie gesagt. Yann hatte sie und ihren Mann sehr gern.«

Lebreton beugte sich vor.

»Und niemand hat je irgendeine Beschwerde gegen Ihren Mann vorgebracht?«

»Nein, niemand. Und nach den Beileidsbezeugungen der Überlebenden bei seiner Beerdigung bin ich mir da ganz sicher: Yann hat sich wie ein wahrer Marineoffizier verhalten.«

Eva Rosière inspizierte die ockerfarbene Tapete. Tapeten gaben einem Zimmer erst den letzten Schliff, es wirkte gleich viel ordentlicher, viel schicker.

»Fällt Ihnen jemand ein, der es auf ihn abgesehen haben könnte?«, fragte Lebreton freundlich.

»Soll das ein Witz sein?«

Der schroffe Ton holte Rosière aus ihren Einrichtungstagträumen. Sie hatten den wunden Punkt getroffen, jetzt würden die empörten Anschuldigungen hervorsprudeln. Maëlle Guénan konnte nicht fassen, dass man so etwas noch fragen musste.

»Jallateau! Der Schiffsbauer. Jallateau ist an allem schuld. Er hat den Mord in Auftrag gegeben! Bei ausländischen Reedereien hat er am Material und den Kontrollen gespart. Der Vorsteven war nicht stabil genug, er hat nachgegeben und die Bugklappe mitgerissen. Durch das Leck ist die Fähre in weniger als einer Stunde gekentert. Außerdem war die Lautsprecheranlage defekt, deswegen wussten die Passagiere nicht, zu welchem Deck sie mussten. Yann wollte diesen Pfuscher anzeigen. Er hat Beweise gesammelt, Amerikaner, Kubaner, so viele Passagiere wie möglich kontaktiert, damit sie aussagen. Er hat die Franzosen einen nach dem anderen besucht, das hat Wochen gedauert. Die Akte war so dick«, sagte sie und hielt Daumen und Zeigefinger fünf Zentimeter weit auseinander. »Dann ist er nach Saint-Nazaire gefahren und hat sie Jallateau gezeigt. Und drei Tage später war er tot. Nicht durch einen Unfall oder eine Krankheit. Durch eine Pistolenkugel.«

Mit ihren flussblauen Augen fixierte sie sie nacheinander. Sie war müde von so viel Ungerechtigkeit, erschöpft von so viel Untätigkeit.

»Und bis heute ist niemand dafür verhaftet worden.«

*

Als Eva Rosière und Louis-Baptiste Lebreton auf die Straße traten, liefen noch letzte Regentropfen über die Schaufensterscheiben, aber ein paar entschlossene Sonnenstrahlen durchbrachen schon die graue Wolkendecke.

»Guénan gegen Jallateau, David gegen Goliath. Ein Kerl, der nur mit einer Steinschleuder und seinen Eiern bewaffnet in den Kampf zieht, das riecht immer nach einem tragischen Ende«, bemerkte Rosière und putzte sich die Nase. »Andererseits konnte sich der Schiffsbauer bestimmt denken, dass er direkt auf Platz eins der Verdächtigenliste schießt.«

Sie knüllte das Taschentuch zu einer Kugel zusammen und steckte es in ihren Ärmel. Als sie sah, dass Lexus und Hund unversehrt waren, fiel ihr ein Stein vom Herzen. Pilote sprang an den Türen hoch und beschmierte die Fenster mit Sabber.

»Die zuständigen Ermittler konnten ihm damals nichts

nachweisen«, erwiderte Lebreton. »Aber er hätte sich jemanden suchen können, der die Drecksarbeit für ihn übernimmt. Vielleicht hat sich dieser Jemand sogar ganz spontan angeboten. Ein Gerichtsverfahren hätte möglicherweise viele Männer den Job gekostet. Als Guénan mit seiner Akte im Industriehafen aufgekreuzt ist, sind die sicher ins Schwitzen geraten.«

»Ja. Und Hafenarbeiter sind manchmal nicht die Hellsten.«

»Im Gegensatz zu den Polizeibeamten, die den Fall in Nullkommanichts aufgeklärt haben«, spottete Lebreton.

Mit einer Kopfbewegung leistete Rosière Abbitte für ihre Bemerkung.

»Jallateaus Firma sitzt mittlerweile in Les Sables-d'Olonne«, fuhr Lebreton fort. »Die ganze Geschichte hat ihm wohl die Fähren verleidet, er ist auf Luxuskatamarane umgestiegen. Ich glaube, da ist ein Tag am Meer fällig.«

»Aber hallo!«, rief Rosière. »Sag mal, wie fandest du eigentlich die Tapete im Wohnzimmer? Die war nicht schlecht, oder? So was bräuchten wir im Kommissariat…«

Évrard schloss die Tür ihres Jugendzimmers mit dem schmalen Einzelbett, den Sternen an der Decke und dem Poster von Scorseses *Casino* an der Wand. Seit sechs Monaten wohnte sie wieder bei ihren Eltern. Sie nahm ihre Windjacke von der Garderobe neben der Wohnungstür. Bevor sie ging, steckte sie kurz den Kopf in die Küche und verabschiedete sich von ihrer Mutter. Die wünschte ihr viel Spaß bei der Arbeit.

Draußen auf dem Bürgersteig tastete Évrard gedankenverloren den wasserabweisenden Stoff ab. Ihr Glücksbringer-Euro lag wohlbehalten in ihrer Tasche. Ihr letzter Euro – der, den sie nicht verspielt hatte, der, auf dem sie ihr Leben wieder aufbauen wollte. Manchmal war sie versucht, ihn in die Seine zu werfen, einfach so. Das war doch alles Quatsch. Selbst die schlimmste Spielerin wusste, dass man mit einem Euro kein neues Leben anfangen konnte. Die eigentliche Frage war: womit dann?

14.

»Er weigert sich«, verkündete Anne Capestan, als sie Torrez' Büro betrat.

»Und das hat er Ihnen persönlich gesagt?«

Der Lieutenant stützte die Ellbogen auf die Ausdrucke, die seinen gesamten Schreibtisch bedeckten. Er schien überrascht, dass Valincourt überhaupt ihren Anruf entgegengenommen hatte.

»Nein, ich hatte einen seiner Assistenten am Apparat. Der Divisionnaire lässt ausrichten, er könne uns im Moment leider nicht empfangen, aber wir sollten nicht zögern, ihn zu einem späteren Zeitpunkt noch einmal zu kontaktieren oder ihm einen Bericht zu schicken und so weiter.«

Capestan seufzte. Von allen Polizisten, die mit der Akte Sauzelle in Verbindung standen, war ausgerechnet Valincourt der Einzige, der sich noch in der Gegend aufhielt. Damals schon der große Häuptling, hatte er die Ermittlung eher beaufsichtigt als tatsächlich durchgeführt, also erinnerte er sich wahrscheinlich sowieso nicht mehr an viel. Vor allem aber war er weder der Erreichbarste noch der Zugänglichste am Quai des Orfèvres.

Torrez hob resigniert die Augenbrauen, wie jemand, der nie irgendetwas anderes als Ablehnung von seinen Kollegen erfahren hatte. Er deutete ein Lächeln an, bevor er wieder seine abweisende Miene aufsetzte und sich auf Naulins Strafregister konzentrierte.

Anne Capestan schaute ihm zu, ohne ihn wirklich zu sehen, während sie auf eine Eingebung wartete. Dem Assistenten zufolge war Valincourt gerade auf dem Schießstand in der Nähe der Porte de la Chapelle. Unter anderen Umständen hätte sie einfach dort aufkreuzen und so tun können, als wäre sie überrascht, ihn zu treffen, aber so, wie die Dinge lagen – ohne Waffenberechtigung –, hatte sie keinen Grund, dort zu sein. Valincourt würde wissen, dass sie ihn zwingen wollte, mit ihr zu reden. Wobei, was machte das schon?

»Ich fahre hin«, erklärte sie. »Von Angesicht zu Angesicht kann er mich nicht so leicht abwimmeln.«

»Wenn Sie das sagen«, murmelte Torrez, das Fähnchen im Wind.

*

An der Porte de la Chapelle angekommen, einem Teil von Paris ohne den geringsten Charme, ging Anne Capestan unter dem Zubringer zur Ringautobahn durch bis zu einem stillgelegten Parkhaus. Sie drückte auf den unbeschrifteten Klingelknopf, und nachdem sie ihren Namen angegeben hatte, stemmte sie sich gegen die schwere Stahltür. Die Schießanlage befand sich im letzten Stock. Der alte, mit Graffiti besprühte Aufzug war defekt, deswegen nahm sie die Treppe und folgte mechanisch den aufgemalten Revolvern an der Wand, die den Weg markierten. Die Zugangstüren zu allen anderen Stockwerken waren zugemauert. Dahinter erahnte man die unermessliche Anzahl an leeren

Parkplätzen, die sich in der Dunkelheit aneinanderreihten. An diesem Ort bekam man wirklich Lust auf eine Knarre.

Sie ließ ihren Ausweis bei dem lächelnden Opa hinter der Sicherheitsscheibe an der Eingangstür. Über dem Schalter flimmerte das Schwarz-Weiß der Überwachungsmonitore. Der alte Mann konnte seine Überraschung, sie hier zu sehen, nur schlecht verbergen und nuschelte ein paar Worte, die sie nicht verstand. Auf gut Glück nickte sie und verschwand in Richtung der großen, mit Neonröhren beleuchteten Halle, in der sich die Vereinsräume befanden.

Es war fast keiner da, der Billardtisch und der Kicker waren frei. Eine Reihe von James-Bond-Filmplakaten schmückte die Wände, und grüne Plastikpflanzen sorgten für ein paar Farbtupfer. Zwei Männer trainierten auf dem Schießstand, der wie ein x-beliebiges Squashfeld bloß durch eine Scheibe von der Halle abgetrennt war.

Anne Capestan fühlte sich unwohl. Sie nahm die Abwesenheit der Smith & Wesson an ihrem Gürtel körperlich wahr. Wie eine Freistilschwimmerin ohne Badeanzug vor dem Becken stand sie in der Tür und bemühte sich, so würdevoll wie möglich zu wirken, während sie den Raum nach Valincourt absuchte.

Er saß allein an einem Vierertisch. Den Koffer mit seinen Waffen hatte er auf den Stuhl neben sich gelegt. Er hielt einen Becher Kaffee in der Hand und las Zeitung. Die große Vitrine mit den Pokalen und Medaillen des Klubs hinter ihm schien seinen Status als Alphabulle noch zu unterstreichen. Als er den Blick hob, bemerkte er sie, und sein hübsches Siouxgesicht verzog sich kurz zu einer verärgerten Grimasse. Trotzdem lud er sie mit einer unauffälligen Handbewegung ein, sich zu setzen.

Mit einem liebenswürdigen Lächeln ging Capestan auf ihn zu. Hier bot sich eine Gelegenheit, an Informationen zu kommen, und die galt es so feinfühlig wie möglich zu nutzen. Sie schob sich schnell auf den Stuhl Valincourt gegenüber, mit dem Rücken zum Raum.

»Guten Morgen, Monsieur le Divisionnaire. Vielen Dank, dass Sie mich –«

»Fassen Sie sich kurz.«

Anne Capestan musste jetzt schon an sich halten, höflich zu bleiben. Sie nickte und fasste knapp zusammen: »Wie ich Ihrem Assistenten bereits erklärt habe, haben wir den Fall Marie Sauzelle wiederaufgenommen: eine alte Dame, die 2005 in Issy-les-Moulineaux ermordet wurde. Ein bisschen lange her, ich weiß, aber Sie haben damals die Ermittlungen geleitet, und ich habe mich gefragt, ob Sie sich vielleicht noch an ein paar Details erinnern.«

Valincourt durchforstete sein Gedächtnis.

»Ja, Marie Sauzelle... Es gab damals eine Welle von Einbrüchen in der Gegend. Anfänger, die allein agiert haben, aber von einem Großhehler kontrolliert wurden. Die arme Frau hat den Einbrecher bemerkt, der Typ hat Panik bekommen und sie getötet.«

Valincourt schüttelte langsam den Kopf.

»In ihrem Alter hatte sie keine Chance.«

Er wirkte ehrlich betroffen. Er hatte den typischen Blick eines Polizisten, der in seine Erinnerungen versunken ist und über der langen Liste der ihm entwischten Kerle brütet. Trotz seiner Steifheit ging eine gewisse Traurigkeit von ihm aus, und Anne Capestan war überrascht, einen Menschen hinter dem Totempfahl aufscheinen zu sehen. Aber davon ließ sie sich nicht aus dem Konzept bringen.

»Der Einbrecher hat keine Spuren hinterlassen, das ist ungewöhnlich für einen Anfänger...«

»Was wollen Sie von mir hören? Es war ein Anfänger mit Handschuhen. Seit diese ganzen Krimiserien im Fernsehen laufen, hat das auch der allerletzte Schwachkopf verstanden.«

»Das stimmt. Und das Opfer? Was für eine Frau war Marie Sauzelle?«

»Als ich sie kennengelernt habe, war sie ziemlich tot«, entfuhr es Valincourt.

Offensichtlich, dachte Capestan. So hatte sie ihre Frage nicht gemeint, und das wusste er genau. Die kurze Unterredung, die der Divisionnaire ihr zugestand, würde sich nicht zu einem Gespräch entwickeln. Nur Fakten, nichts als Fakten. Die Botschaft war angekommen.

»Das ist mir schon klar. Ich habe von den Zeugenaussagen gesprochen, die Sie damals aufgenommen haben.«

»Die Zeugenaussagen, ich bitte Sie... Wozu brauchen Sie das Persönlichkeitsprofil eines Einbruchsopfers?«

Es war so weit. Die nächsten Fragen würden auf die eine oder andere Art die Arbeit der Kriminalbrigade kritisieren. Entweder waren dem Divisionnaire selbst einige Ungereimtheiten aufgefallen und er würde ihrer Brigade vielleicht helfen, oder er war von der Stichhaltigkeit der Schlussfolgerungen seines Teams überzeugt und würde es auf Biegen und Brechen verteidigen. Alles oder nichts.

Sätze und taktvolle Formulierungen schwirrten Capestan im Kopf herum, bis sie den Eindruck hatte, ihr Gehirn sei ein Kissen mit tausend schlüpfrigen Stecknadeln. Mit einem leisen Seufzer trat sie schließlich die Flucht nach vorne an:

»Tatsächlich gibt es meiner Meinung nach ein paar Details,

die nicht richtig zu der Einbruchsthese passen. Der Türriegel, zum Beispiel ...«

In Valincourts Augen trat sofort dieser misstrauische Glanz, der seinen Untergebenen vorbehalten war.

»Langsam, langsam, Commissaire Capestan, nur damit ich Sie richtig verstehe: Sie wollen andeuten, dass unsere Ermittlung nicht gewissenhaft genug war?«

Er schaltete auf stur. Sie musste einen anderen Kurs einschlagen, sonst würde dieser Wortwechsel bald ein jähes Ende finden.

»Nein, nein, nicht im Geringsten. Ich frage mich nur –«

»Sie fragen sich?«, unterbrach der Divisionnaire.

Mit unbewegter Miene und eisiger Gelassenheit verriet er, was er wirklich dachte: »Hören Sie, mir ist klar, dass Sie sich in Ihrem Rattenloch irgendwie beschäftigen müssen, und das Infragestellen der Vorgänger ist nun einmal die Lieblingsbeschäftigung der Talentlosen. Aber Ihre Brigade ist ein Abstellgleis, kein Nachhilfeinstitut. Also verschwenden Sie nicht meine Zeit. Sie wollen unsere Ermittlungslücken schließen? Tun Sie sich keinen Zwang an, junge Frau. Aber haben Sie wenigstens den Anstand, uns nicht um Hilfe zu bitten.«

»Junge Frau«, warum nicht gleich »Süße«, wenn er schon dabei war. Allmählich ging Capestan der Polizeichef gehörig auf den Zeiger. Trotzdem widerstand sie dem Drang, mit einem »alter Knabe« zu kontern. Sie nickte schweigend. Im Grunde hatte er ja recht. Sie war das Risiko einer Abfuhr eingegangen, als sie hier uneingeladen aufgetaucht war.

Sie hatte rein gar nichts erfahren, aber konnte schon wieder aufbrechen.

Der Raum begann sich zu füllen. Ein Polizist mit Lederjacke und rasiertem Schädel kam zu ihrem Tisch und begrüßte Valincourt feierlich mit einer betont lässigen Handbewegung. Er trug eine Gitarrentasche, die bestimmt eher ein Sturmgewehr und Patronen als eine Westernklampfe und Renaud-Akkorde enthielt. Als er Anne Capestan bemerkte, zuckte er vor Überraschung leicht zusammen und ging mit einem angedeuteten Lächeln auf den Lippen weiter. Genau wie die beiden Kollegen, die ihm folgten. Capestan schäumte.

Sie stand auf und sagte mit gezwungener Höflichkeit: »Dann lasse ich Sie jetzt wieder allein, Monsieur le Divisionnaire. Vielen Dank für Ihre Kooperation.«

Mit einem mechanischen Lächeln schüttelte er ihr die Hand. Er zögerte einen Augenblick, bevor er einräumte: »Wenn Sie unbedingt in eine andere Richtung ermitteln wollen, statten Sie dem Bruder einen Besuch ab. Aber seien Sie vorsichtig, der ist eine richtige Schlange.«

Anne Capestan nickte. Dann verschwand sie unter den belustigten Blicken ihrer Kollegen mit trotzig erhobenem Kinn in Richtung Ausgang. Sie öffnete gerade die Tür, als eine Beretta abgefeuert wurde. Der charakteristische Klang jagte ihr einen begierigen Schauer über den Rücken.

15.

An diesem frühen Nachmittag saßen Évrard und Merlot auf einer Bank im Parc Monceau und observierten einen Junkie. In Wahrheit rühmte sich Merlot, Évrard in die Feinheiten des Schachspiels einzuführen, während die seinen Ausführungen geduldig lauschte und insgeheim dachte, dass dieser Kerl nicht einmal den Unterschied zwischen einer Drei und einer Fünf beim Domino erkennen würde. Aber die Luft war mild und der Park hübsch, also überlegte sich Évrard ein Spiel, bei dem sie die Abfolge von Kinderwagen und Trainingshosen, Röcken und Jeans beobachtete. Dahinter steckte kein gesellschaftliches Interesse, es ging nur um die Zahlen und Merlots Stimme im Hintergrund, die die Rolle des Croupiers übernahm.

Der Junkie ihnen gegenüber kratzte sich geistesabwesend an der Innenseite seines Arms und wippte mit dem Fuß. Er fragte sich offenbar, was er in einem Park des 8. Arrondissements trieb. Nervös schaute er zu ihnen herüber, und seltsamerweise schien ihn ihr Anblick zu beruhigen. Évrard musterte aus dem Augenwinkel ihren Nachbarn und seine vergilbte Hose, dann ihre eigenen abgetragenen Converse, und fragte sich einmal mehr, was sie aus ihrem Leben machte. Zwei Kinderwagen, eine Jeans, drei Trainingshosen, ein Rock.

Auf dem Hauptweg näherte sich ein Mann. Évrard betrachtete ihn wachsam. Eigentlich unterschied ihn nichts von der Masse, er war nur ein bisschen ungebügelter, grauer als die anderen. Und dazu schrie er alles und jeden, Bäume, Luft, Menschen, an: »Arschloch! Arschloch! Arschloch!« Noch einer, dem Paris das Hirn versengt hatte. Plötzlich beneidete Évrard ihn um seine vollkommene Freiheit. Fallen ohne Rettungsschirm, den letzten Faden, jede Zurückhaltung kappen. Sie berauschte sich an der Vorstellung, dann atmete sie langsam aus, um wieder in die Wirklichkeit zurückzukehren. Die Observierung, der Fall, ihr Beruf. Ihr Kollege Merlot, der mit ihr sprach.

»Ich bewege also meinen Turm, und stellen Sie sich vor, was dieser unverschämte Kerl da sagt: Nicht diagonal ziehen! Ist das zu fassen? In aller Öffentlichkeit!«

Évrard schüttelte den Kopf, aber ihre Aufmerksamkeit gehörte wieder dem Junkie, den sie überwachten. Er hatte sich aufgerichtet, bestimmt kam gleich jemand. Jackpot: Ein junger Mann, bleich wie eine Rübe, mit Jackett, Röhrenjeans und schmaler Krawatte, setzte sich neben ihn. Die beiden taten so, als würden sie sich nicht kennen, während sie miteinander redeten, es war lächerlich. Schließlich tauschten sie einen Handschlag, einfach so, mit unbeteiligter Miene, auf einer Bank mitten in einem Park. Ein paar Scheine lugten zwischen den Fingern hervor, und man hörte das Knistern der Alufolie um das Kokainpäckchen bis zu ihnen. Was für ausgemachte Idioten! Évrard fragte sich, wie der Typ es geschafft hatte, sich nicht schon viel früher erwischen zu lassen. Er stand auf, und Évrard stieß Merlot unauffällig an. Der fuhr hoch.

»Was soll das?«

Genau deswegen kamen sogar die Stümper davon. Évrard zeigte mit dem Kinn auf den Dealer, und Merlot erhob sich schwerfällig. Als ihre Zielperson stehen blieb und die Fliegersonnenbrille abnahm, um auf ein Smartphone zu schauen, hielt er abrupt an.

»Die Verfolgung hat sich erübrigt, ich weiß, wo er wohnt. In der Villa Scheffer im 16. Arrondissement. Das ist der Sohn von Riverni.«

»Riverni ... ist der nicht Minister oder so was?«

»Staatssekretär.«

»Jetzt wird mir klar, wie der Fall bei den Akten gelandet ist. Der Kerl sieht nicht so aus, als könnte er besonders schnell rennen. Und noch weniger, als könnte er durch die Maschen schlüpfen ... Also gut. Verständigen wir Capestan.«

»Unbedingt. Da an der Ecke ist ein Café, da gibt es bestimmt ein Telefon.«

Évrard verzichtete darauf, ihm zu sagen, dass sie wie jeder andere Mensch außer ihm über ein Handy verfügte. Unter Kollegen musste man wissen, wann man besser den Mund hielt. Sie betrat das Café Carnot und bestellte einen Kir framboise. Merlot strahlte. Ein schnell gelöster Fall, und ihm allein standen alle Lorbeeren zu.

16.

Anne Capestan wand sich aus dem Aufzug mit ihrem dunkelrosafarbenen Einkaufsroller, der bis zum Rand mit Holzscheiten gefüllt war. Sie betrat rückwärts das Kommissariat und zerrte ihre Last bis vor den Kamin. Ein starker Wachsgeruch durchdrang den Raum, und das Parkett glänzte wie eine frisch geschälte Kastanie. Ein Schrubber, mit einem in Flüssigwachs getränkten Lappen, lehnte hinter Lebretons Stuhl an der Wand. Capestan begrüßte den Commandant und Eva Rosière, die gerade einen Teebeutel über ihrer Tasse abtropfen ließ. Pilou hatte es sich auf einem ihrer blauen Pumps bequem gemacht. Torrez und Orsini verschanzten sich bestimmt in ihren jeweiligen Büros. Anne Capestan klappte den kupfernen Funkenschutz auseinander, den sie seitlich in den Trolley gesteckt hatte, zog ihren Trenchcoat aus und fing an, das Holz neben dem Kamin aufzustapeln.

»Und?«, fragte Rosière und warf den Teebeutel in den Papierkorb aus grünem Leder unter ihrem Schreibtisch. »Wie läuft es mit der Oma?«

»Durchwachsen, im Moment. Wir fahren morgen in die Creuse, um den Bruder zu befragen. Und Ihr Seemann?«

»Die Witwe ist überzeugt davon, dass es ein Schiffsbauer

aus der Vendée war. Also geht's für uns ans Meer. Aber erst übermorgen, wir mussten einen Termin vereinbaren.«

»Jedem sein Ferientag. Fahren Sie mit dem Zug? Wir haben ein Budget für Dienstreisen, wenn Sie wollen...«

»Nein, wir nehmen mein Auto, das ist mir lieber, und Louis-Baptiste stört es nicht«, sagte Eva Rosière mit einem Blick zu ihrem Partner.

Der nickte bestätigend. Der Hund tapste neugierig auf die Holzscheite zu und schnüffelte daran, mit der offenkundigen Absicht, ein bisschen Brennflüssigkeit beizusteuern.

»Nein, Pilou. Ab mit dir!«, befahl Capestan und deutete zu Rosières Schreibtisch.

Pilous Schnauze folgte ihrem Finger sofort, aber die Pfoten bewegten sich keinen Zentimeter.

»Der ganze Hund, Pilou, nicht bloß der Kopf«, beharrte Capestan.

Der Hund gehorchte umso bereitwilliger, als jetzt jemand Neues auftauchte: Évrard hängte ihre dunkelblaue Windjacke an die Garderobe im Eingangsbereich.

»Guten Tag, Commissaire«, sagte sie. »Wir haben den Dealer ausfindig gemacht. Villa Scheffer im 16.«

Einen Holzscheit in jeder Hand, schenkte Anne Capestan ihr ein erfreutes Lächeln.

»Wunderbar. Schnelle und effiziente Arbeit, die Nation dankt, Lieutenant.«

Évrard zog ein betrübtes Gesicht. Da wurden ihre Fähigkeiten einmal gelobt, und sie musste gleich wieder relativieren.

»Ja, na ja, freuen Sie sich nicht zu früh. Es ist der Sohn des Staatssekretärs im Familienministerium, Riverni. Das erklärt wahrscheinlich, warum die Akte auf dem Boden eines

Kartons vor sich hin geschimmelt hat. Ich vermute mal, wir können ihn nicht festnehmen.«

»Aber sicher doch«, erwiderte Anne Capestan so optimistisch wie möglich. »Wenn er mit seinem Stoff zur Haustür rausgeht, buchten sie ihn ein.«

Strahlender Sonnenschein füllte das Zimmer, fiel bis an die hintersten Wände, die unter seiner Hitze zu erblühen schienen. Heute war kein Tag für Zweifel.

»Commissaire, ich will ja nicht Ihre Entscheidung infrage stellen, aber wenn die Akte hier bei uns gelandet ist, dann heißt das, dass vor zwei Jahren eine richtige Brigade mit richtigen Befugnissen die Sache fallen lassen musste. Und bestimmt nicht, damit wir etwas zu tun haben.«

»Wir sind auch eine richtige Brigade. Ich sage ja nicht, dass wir es schaffen werden, aber wir versuchen es. Solange uns niemand aufhält, rücken wir vor.«

So funktionierten die Dinge. Man begegnete ohnehin schon genug Hindernissen, da musste man sich nicht auch noch selbst welche in den Weg legen. Wenn es so weit war, würden sie weitersehen.

Évrard riss die unschuldigen blauen Augen auf, sträubte sich jedoch innerlich. Sie hatte keine große Lust, dorthin zu fahren und stundenlang mit dem Anwalt der Familie zu diskutieren, um am Ende eins aufs Dach zu kriegen und mit leeren Händen zurückzukehren. Capestan verstand das gut, ihre eigene Unterredung mit Valincourt hatte sie auch nicht gerade begeistert, aber die Brigade durfte sich nicht in ihr Schicksal ergeben und in diese Apathie versinken, die man ihr wünschte. Wenn sie jetzt schon kapitulierten, bevor man es ihnen befahl, konnten sie auch gleich zu Hause bleiben.

»Wir haben nicht einmal eine Zelle«, sagte Évrard.

Capestan legte die Holzscheite weg, klopfte sich die Hände ab und holte ein Schweizer Taschenmesser aus ihrer riesigen Handtasche. Damit ging sie geradewegs zur Toilette, baute den Riegel aus, wobei sie die Schrauben halb herausriss, und montierte ihn an die Tür eines der Zimmer am Ende des Flurs. Dann marschierte sie zurück ins Wohnzimmer und klappte das Taschenmesser zu.

»Da haben Sie Ihre Zelle. Das sollte fürs Erste genügen. Schnappen Sie sich diesen Riverni in flagranti, leisten Sie gute Polizeiarbeit. Und falls es irgendwelche Schwierigkeiten geben sollte, spielen Sie die Ahnungslose und rufen mich an.«

Lebreton, der sich keine Silbe des Gesprächs hatte entgehen lassen, schmunzelte. Évrard wirkte immer noch skeptisch, entfernte sich aber ein paar Schritte, um Merlot zu verständigen, der im Café Carnot geblieben war, »nur für den Fall«.

Anne Capestan hatte nicht damit gerechnet, dass sich schon so bald eine Verhaftung abzeichnen würde. Es wäre ihr lieber gewesen, sie hätte sich erst noch ein bisschen warm machen können, bevor sie sich ins Spiel stürzte und mit der Obrigkeit anlegte. Aber vor dem Team konnte sie sich keinen Rückzieher erlauben. Wenn sie zugab, dass ihre Ermittlungen umsonst waren, würde das das Todesurteil für die letzten kleinen Motivationsknospen bedeuten. Für irgendetwas musste diese Brigade gut sein. Wofür genau, das würde sie in ein paar Stunden wissen. Zumindest wäre sie dann über ihren Zuständigkeitsbereich im Bilde. Sie wechselte noch einen Blick mit Lebreton. Der Commandant klopfte mit seinem Kuli gegen die Schreibtischkante und legte den Kopf schief, um ihr zu verstehen zu geben, dass er genauso gespannt auf das Urteil war wie sie. Sie lächelte ihm kurz zu, bevor sie zu ihrem Einkaufsroller zurückkehrte.

Von ganz unten holte sie zwei mit den Büsten antiker Göttinnen verzierte Kaminböcke hervor und platzierte sie perfekt parallel zu beiden Seiten des Kamins. Danach klopfte sie sich den feinen Roststaub von den Händen. Eva Rosière kam herüber und bewunderte ihr Werk.

»Sehr schick. Jetzt fehlt nur noch ein großer Spiegel. Mit Goldrahmen.«

In diesem Bereich brauchte Rosière eigentlich keine Ermutigung, aber Capestan nickte zustimmend. Sie hielt aus Prinzip niemanden auf, der guten Willen zeigte.

»Haben Sie so etwas?«, fragte sie.

»Na klar, ich muss nur schnell einen Anruf machen«, antwortete Rosière mit gewichtiger Stimme, während sie nach dem Schnurtelefon auf ihrem Schreibtisch griff.

Den Hörer zwischen Ohr und Schulter geklemmt, fügte sie hinzu: »Wir bräuchten noch einen passenden Kronleuchter.«

»Einen Kronleuchter?«

Anne Capestan spürte den ersten Windhauch eines Wirbelsturms. Und obwohl sie ganz genau wusste, dass sie damit eine Naturgewalt entfesselte, sagte sie: »Wenn es Ihnen Freude macht...«

17.

Eine Stunde später hingen ein Spiegel mit vergoldetem Bronzerahmen und ein passender Kristalllüster im großen Büro. Anne Capestan und Eva Rosière feierten dieses Ereignis mit einem heißen Tee auf der Dachterrasse. Es war ein milder Herbst, perfekt, um die Annehmlichkeiten eines Kaminfeuers mit denen einer Terrasse zu verbinden. Das Stimmengewirr der Pariser, die um den Brunnen auf dem Platz herumsaßen, stieg zu ihnen herauf, Gelächter, Rufe, Handyklingeln, das Piepen der Fahrräder, wenn man sie wieder an die Verleihstationen anschloss, und das Rascheln von Taubenflügeln. Zwei Djemben führten in der Ferne ein leises Zwiegespräch. Ihr Rhythmus begleitete die Spaziergänger an diesem warmen Nachmittag. Louis-Baptiste Lebreton stützte sich auf die steinerne Brüstung und zündete sich eine Zigarette an. Die Pause zog sich in die Länge, das Fallbeil in Form des Telefonklingelns ließ auf sich warten. Dann endlich war es so weit, und Anne Capestan erhob sich wie ein guter Soldat, um Burons Urteil entgegenzunehmen.

Sie holte tief Luft und griff nach dem Hörer. Es war tatsächlich der Directeur, und seine Stimme klang nicht gerade liebenswürdig: »Ihre Leute sind also bei Riverni?«

»Richtig. Im Gegensatz zu Ihrem mit Diplomen dekorierten und in jeder Hinsicht perfekten Sohn, Monsieur le Directeur, vertickt der Riverni-Sprössling ziemlich minderwertiges Kokain.«

»Was genau soll das werden, Capestan? Ich verbiete Ihnen, ihn vorzuladen oder sogar festzunehmen.«

»Wie bitte?«

»Kein Ermittlungsrichter wird Ihnen dabei helfen. Schon damals, mit richtigen Polizisten –«, fing Buron an, bevor er sich unterbrach. »Das haben schon andere versucht, also brauchen Sie sich nicht zu verausgaben.«

»Ich verausgabe mich nicht, ich bin in Topform.«

»Bitte verschonen Sie mich mit Ihrer Zirkusnummer, Capestan. Sie wollen wissen, wie weit Sie gehen können? Ich werde mich so klar wie möglich ausdrücken: Die Richter kennen Ihre Brigade nicht einmal. Sie hat nicht die Ellbogen für einen solchen Fall.«

Der letzte Satz lag Anne Capestan schwer im Magen. Sie hörte erst Stille, dann das Freizeichen am anderen Ende der Leitung. Niemand legte sich mit einer unerreichbaren Justiz an.

Egal wie sehr sie sich darauf vorbereitet hatte, eine wilde Hitze stieg ihr ins Gesicht. Sie war wütend. Natürlich war Burons Zug vorherzusehen gewesen, aber es fiel ihr nicht leicht hinzunehmen, dass man ihr so schnell eine scheuerte. Diese Brigade war besser als ihr Ruf. Und sie würde es beweisen.

Adrenalin schäumte durch Anne Capestans Adern. Sie atmete tief ein und wieder aus, um die dunklen Schatten zu vertreiben, die sich ihres Gehirns bemächtigt hatten. Sie musste nachdenken, wie sie die Barrikaden, die der Directeur errichtet hatte, umgehen konnte. In der Hoffnung, dass man sie noch auf der Terrasse und in den hinteren Büros verstand, rief sie: »Kennt irgendwer hier Divisionnaire Fomenko?«

Schweigen. Sie wollte ihre Frage gerade umformulieren, als Eva Rosière mit ihrer Tasse in der Hand hereingewogt kam, ein andeutungsschwangeres Lächeln auf dem Gesicht.

»Ich kenne den Drachen gut«, sagte sie mit heiserer Stimme.

Mehr wollte Capestan gar nicht wissen, aber das traf sich hervorragend.

»Hören Sie, Buron hat uns verboten, Riverni einzubuchten, also müssen wir passen, zumindest offiziell. Aber die Drogenfahndung hat bestimmt bessere Argumente. Fomenko ist immer noch sehr beliebt bei seiner alten Brigade. Vielleicht könnte er sie dazu überreden, sich um den Jungen zu kümmern oder alternativ uns unter die Arme zu greifen. Zuerst müssen wir ihn allerdings auf unsere Seite bringen. Glauben Sie, das ist machbar?«

»Ja, warum nicht?«, antwortete Rosière nachdenklich. »Aber so wichtig ist diese Dealergeschichte doch gar nicht, oder?«

»Doch. Wenn wir so leicht aufgeben, macht uns das unglaubwürdig. Dann halten uns alle für Clowns.«

»Und das sind wir ja nicht...«, spottete Rosière.

»Genau.«

Mit dem Daumen der anderen Hand zog Anne Capestan die Narbe an ihrem linken Zeigefinger nach, ein blasses Andenken an einen Rollschuhsturz, ihre erste Lektion in Vorsicht, die nicht gefruchtet hatte. Mit leiserer, aber nicht weniger entschlossener Stimme fügte sie hinzu: »Unsere Zukunft hängt von der Festnahme des Riverni-Sohns ab.

Wenn der vor einem Richter steht, sitzen wir wieder im Sattel.«

»Okay, okay«, sagte Eva Rosière und strich flüchtig über die Kette um ihren Hals.

Sie war froh, dass es irgendwo noch eine Chance gab, die man beim Schopf packen konnte.

18.

Évrard und Merlot waren in Rivernis Viertel geblieben, bis die Telefonanrufe den hierarchischen Dienstweg einmal hin und zurück genommen hatten und eine Entscheidung gefällt worden war. Nach ihrem Gespräch mit Buron hatte Anne Capestan sie angerufen und gebeten, auf mögliche Verstärkung zu warten. Évrard hatte sie auf den neusten Stand gebracht: Sie und Merlot hatten beobachtet, wie der Sohn seinen Stoff in einer kleinen Metalldose unter einer Steinplatte im Garten auf dem Villengrundstück versteckt hatte. So wüssten sie im Fall einer Hausdurchsuchung, wo sie nachschauen müssten. Sie hatten unterdessen geklingelt und ein paar Fragen gestellt, ohne ihre Karten auf den Tisch zu legen. Das kleine Großmaul hatte den Besuch schlecht aufgenommen und gedroht, handgreiflich zu werden. Merlot war sehr bestimmt dazwischengegangen und hatte dem jungen Mann ohne den Hauch eines Zögerns die Stirn geboten, trotz seiner dreißig Jahre mehr und dreißig Zentimeter weniger. Der Sohnemann war sofort abgehauen, um sich bei Papi zu beschweren.

Dass Merlot, den sie bisher für einen ausgemachten Schaumschläger gehalten hatte, plötzlich eine solche Entschlossenheit demonstrierte, hatte Évrard beeindruckt. Sie empfand ein völlig neues Vertrauen in ihren Partner. Das und die Tatsache, dass der kleine Dealer ihr gehörig auf die Nerven ging, waren zwei gute Gründe, auf Fomenkos Kavallerie zu warten.

Leider kehrte Eva Rosière unverrichteter Dinge zurück. Fomenko sei sehr zuvorkommend gewesen, aber er habe nicht vor, sich »mit so einem Quatsch herumzuärgern«: Der Junge sei nur ein kleiner Fisch und die Scherereien nicht wert, die seine Untersuchungshaft verursachen würde. Er habe keine Lust, stapelweise Papierkram für eine dumme Rotznase zu erledigen, die nach einer Viertelstunde mit einem hämischen Grinsen wieder draußen wäre. Den Vater noch nicht eingerechnet, der ihm die nächsten zehn Jahre lang alle Aufstiegsmöglichkeiten verbauen würde. »Klar, wenn er jetzt der nächste Escobar wäre... aber den kleinen Piepmatz lasst ihr besser davonflattern«, hatte er hinzugefügt. Eva Rosière hatte sich gefreut, einen alten Freund wiederzusehen und nebenbei ein Tütchen marokkanisches Gras abzustauben, doch das Scheitern ihrer diplomatischen Mission tat ihr ehrlich leid. Es missfiel ihr, so zu enttäuschen.

»Ich verstehe«, sagte Anne Capestan. »Vielen Dank, dass Sie es versucht haben, Capitaine.«

Im Grunde genommen war dieser Tag sehr lehrreich gewesen. Fomenko hatte ihnen – zwar galanter, aber ebenso bestimmt wie Valincourt – eine Abfuhr erteilt. Im Endeffekt hieß das: Buron untersagte ihnen jedes offizielle Vorgehen, und die anderen hohen Tiere verweigerten die inoffizielle Zusammenarbeit. Die Brigade war auf sich allein gestellt. Vollkommen auf sich allein. Sie mussten am Rand lavieren. Oder sich mittendurch boxen. Mit ihren eigenen Waffen.

Anne Capestan klopfte an der ersten Tür rechts im Flur. Im Büro dahinter bedeckten Plakate von den glanzvollsten Aufführungen der Pariser Oper die Wände. Ein Lufterfrischer mit ätherischen Ölen verströmte einen feinen Mandarinenduft, während ein Radio leise France Musique spielte. Auf einem Stehtisch aus Rauchglas stapelten sich mehrere Gesetzesbände, darunter ein alter *Dalloz*. Capitaine Orsini notierte sich gerade etwas in einem Büchlein. Orsini, der Denunziant mit den Samthandschuhen, der Stenograf der Justizpresse und Anne Capestans gezinkte Karte. Er blickte wachsam auf.

»Capitaine Orsini? Könnten Sie uns bei einer Ermittlung behilflich sein? Es geht um die Villa Scheffer im 16. Ein Team ist schon vor Ort und wird Ihnen alles erklären.«

José Torrez saß auf einem Stuhl neben dem Hochbett seiner Töchter, die Füße in gepunkteten Pantoffeln, und las mit seiner melodischen Bassstimme die Abenteuer von *Clémentine lernt Hip-Hop* vor. Die Mädchen lauschten hoch konzentriert, während sie beide eine Strähne ihres schwarzen Haars zwirbelten und an die Decke beziehungsweise den Bettenboden der Schwester starrten.

Nach einer kunstvollen Pause, die die Spannung erhöhen sollte, blätterte Torrez um. Eine naive Zeichnung zeigte einen Tanzsaal, der mit einem Fernseher und einem DVD-Player ausgestattet war.

Der DVD-Player! Er stand immer noch in Marie Sauzelles Wohnzimmer. Heute machte sich kein Dieb mehr die Mühe, einen DVD-Player mitzunehmen, aber 2005 ... Der Mörder hatte den Tatort auf die Schnelle manipuliert. Hatte er das Gerät einfach vergessen, oder hatte er keine Tasche mit sich herumschleppen wollen?

19.

Gabriel saß in seinem Zimmer und betrachtete das Bild seiner Mutter in dem alten, schwarzen Plastikrahmen. Es gab in der ganzen Wohnung nur noch dieses eine Foto von ihr. Nach und nach waren sie erst von den Wänden, dann aus den Regalen verschwunden. Viele waren es auch vorher nicht gewesen, sie besaßen nur wenige.

Gabriel hatte Dutzende Porträts anhand dieses Fotos gezeichnet. Es war die Vorlage für die meisten seiner Kohle-, Aquarell- und sogar Comicübungen gewesen. Sechzehn dieser Replikate, alle im gleichen Format, hatte er aufbewahrt und sie in vier Reihen über die Kommode gehängt. Eine leichte Veränderung der Gesichtszüge auf jedem Bild ließ den Eindruck entstehen, dass seine Mutter alterte.

Es klopfte einmal, und die Gestalt seines Vaters nahm die gesamte Höhe des Türrahmens ein. Seit Gabriel ihm von der Hochzeit erzählt hatte, lächelte er manchmal verkrampft und offensichtlich halbherzig. Er hätte ihn gerne beruhigt, ihm gesagt, dass er zwar früh, aber nicht weit weggehe, dass er ihn sonntags oder samstags oder an einem Abend unter der Woche, an allen, wenn nötig, besuchen würde. Doch sein Vater war kein Mann, zu dem man so etwas sagte, kein Mann, dem man die Hand tätschelte.

Er stand reglos da in seiner blauen Strickjacke, die an den Ellbogen schon ganz ausgebeult war, mit einem Hammer und einer Schraube in der Hand. Er machte den Eindruck, als wüsste er selbst nicht, was er hier wollte, und Gabriel zog ihn auf: »Keine Ahnung, was du vorhast, aber vielleicht probierst du es mal mit einem Nagel. Oder einem Schraubenzieher?«

Sein Vater lächelte und tat, als würde er die Sachen jetzt erst bemerken.

»Und ich dachte mir noch, diese Wand ist ziemlich unkooperativ ...«

Es war Gabriel wie immer ein wenig peinlich, vor dem Foto seiner Mutter erwischt worden zu sein. Um sich zu rechtfertigen und die Billigung seines Vaters zu erhaschen, deutete er lässig mit dem Daumen darauf.

»Manon hätte ihr bestimmt gefallen, oder? Sie ist die ideale Schwiegertochter. Sie wäre sicher stolz auf mich, meinst du nicht?«

»Natürlich.«

Damit versuchte Gabriel sich zufriedenzugeben. Er drehte sich um und kramte in seinem Stiftehalter, wofür er die vielen Marvel-Figuren auf seinem Schreibtisch beiseiteschieben musste.

»Wie alt war sie, als du sie kennengelernt hast? Hier«, fügte er hinzu und streckte seinem Vater einen Nagel hin, den er aus einem Haufen Büroklammern, Schrauben und Gummibänder gefischt hatte.

»Danke«, sagte sein Vater, nahm den Nagel und schob ihn zusammen mit der Schraube in die Tasche seiner grauen Hose. »Sie war sechsundzwanzig, das habe ich dir doch schon erzählt.«

»Auf dem Foto sieht sie älter aus.«

Sein Vater machte eine Bewegung, als wolle er das Bild wegdrehen, hielt dann aber inne. Die plötzlich nutzlos gewordene Hand steckte er verlegen zu Nagel und Schraube. Gabriel wandte den Blick ab und schaute aus dem Fenster. Er sah die Autokolonnen auf dem Boulevard Beaumarchais, bunte Kästen unter grauen Abgaswolken. An der roten Ampel konnten sie ihre Ungeduld kaum zügeln. Die Motoren brummten, und die Auspuffrohre rauchten, so eilig hatten sie es weiterzukommen. Noch bevor die Ampel auf Grün sprang, hatten ein paar Fahrer schon den ersten Gang eingelegt und waren zehn lächerliche Zentimeter vorgefahren.

»Und Manons Eltern, freuen sie sich?«, fragte sein Vater etwas zu laut. »Wir sollten sie zum Abendessen einladen. Mach du einen Termin aus.«

Gabriel traute seinen Ohren nicht. Abendessen? Leute bei ihnen? Das war ein echter Fortschritt. Um seine wahrscheinlich völlig unverhältnismäßige Freude zu verbergen, drehte er sich nicht um, sondern ließ stattdessen das Rollo herunter, was den Verkehrslärm kein bisschen reduzierte. Als er ein weniger breites Lächeln aufgesetzt hatte, suchte er in der Seitentasche der Bermudashorts nach seinem Handy. Das waren seine Lieblingsshorts, die beigefarbenen, die anscheinend schöne Waden machten. Vor Manon hätte er nie gedacht, dass eine Wade schön sein könnte. Aber jetzt würde er die Bermudas nie wieder ausziehen, egal wie kalt es war.

»Ich ruf Manon gleich an.«

Die kurze Verlegenheit wegen des Fotos war verflogen, und während Gabriel die Tastatur entsperrte, fragte er: »Und das Familienstammbuch ... hast du daran gedacht?«

»Ja. Ja, ich kümmere mich darum. Aber das kann noch etwas dauern. Das verstehst du doch, oder?«

»Na klar, Papa.«

Wobei ... nein, eigentlich war Gabriel sich nicht sicher, ob er es verstand. Im Frühjahr wäre er verheiratet, endgültig erwachsen. Manon würde jetzt sagen, dass das ein typischer Teeniegedanke sei, dabei wusste sie doch, dass er schon seit Langem kein Kind mehr war.

Er würde sie heiraten, seine Liebe, seine Insel. Das konnte er noch gar nicht richtig begreifen. Beim bloßen Gedanken daran überkam ihn jedes Mal eine Hitzewallung, und die Brust wurde ihm eng vor Glück, vor so heftigem Glück, dass es fast an Traurigkeit grenzte, eine Art unmittelbare Nostalgie.

Gabriel setzte sich auf das Fußende seines Betts, dem Foto seiner Mutter gegenüber. Sie hatte ihm die perfekt ovale Gesichtsform vererbt. Allerdings endete die Perfektion bei Gabriel auf Höhe der Ohren. Er hatte sein linkes Ohrläppchen verloren, als er kaum zwei Jahre alt gewesen war. Ein Hund, hatte sein Vater gesagt. Er selbst erinnerte sich nicht. Weder an sein Ohr noch an das fehlende Glied des rechten kleinen Fingers. Gabriel erinnerte sich nie an irgendetwas.

Seine Mutter. Er wusste noch immer nicht, was genau passiert war. Als Gabriel klein gewesen war, hatte sein Vater oft von ihr erzählt. Dann war die Quelle versiegt. Nach und nach hatte jede von Gabriels Fragen zu Tränen geführt, die sein Vater verzweifelt zurückzuhalten versuchte. Dieser Riese mit den rot geränderten Augen war ein furchtbarer Anblick gewesen. Gabriel war nicht zum Folterknecht geboren, und so hatte er irgendwann aufgegeben, erdrückt von der dicken Watteschicht des Unausgesprochenen. Bald war er vielleicht selbst Vater, und dann müsste er Rede und Antwort stehen. Und er hätte nichts zu sagen. Das durfte nicht sein. Es wurde Zeit für eine ernsthafte Ermittlung.

20.

»Natürlich ist die Gefahr real«, wiederholte José Torrez an die Adresse einer ungerührten Anne Capestan gerichtet.

Als Antwort verdrehte die nur die Augen in Richtung Himmel. Sie stand vor dem Mietwagen, einem Clio, die Hand auf dem Griff der Beifahrertür. Die letzten Reisenden verließen gerade den Bahnhofsparkplatz von La Souterraine, erleichtert, es endlich hinter sich zu haben. Der Zug hatte mehr als eine Stunde Verspätung gehabt, auf einer Strecke, die normalerweise gerade einmal drei dauerte. Eine mutwillig beschädigte Oberleitung war auf die Gleise gefallen. Nach einer kilometerweiten Fahrt durch idyllische Landschaft waren sie genau an einer Ortsausfahrt zum Halten gekommen, auf einem von gelbem Gras bedeckten und von einer Mischung aus Absperrgitter, Büschen und Kabelrollen gesäumten Gleisabschnitt. Die Scheibe, durch die Capestan diese triste Industriegegend betrachtet hatte, war mit Schlieren von Reinigungsmittel übersät gewesen. Ihr Téoz hatte nicht über ein Bordbistro verfügt, und der Servierwagen war schon ausgeplündert gewesen, bevor er ihr Zweite-Klasse-Abteil erreichte. Während sie sich mit Torrez die Dose Ricqlès-Bonbons teilte, die sie noch in den Tiefen ihrer Tasche gefunden hatte, hatte sie sich fest vorgenommen, beim nächsten Mal verschwenderischer mit den Staatsgeldern umzugehen und erster Klasse zu reisen.

Aber das Anstrengendste an der ganzen Fahrt war Torrez gewesen, der sich ununterbrochen für die Verspätung entschuldigt hatte. Capestan hatte noch so oft seine ziemlich wahrscheinliche Unschuld in Sachen Oberleitung beteuern können, er hatte wieder und wieder gemurmelt: »Ich kenne mich, ich kenne mich.« Er hatte Angst. Eine Vorahnung, die dieser Zwischenfall bestätigte.

José Torrez ließ sich nicht von seinem Pechfluch abbringen, und Anne Capestan fragte sich, ob dieses Gefühl des Verhängnisses auch sein Privatleben verseuchte oder auf seinen Beruf beschränkt war. Zwischen Kainsauge und Damoklesschwert reiste Torrez mit schwerem Gepäck.

Am Steuer des frisch gereinigten Mietwagens mit der Aussicht auf eine Fahrt durch sein geliebtes Departement Creuse entspannte der Lieutenant sich ein bisschen. Nicht so weit, dass er gelächelt hätte, aber die Falte zwischen den Augenbrauen verlor ein wenig an Tiefe. Die Landstraße wand sich durch Felder, Hügel und Wälder. Die Nase im Wind, entdeckte Anne Capestan, was das Wort »Herbst« wirklich bedeuten konnte. Vorbei war das Ton-in-Ton der Städte oder das endlose Grün der Tannen in den Bergen, hier warf die Natur mit ihren Farben nur so um sich. Die Eichen in Rot und Orange, die Kastanien in Braun, die Buchen in strahlendem Gelb: Jede Art verkörperte den Oktober in einem anderen Gewand. Die grünen Wiesen vollendeten dieses Farbenspiel, das geradewegs einer Ökofantasie entsprungen schien. Kein Krach, kein Grau, und überall ein Geruch wie am ersten Tag. Eine reiche, ehrliche Luft, die alle Zellen auf einmal reinigte und dem Städter das verrußte Gehirn frei pustete. Capestan war sprachlos. Torrez sah es, und seine geschwellte Brust ließ darauf schließen, dass er es als persönliches Kompliment auffasste.

Am Ende eines Dorfs kam ein Gutshaus aus dem achtzehnten Jahrhundert in Sicht. Scharlachroter wilder Wein bedeckte die Fassade des zweistöckigen Gebäudes bis zum schwarzen Schieferdach. Die rostigen Fensterläden hätten einen Anstrich nötig gehabt. Schon von der Straße aus fiel Capestan ein Zettel auf, der an der verwitterten Haustür hing.

Sie stieß das Gartentor auf und ging darauf zu. Der Kies unter ihren Füßen knirschte. Ein echtes Geräusch, dachte sie und fand ihren Gedanken albern. André Sauzelle hatte ihnen eine Nachricht hinterlassen: »Bin am Teich, in der Fischerhütte auf der Insel.«

Als Capestan zu Torrez zurückkehrte, der an das Auto gelehnt vor dem Grundstück wartete, bemerkte sie Meisenknödel in mehreren Bäumen, obwohl es noch lange nicht Winter war.

»André Sauzelle ist in seiner Fischerhütte. Ich würde vorher allerdings gerne einen kleinen Umweg über den Friedhof machen.«

»Wollen Sie beten?«, fragte Torrez erstaunt.

»Nein. Marie ist hier begraben, und ich will kurz was überprüfen.«

Als sie sich wieder ins Auto setzten, brauchte Torrez, behindert durch seine Lammfelljacke, mehrere Anläufe, um den Gurt zu schließen.

»Ist Ihnen nicht viel zu warm mit der dicken Jacke?«

»Ein bisschen. Aber in einem Monat ist sie perfekt.

Außerdem hat sie Taschen. Und ich friere nicht gerne«, erwiderte der Lieutenant und drehte den Zündschlüssel.

Der Friedhof lag hoch über dem Dorf am Hang eines Hügels. Der Kirchturm und der Wetterhahn hoben sich gegen den blauen Himmel ab. Mit rotbraunen Kühen übersäte Wiesen erstreckten sich, so weit das Auge reichte. Die Toten hatten eine tolle Aussicht. Man musste ein wenig bergsteigen, um die Gruft der Sauzelles zu erreichen; sie befand sich an einer windgeschützten Stelle, umgeben von einer Natursteinmauer.

Der Marmor und die Inschrift waren in einem tadellosen Zustand. Keine Spur von Moos, Regen oder Erde: Die Grabplatte glänzte gepflegt und war von frischen Blumen umsäumt, drei schnurgeraden Reihen Azaleen in feuchter Blumenerde. Anne Capestan erinnerte sich noch lebhaft an das Chaos im Haus in Issy, aber hier hielt André Sauzelle alles blitzblank.

Sie hatte gesehen, was sie sehen wollte. Torrez war in der Nähe des Tors geblieben. Er las die Aushänge an der Gemeindetafel und wirkte besorgt. Über eine Treppe stieg Capestan zu ihm hinunter. In der Nähe eines Wegs war eine Gedenktafel heruntergefallen, die »Wir werden dich nie vergessen!« versprach. Sie steckte in der Erde, eine Ecke abgebrochen. Anne Capestan ließ den Blick über die Fotos all dieser Toten schweifen, die für die Nachwelt lächelten. Sie existierten nur noch in dieser Parzelle, in ihre überladenen Rahmen gezwängt.

»Gehen wir?«

»Das ist eine Falle!«, erklärte Torrez mit düsterer Stimme.

»Was soll das denn jetzt wieder heißen?«

Mit dem Zeigefingerknöchel klopfte Torrez auf einen gelben Zettel an der Tafel.

»Sauzelle hat in dieser Hütte nichts zu suchen. Die Angelsaison ist vorbei!«

Anne Capestan tat die Bedrohung mit einem Schulterzucken ab. José Torrez vergrub die Hände in den Taschen seiner Jacke und betrachtete seine Schuhspitzen.

»Wir sollten da nicht hin, ich habe ein ungutes Gefühl.«

Der Lieutenant bestand auf seiner Meinung, und seine mitteilsame Angst ging Capestan allmählich auf die Nerven. Mit seiner Dauerrolle als Kassandra würde er sie am Ende noch in Schwierigkeiten bringen. Sie glaubte nicht an Pechflüche, aber sie fürchtete die Beharrlichkeit der Pessimisten.

Ein paar Minuten später erreichten sie den Teich. Zwei Kinder fuhren kreischend Drehkarussell auf dem Spielplatz. Weiter hinten stand eine Holzhütte halb versteckt zwischen den Eichen und Kastanien auf einer kleinen Insel. Eine kurze Erdaufschüttung diente als Furt. Der Schatten der großen Bäume bedeckte jeden Zentimeter mit Moos, und ein starker Humusgeruch lag in der Luft. Sie näherten sich der Hütte, deren Tür offen war. Der Teppich aus Zweigen und vertrocknetem Laub unter ihren Sohlen knackte. Torrez streckte die Hand nach Capestans Arm aus. Er wollte sie zurückhalten, aber sie würde nicht nachgeben. Der Lieutenant musste sich endlich aus seiner Zwangsjacke befreien, sie würde ihm beweisen, dass man mit ihm zusammenarbeiten konnte, ohne dass einem der Himmel auf den Kopf fiel. Energisch klopfte sie an die Tür und betrat die Hütte.

Der kleine Raum war dunkel. Noch bevor Anne Capestans Augen Zeit hatten, sich an die Dunkelheit zu gewöhnen, traf sie ein heftiger Schlag an der Schläfe, und ein stechender Schmerz breitete sich in ihrem Kopf aus. Kurz bevor sie zusammenbrach, durchzuckte sie ein reflexartiger Gedanke: »Wer auch immer du bist: Wenn ich wieder aufwache, bringe ich dich um!«

21.

»So leicht kriegt ihr mich nicht«, rief André Sauzelle hysterisch.

Mit erhobenen Händen stand José Torrez zwei Meter vor dem Gewehr, das auf seinen Oberkörper zielte. Die Waffe, eine alte Browning, die bestimmt noch aus den Siebzigern stammte, zitterte in den Händen des Mannes, aber sein Gesichtsausdruck war entschlossen. Er warf Anne Capestan, die reglos in der Nähe der Tür lag, einen besorgten Blick zu. Man konnte nicht erkennen, ob er fürchtete, sie würde aufwachen oder eben gerade nicht mehr.

Torrez, der solche Prüfungen leider gewohnt war, versuchte dem Ansturm seiner Gefühle Herr zu werden. Er durfte seine Partnerin nicht verlieren, nicht schon wieder. Ein dickflüssiges rotes Rinnsal lief über Capestans linke Schläfe. Sie schien zu atmen, aber ihre Haut war bleich, und sie bewegte sich nicht.

Er hatte sie gewarnt! Warum hatte sie nicht auf ihn gehört? Torrez unterdrückte die aufsteigende Panik und nahm sich zusammen. Wenn er eine Chance haben wollte, die Situation zu retten, musste er einen kühlen Kopf bewahren.

Sauzelle war nervös. Seine kleinen blauen Augen huschten in alle Richtungen. Weiße Strähnen klebten an der schweißglänzenden Stirn. Torrez musste die Lage in der beengten Hütte wieder entspannen. Nur er konnte verhindern, dass sie eskalierte. Er bemühte sich, ganz ruhig in einer natürlichen Stimmlage zu sprechen. »Niemand will Sie kriegen, Monsieur Sauzelle, wir wollen Ihnen nur ein paar Fragen stellen.«

»Das ist nicht wahr, man hat mich vor Ihnen gewarnt! Sie wollen mich verhaften, aber ich gehe nicht ins Gefängnis! Nicht in meinem Alter!«

André Sauzelles Stimme klang erstickt, und er klammerte sich an den Kolben seines Gewehrs. Er würde sich nicht kampflos ergeben. Eine Mischung aus Angst und Verzweiflung trieb ihn an, und in so einem Zustand löste sich schnell ein Schuss. Er konnte sich kaum noch klar artikulieren, die Worte überschlugen sich: »Ihr wolltet mir den Mord schon beim letzten Mal in die Schuhe schieben, vor eurer Einbruchsgeschichte ...«

»Sie glauben nicht an einen Einbruch?«

»Nein, natürlich nicht! Aber ich war's nicht!«

Interessant. Der Bruder hatte also auch Zweifel. Dafür hatte er wahrscheinlich gute Gründe, sie mussten sie nur noch herausfinden, um die Ermittlung anzukurbeln. Die Ermittlung. Erst einmal musste Capestan lebendig aus der Sache rauskommen. Torrez hätte niemals einwilligen dürfen, mit ihr zu arbeiten. Weder mit ihr noch mit sonst irgendwem. Er hätte nicht nachgeben dürfen.

Ihre reglose Gestalt ruhte auf dem feuchtschwarzen Fußboden. Eine khakifarbene Regenjacke hing an einem großen rostigen Nagel über ihr. Ein Paar ebenfalls khakifarbener Gummistiefel war umgefallen, und ein Absatz berührte Capestans Kopf. Torrez musste ihren Angreifer beruhigen.

»Warum glauben Sie nicht an einen Einbruch?«

»Keine Ahnung. Wegen der Blumen. Marie hat Schnittblumen gehasst, sie hätte sich nie welche gekauft.«

Diese Erklärung war noch viel verworrener als ihre eigenen Überlegungen zum DVD-Player, den geschlossenen Fensterläden und der verschwundenen Katze.

»Vielleicht hat sie ihr jemand geschenkt.«

André Sauzelle nickte heftig. Genau darauf hatte er hinausgewollt.

»Ja, der Mörder!«

»Oder irgendwer anders, ein Verehrer zum Beispiel...«

»Nein, das hätte sie mir erzählt.«

Aus den Augenwinkeln sah Torrez, wie Anne Capestan sich regte. Sie wachte auf. Das durfte Sauzelle auf keinen Fall bemerken, er musste ihn ablenken. Ein Haufen Angeln mit verhedderten Schnüren lehnte in einer Ecke der Hütte in Torrez' Reichweite, doch er zögerte, ihn umzustoßen. Das war zu riskant. Die Nerven des alten Mannes lagen blank, beim kleinsten Schreck würde er abdrücken. Verbale Anschuldigungen waren sicherer. Der Lieutenant holte tief Luft und sagte: »Sie wollten sie nicht töten, es war ein Unfall.«

Sauzelle versteifte sich.

»Nein! Es war kein Unfall. Ich war's nicht. Warum hätte ich sie töten sollen?«

»Wegen des Hauses, zwei Millionen...«

»Aber ich habe das Haus doch nicht einmal verkauft!«

Anne Capestan schlug die Augen auf. Sie brauchte einen kurzen Moment, um sich zu orientieren, dann wanderte ihre Hand unauffällig an die Schläfe. Sie spürte das Blut, und in ihren Blick trat eine Härte, die Torrez noch nie gesehen hatte. Sie beobachtete Sauzelle von der Seite. Sie bereitete sich vor. Torrez redete weiter: »Sie sind früher schon wegen Gewalttätigkeit aufgefallen.«

»Ich?«

André Sauzelle wirkte ehrlich erstaunt. José Torrez schaute auf die Waffe in seiner Hand, und der alte Mann verzog verlegen das Gesicht. Der Lieutenant ging noch einen Schritt weiter. »Ein Mann, der seine Frau schlägt, kann ebenso gut seine Schwester töten.«

Bestürzt ließ Sauzelle das Gewehr sinken.

»Ich? Was zum Teufel soll das heißen? Ich habe Minouche nie angerührt!«

Im Bruchteil einer Sekunde war Anne Capestan auf den Beinen und stürzte sich auf Sauzelle. Sie benutzte ihr Gewicht, um ihn auf die Matte zu schicken. Mit einer Hand packte sie das Gewehr, entriss es ihm und stieß es in die entgegengesetzte Ecke der Hütte. An die Wand hinter sich gestützt, rappelte Sauzelle sich auf, aber Capestan wartete nicht, bis er sein Gleichgewicht wiedergefunden hatte. Sie umklammerte seinen Hals und presste ihn gegen die Holzlatten, die unter der Wucht des Aufpralls zitterten. Mit ausgetreckten Armen hielt sie ihn fest und drückte mit aller Kraft auf seine Luftröhre. Sauzelles Augen traten panisch hervor. Einen Moment lang dachte Torrez, sie würde ihn umbringen, und machte sich bereit einzugreifen. Doch plötzlich lockerte Capestan ihren Griff. Sauzelle sackte zusammen und rang hustend nach Luft.

22.

Die Apothekerin betätigte das Fußpedal des metallenen Abfalleimers und warf den alkoholgetränkten Tupfer hinein.

»Sie ist sauber«, sagte sie zu Anne Capestan.

Die erhob sich von dem grauen Rolltritthocker, auf dem sie gesessen hatte, während ihre Wunde versorgt wurde. José Torrez und André Sauzelle standen vor dem Arzneiteeregal und verfolgten das Ende der Behandlung, einer schuldbewusster als der andere. An Sauzelles Hals bildeten sich gerade die ersten Blutergüsse. Er war unverletzt, aber Capestan hatte trotzdem ein schlechtes Gewissen. Dieser Mann war über siebzig Jahre alt, und sie war so brutal vorgegangen, als wäre er dreißig.

Als sie die Apotheke verließen, begrüßte sie ein lichtblauer Himmel. Ein Flugzeug hatte einen Kondensstreifen hinterlassen, eine Himmelsunterschrift, die man nur auf dem Land bemerkte. Nachdem Capestan und Torrez Sauzelle auf die Rückbank ihres Autos verfrachtet hatten, besprachen sie das weitere Vorgehen.

Der Mann hatte zwei Polizeibeamte mit einer Waffe bedroht und einen sogar tätlich angegriffen. Gleichzeitig war Anne Capestans Gegenschlag unverhältnismäßig gewesen, auch wenn sie in Notwehr gehandelt hatte. Und eine Untersuchung der Dienstaufsichtsbehörde wollte sie sich lieber ersparen, ihr Punktekonto war erschöpft. Torrez seinerseits konnte darauf verzichten, seinen Ruf noch weiter zu festigen. Sie einigten sich darauf, keine rechtlichen Schritte gegen Marie Sauzelles Bruder einzuleiten. Allerdings hatten sie noch ein paar Fragen an ihn.

André Sauzelle, der immer noch ein wenig benommen wirkte, beobachtete sie durch die Scheibe und erwartete ihr Urteil. Anne Capestan bedeutete ihm, das Fenster herunterzukurbeln, und er kam ihrer Aufforderung unverzüglich nach. Auf die Zusicherung der Straffreiheit reagierte er erleichtert und dankbar. Anschließend erkundigte er sich, ob er nicht – ohne ihre Gutmütigkeit überstrapazieren zu wollen – ihre Fragen während seiner Liefertour beantworten könne. Bei allem, was passiert sei, habe er jetzt schon Verspätung. Also gingen sie zurück in Richtung Teich.

Dort angekommen, öffnete Sauzelle die Heckklappe seines weißen Lieferwagens mit der Aufschrift »Obstanbau Sauzelle« und holte eine Kiste Äpfel heraus, von denen er den Polizisten die beiden schönsten Exemplare anbot. Torrez bediente sich und dankte so artig, als würde ein Fünfjähriger neben ihm stehen. Capestan lehnte mit einem knappen Kopfschütteln ab. Ihr Schädel dröhnte, und sie war immer noch sauer. Sie warf Torrez einen Blick zu, und der übernahm die Führung. Sie würde sich im Hintergrund halten, solange sie ihre schlechte Laune verdaute. Der Lieutenant biss in seinen Apfel und legte los, und zwar nicht allzu sanft, damit das Kräfteverhältnis sich nicht zu ihrem Nachteil änderte.

»Hatten Sie das mit der Verhaftung von Naulin?«

»Ja. Er hat mir erzählt, dass Sie ihn verhört hätten und

sicher schon mit den Handschellen auf dem Weg zu mir wären...«

Sauzelle stand vor dem Laderaum seines Lieferwagens und wischte sich die Hände an der Hose ab, einer ausgewaschenen Jeans mit Bügelfalte. Er wusste nicht mehr so recht, was er von der Sache denken sollte.

Torrez reichte Capestan seinen Apfel, dann zog er Notizbuch und Kugelschreiber aus der Tasche und kritzelte schnell ein paar Worte, bevor er die nächste Frage stellte: »Hatten Sie und Ihre Schwester ein gutes Verhältnis?«

»Ja, wir haben uns sehr nahegestanden.«

»Dreihundert Kilometer nah?«

»Na und? Die paar Stunden Fahrt, das ist doch nichts... außerdem haben wir ständig telefoniert.«

»Stimmt, die paar Stunden Fahrt... Sie hätten ohne Weiteres in einer Nacht hin- und zurückfahren können, um sie zu ermorden.«

»Aber nein, ich war die ganze Zeit hier, und das können eine Menge Leute auch bezeugen.«

»Eine Menge Leute überwachen Sie aber nicht jeden Tag und vor allem nicht jede Nacht.«

»Das haben Ihre Kollegen damals schon gesagt.«

»Und was haben Sie damals geantwortet?«, fragte Torrez, den Stift in Bereitschaft auf der Notizbuchseite.

»Ich habe nicht genug Benzin für eine so lange Strecke gekauft... Ach, egal. Nichts. Ich habe gar nichts geantwortet, aber ich hätte Marie nie etwas angetan!«

Mit seiner plumpen Hand strich Sauzelle eine eigensinnige Strähne an seiner Schläfe glatt. Seine beigefarbene Leinenjacke war an den Ellbogen fleckig. Er fuhr mit dumpfer Stimme fort: »Wissen Sie, unsere Eltern leben schon lange nicht mehr. Sie war verwitwet, ich bin geschieden. Wir hatten beide keine Kinder ... Sie hatte zwar viele Freunde, aber ich hatte nur sie.«

Anne Capestan entfernte sich ein paar Schritte und nahm Torrez' Apfel mit. Die vier Bäume mit schlankem Stamm vor ihr trugen eine grellgelbe Blätterkugel, als hätte jemand riesige Streichhölzer aufgestellt, um das noch grüne Gras zu beleuchten.

Die glatte, dunkle Oberfläche des Teichs glänzte wie Quecksilber. In seiner Mitte zog eine einsame Ente eine Furche hinter sich her, während sie entschlossen ihren schnurgeraden Kurs verfolgte. Diese Ente wusste, wo sie hinwollte. Im Gegensatz zu unserem Mörder, dachte Capestan. Der schwamm im Zickzack, schwankend, unschlüssig. Zuerst tötete er mit bloßen Händen, ein roher Drang, der nur knapp unter der Oberfläche brodelte, dann setzte er die Leiche auf, stellte ihre Würde wieder her. Erst erstickte er sie, dann frisierte er sie. Dieser Mann wechselte innerhalb von Sekunden zwischen Wut und Bedauern. Er schloss zu viele Emotionen in einem abgedichteten Körper ein. Und er konnte das Ventil nicht richtig justieren. Sauzelle passte ins Profil, aber hatte er ein wirkliches Motiv gehabt, seine Schwester zu töten?

Torrez, der seinen Apfel völlig vergessen hatte, fuhr mit der Befragung fort. Anscheinend hielt er den Verdacht gegen den Bruder für ausgeräumt und wollte andere Ansätze verfolgen, deswegen änderte er den Angriffswinkel und ging in den Kooperationsmodus über. Er zog das Guter-Cop-böser-Cop-Spiel ganz alleine durch.

»Hatte sie irgendwelche Feinde?«

»Vielleicht den Chef der Pariser Baufirma...«

»Ja?«, hakte Torrez unwirsch und zugleich ermutigend nach.

Anne Capestan wunderte sich, wie er das hinbekam. Die Fragen, die Tonfälle reihten sich nahtlos aneinander. Man spürte, dass José Torrez es gewohnt war, allein zu arbeiten.

»Sie wollte nicht verkaufen, er hat nicht lockergelassen. Aber ob er... Ich habe das Ganze auf jeden Fall nicht mehr richtig weiterverfolgt.«

»Sie war Lehrerin, damals schon im Ruhestand, nicht? Können Sie uns mehr von ihr erzählen? Von ihrem Leben, ihrer Persönlichkeit?«

»Sicher, ja. Aber... würde es Sie stören, wenn ich wirklich schon mal mit meiner Tour anfange? Sie können vorne mit einsteigen, es wird vielleicht ein bisschen eng, aber wir fahren nicht weit.«

Torrez warf Capestan einen fragenden Blick zu. Die nickte.

Sie quetschten sich auf die Vordersitze, und André Sauzelle fuhr mit quietschenden Reifen los.

»Wo fahren wir hin?«, fragte Capestan, um sich wieder ins Gespräch einzubringen.

»Bénévent-l'Abbaye. Die veranstalten einen dreitägigen Herbsttrödel. Ich versorge den Getränkestand mit Apfelsaft«, antwortete Maries Bruder und deutete mit dem Kinn in Richtung der Kästen im Laderaum des Berlingos.

Die Zufahrtsstraße war für den Trödel gesperrt worden, und André Sauzelle musste aussteigen und die Absperrung verrücken, um auf den Kirchvorplatz zu gelangen. Auf der Fahrt hatten sie ein wenig mehr über Marie erfahren. Die

Zufälle der Stellenzuweisung hatten sie in die Pariser Region verschlagen, wo eine so aktive Frau wie sie sich schnell wohlgefühlt hatte. Sie liebte das Reisen und hatte nach dem Tod ihres Ehemanns allein ganz Europa besucht. Außerdem war sie durch das Gelobte Land gewandert, hatte den Atlantik überquert, um Nord- und Südamerika zu sehen, und Indien und den Mittleren Osten bereist, allerdings in keinem Winkel der Welt einen zweiten Ehemann gefunden. Ansonsten war Marie gern ins Kino gegangen, hatte Tango getanzt, Tarock gespielt und begeistert Goscinny gelesen. Sie hatte ihre Katze Kleinbonum genannt. Sauzelle glaubte nicht, dass die zum Tatzeitpunkt schon tot gewesen war, aber er hatte sich nie Gedanken über ihren Verbleib gemacht.

Mit tränenverschleierten Augen holte er ein paar Kästen Saft aus dem Lieferwagen und schlug die Heckklappe mit dem Ellbogen zu. Einen der Kästen drückte er Torrez in die Hände.

»Hier, Muskelprotz.«

Bei Capestan traute er sich das nicht, aber sie hatte das Gefühl, dass nicht viel gefehlt hätte. Zu dritt wanderten sie zum Getränkestand, und während André Sauzelle sich mit seinen Kunden unterhielt, beschlossen Anne Capestan und José Torrez, die Ware zu probieren. Der Saft, der ihnen von einer adretten Frau in geblümter Schürze in einem Plastikbecher serviert wurde, war trüber als das Wasser der Seine. Sie setzten sich auf eine Bank und beobachteten das Treiben, während sie an ihrem Nektar nippten.

»Ich denke immer noch über den unversehrten Riegel nach, den stumm geschalteten Fernseher... Marie hat den Ton ausgestellt, um die Tür aufzumachen, davon bin ich überzeugt. Sie kannte ihren Mörder.«

Torrez nickte. Offensichtlich war er zu derselben Schlussfolgerung gelangt.

»Das würde für den Bruder sprechen.«

»Ja... auch wenn er auf mich weniger gewalttätig wirkt als in der Akte beschrieben«, erwiderte Capestan.

Torrez verschluckte sich fast bei dieser Bemerkung. Hustend deutete er auf die zerschundene Schläfe seiner Kollegin.

»Nein, nicht gewalttätig«, beharrte die. »Eher labil. Das passt gut ins Profil, aber er hat kein richtiges Motiv. Er hing an seiner Schwester, und er hat sich nicht am Erbe bereichert, er hat nicht verkauft.«

»Vielleicht ist er sehr geduldig. Oder er hat nicht die Mittel, um die Erbschaftssteuer zu bezahlen. Wir sollten uns die Besitzurkunde mal anschauen, ein bisschen wühlen. Und das Motiv könnte auch auf einer anderen Ebene liegen: eine Familienfehde, irgendein Verrat... womöglich ist er krankhaft eifersüchtig?«

Nicht unwahrscheinlich, daran litten Sanguiniker oft, überlegte Capestan. Torrez fuhr mit dem Zeigefinger über den Rand seines Bechers, bevor er weitersprach: »Und Naulin? Der ist auch kein schlechter Kandidat.«

Torrez hatte Nachforschungen über Marie Sauzelles Nachbarn angestellt und ihn in der Datenbank der Drogenfahndung gefunden. In den Sechzigern war er in der Morphium- und Opiumszene aktiv gewesen, bis er sich von der jungen Generation hatte verdrängen lassen. Danach schien er wieder solide geworden zu sein, allerdings blieb seine aktuelle Einkommensquelle nicht weniger undurchsichtig.

Anne Capestan dachte kurz nach.

»Er gibt auf jeden Fall einen guten Verdächtigen ab, das

stimmt. Ich weiß nicht, ob der gescheiterte Hausverkauf als Motiv ausreicht, aber bei Nachbarschaftsstreitigkeiten ist nichts unmöglich ...«

»Am Anfang dreht man nur den Fernseher ein bisschen lauter, und am Ende vergiftet man den Hund.«

»Oder stachelt einen Verdächtigen auf, bevor die Bullen kommen. Damit der die lästigen Besucher aus dem Weg räumt.«

Der Platz war mit ein paar Trödlern und Ständen mit Wurst- und Fleischwaren und anderen Produkten aus der Region bevölkert. Eine Frau saß auf einem Campingstuhl und bestickte vor Ort die Deckchen, die sie feilbot. An ihrem Tisch lehnte ein Fahrrad mit einem »Nicht zu verkaufen«-Schild.

Anne Capestan kaufte zwei Stücke Kartoffelpastete auf Papptellern. Sie aßen sie aus der Hand, schweigend, während sie das bunte Treiben genossen. In einem Kleintransporter, der seitlich aufgeklappt war wie ein Pizzawagen, überblickte ein hagerer Mann um die fünfzig liebevoll seine umfangreiche Sammlung. Auf mehr als drei Metern Verkaufsfläche drängten sich Hunderte Überraschungseifiguren in durchsichtigen Köfferchen, nach Serien sortiert. Der Mann strahlte, stolz darauf, sein Lebenswerk zu präsentieren. An einem winzigen Stand daneben fädelte seine Frau gelangweilt Holzperlen auf Glücksarmbänder.

André Sauzelle kam zurück und unterbrach den kleinen Nachmittagsimbiss. Anne Capestan legte ihr Stück Pastete auf den durchweichten Teller und stellte die Frage, die sie schon seit Längerem beschäftigte: »Warum haben Sie das Haus nicht reinigen lassen? Für so etwas gibt es doch Firmen –«

»Kommt nicht infrage. Ein Mann tötet meine Schwester. Man lässt ihn entwischen. Man legt den Fall zu den Akten. Dann macht man die Hütte sauber und verkauft sie. Das war's, erledigt, nächster Fall. Sonst noch was? Solange dieser Mistkerl frei herumläuft, bleibt das Haus so, wie es ist.«

Bleibt und vergiftet die Stadt, dachte Capestan, während sie den alten Mann musterte. Ein Klotz der Erinnerung, der die Aussicht verschandelte. Solange seine Schwester nicht in Frieden ruhte, würde diese Straße nicht ruhig schlafen. Solche gewaltigen Wutreserven wusste sie anzuerkennen. Dieser Mann erwartete einen Schuldigen. Er kratzte sich an der Wange und schaute einen Moment lang zu Boden, bevor er hinzufügte: »Marie ist hier, nicht da oben in Issy. Also zählt nur, was hier ist, hier muss es sauber und gepflegt sein. Auf dem Friedhof.«

»Eine letzte Frage noch, Monsieur Sauzelle. War Marie ein misstrauischer Mensch, oder hätte sie möglicherweise auch einem Fremden die Tür geöffnet?«

»Sie war schon vertrauensselig, aber lassen wir mal die Kirche im Dorf – Fremde bleiben draußen.«

»Sie haben Zweifel an der Einbruchsgeschichte. Liegt das nur an den Blumen?«

Anne Capestan glaubte nicht an Bauchgefühl. Bauchgefühl war nichts anderes als ein Detail, das man in einem Winkel seines Gehirns gespeichert hatte und das wieder hervorgeholt und beleuchtet werden musste. Der Eindruck, dass durch den Tod seiner Schwester irgendetwas nicht zu Ende gebracht werden konnte? Ein Telefongespräch vielleicht?

»Was hat sie Ihnen erzählt, als Sie das letzte Mal mit ihr telefoniert haben?«

Sauzelles Stirn legte sich in Falten, als er angestrengt versuchte, sich zu erinnern. Dann glättete sich sein Gesicht.

»Ja! Sie wollte zu einer Veranstaltung, von irgendeinem ihrer Clubs oder Vereine...«

»Tarock? Tango?«

»Ich weiß es nicht mehr. Ah doch, es war ›keine lustige Feier‹, aber eine, die ihr am Herzen lag. Genau. Das war das Letzte, was sie zu mir gesagt hat«, schloss André Sauzelle, und seine Stimme klang ein wenig belegt.

Er rieb sich mit dem Handrücken die Nase.

»Gut. Soll ich Sie zu Ihrem Auto zurückbringen?«

»Ja, das wäre nett«, sagte Anne Capestan und stand auf.

Sie suchte nach einem Abfalleimer und fand einen, aus dem schon gut ein halber Meter Plastikbecher herausragte. Sie schaffte es, ihren noch ganz oben zu platzieren. Torrez vertraute ihr seinen Becher an, damit sie das Kunststück wiederholte. Auf dem Weg zurück zum Lieferwagen hielt er bei einem Stand an und kaufte zwei Gläser Honig. Eins drückte er seiner Partnerin in die Hand.

»Hier. Um den regionalen Handel zu unterstützen«, sagte er ausdruckslos.

»Danke«, erwiderte Capestan überrascht. »Ich stelle ihn in die Kommissariatsküche, dann haben alle was davon.«

»Wie Sie wollen.«

Key West, im Süden Floridas,
USA, 19. Januar 1991

An die gegenüberliegende Wand des Saals gedrängt, ganz benommen vom ohrenbetäubenden Schreien und Weinen, rang Alexandre die Hände und fixierte die Rückseite der Vitrinen.

»Noch einmal pressen! Ich sehe schon das Köpfchen!«, rief die Hebamme.

Neben ihr stand das junge Mädchen vom Empfang und schaute völlig indiskret zu. Selbst der Museumsdirektor mit seinem gestreiften kurzärmeligen Hemd und dem gebleichten Lächeln eines Fernsehlotteriemoderators war da. Alexandre hätte sie sofort verscheuchen sollen, aber er hatte nicht bemerkt, wie sie hereingekommen waren. Die Hebamme beschleunigte ihre Anfeuerungsrufe, und Alexandre begann zu schwitzen wie ein Schwein.

Von draußen drang der Lärm des Treibens auf dem Mallory Square herein. Die Touristen versammelten sich scharenweise auf dem Platz und entlang der Docks. Um diese Uhrzeit drehten sie den Jongleuren und Feuerspuckern den Rücken zu, um Key Wests größte Attraktion zu bewundern:

den Sonnenuntergang im Golf von Mexiko. Die Spannung dieses Moments der reinen Schönheit legte sich über die gesamte Insel, die ein paar Minuten lang den Atem anhielt. Alexandre zitterte. Sein Sohn wurde geboren, hier, jetzt.

Sein erster Schrei durchbrach die Stille.

Mit einem Atemzug schlug das Kind den Vater in seinen Bann.

Ein Schritt, und Alexandre war an Rosas Seite und drückte ihre Hand. Sprachlos bestaunten sie den roten, zerknautschten, klebrigen Säugling.

»Gabriel...«, murmelte die frischgebackene Mutter.

Er war da.

Neun Monate lang hatten sie ihn sich vorgestellt, ohne jemals sein Gesicht zu sehen – ihn, der der Dreh- und Angelpunkt ihres Lebens werden würde. Heute begegneten sie ihm zum ersten Mal. Sie begrüßten ihn mit Tränen in den Augen, geblendete Säugetiere.

Die Hebamme wickelte das Neugeborene in ein großes Handtuch, auf das der gerührte Direktor seinen *I lifted a gold bar*-Sticker klebte, bevor Alexandre protestieren konnte.

Rosa fing an zu lachen. Sie hatte recht, dachte er. Auf dem Mallory Square brach Jubel aus. Die Menge beklatschte spontan die letzten Sonnenstrahlen. Gabriel war geboren, umgeben von Juwelen, unter dem Beifall eines Publikums, das seinem geliebten Stern huldigte.

Er hätte unter keinen besseren Vorzeichen zur Welt kommen können.

23.

Évrard hatte ein spontanes Dartturnier organisiert, indem sie eine Scheibe an die Tür zum Flur genagelt hatte. Zwei Türen weiter, im Schutz seines Büros, betete Torrez bestimmt, dass niemand sich verletzte, aber hier draußen herrschte großes Gejohle. Überwiegend enttäuschtes Gejohle, denn Anne Capestan hatte soeben die vierte Runde nacheinander gewonnen. Von vier.

»Ich bin dafür, wir spielen ohne sie«, sagte Eva Rosière und zog ihren Pfeil aus dem Bull's Eye.

Évrard, Merlot, Orsini und selbst Lebreton pflichteten ihr lautstark bei, bevor sie sich wieder hinter der Wurflinie postierten, die direkt auf das Parkett gemalt war.

»Das ist nicht fair«, protestierte Capestan, während sie noch ihren Sieg feierte.

Jedes Mal, wenn ein Spieler seinen Pfeil warf, rannte Pilou wie ein Verrückter hinterher, nur um dann verdutzt zurückzukehren, ein Ohr aufgestellt wie ein Signalfähnchen.

»Eine Olympiasiegerin nimmt der Sache irgendwie die Spannung«, bekräftigte Évrard.

»Im Pistolenschießen! Das ist doch was ganz anderes.«

Anne Capestan hatte bei den Olympischen Spielen 2000 in Sydney die Silbermedaille mit der Sportpistole gewonnen. Zwölf Jahre später durfte sie nicht einmal mehr eine Waffe anschauen.

»Trotzdem«, sagte Évrard und positionierte die Spitze ihres Turnschuhs auf der roten Linie.

Ein Telefon klingelte. Überzeugt, dass es ohnehin für sie war, wandte Capestan sich mit einem spöttischen Lächeln an ihr Team: »Na bitte, jetzt seid ihr mich los!«

Sie ging zu ihrem Zinkschreibtisch und schob die Tapetenmuster beiseite, die Eva Rosière zur kollektiven Abstimmung vorgelegt hatte. Sie griff nach dem Telefon und ließ sich in ihren Bürosessel fallen. Das war bestimmt Buron, der ihr den Anpfiff des Jahrhunderts verpassen wollte.

Rivernis empörtes Gesicht hatte an diesem Morgen auf den Titelseiten aller kostenlosen und kostenpflichtigen Tageszeitungen geprangt, gefolgt von erstaunlich präzisen und hervorragend informierten Artikeln über die jahrelangen Verirrungen von Riverni junior im Innenteil. Orsini, ihr Experte in Pressedingen, kannte sich aus damit, eine Story durchsickern zu lassen. Er hatte das Lauffeuer im Internet entzündet und weiter angefacht, indem er den *Canard enchaîné* mit den Dokumenten versorgte. Daraufhin musste *20 heures* natürlich nachziehen, und so brannte das Ganze lichterloh, bis es schließlich in den Zeitungen verglühte. Orsini lieferte wahre Geschichten, die Journalisten wussten, dass er vertrauenswürdig war. An diesem Morgen umklammerte Buron seinen Hörer mit Sicherheit ziemlich fest.

Mit angehaltenem Atem hob Anne Capestan ab.

»Typisch«, legte Buron los. »Damit hätte ich vermutlich rechnen müssen.«

»Guten Morgen, Monsieur le Directeur. Es war allerdings verlockend. Ausgleichende Gerechtigkeit.«

»Gerechtigkeit? Gerechtigkeit? Wissen Sie, wo Riverni dank Ihrer Gerechtigkeit jetzt steht? Vor dem Zwangsrücktritt!«

Buron platzte fast. Anne Capestan stellte sich das zinnoberrote Gesicht am anderen Ende der Leitung vor, und die Fliege darunter, die kurz davor war, abzuspringen. Das Telefon bekam eine gehörige Dusche ab.

»Da muss ich mir aber eine Träne verkneifen.«

»Sie hätten sich etwas ganz anderes verkneifen sollen, Capestan! Sie sind unerträglich. Es ist immer dasselbe mit Ihnen. Die Generaldirektion, die Präfektur, das Ministerium, der gesamte Kuhstall sitzt mir seit heute früh um sieben im Nacken und fragt, wo die undichte Stelle ist. Was rede ich, undichte Stelle, das ist Aqualand! Weil Sie wieder mit dem Kopf durch die Wand mussten. Nicht nur, dass die Presse jetzt das mit dem Sohn und seinem Kokain weiß, nein, sie haben auch erfahren, dass der Vater das Ganze vertuschen wollte, und wer sich gesträubt hat, wurde strafversetzt.«

Eine neue Runde Dart hatte angefangen, und ohne Anne Capestan hatten die Spieler bedeutend mehr Spaß. Unglaublich, was für schlechte Verlierer manche Leute waren. Sie selbst, zum Beispiel...

»Sie haben mir keine Wahl gelassen. Und das wissen Sie auch«, erinnerte sie ihn.

»Man hat immer eine Wahl. Und Sie entscheiden sich systematisch für die Option, die Ihrem Ego schmeichelt.«

»Dem Ego der Brigade«, präzisierte Capestan.

Mechanisch blätterte sie die Tapetenmuster durch und landete schließlich bei einem Ockerrot.

»Na gut. Ich habe dem Präfekten nicht gesagt, dass die

Information aus Ihrer Brigade stammt. Das können Sie wirklich nicht gebrauchen, Capestan, das wissen Sie genau, das hätte der eine Tropfen sein können, der Sie in den Knast bringt. Ich habe es auf mich genommen, Sie zu schützen. Ich verlange nicht, dass Sie mir danken –«

»Aber das mache ich doch gern, Monsieur le Directeur: Vielen Dank. Vielen Dank für Ihr Verständnis und Ihre unvergleichliche Verschwiegenheit«, sagte sie in einem Ton, der sie selbst überraschte.

Das war keine Respektlosigkeit. Die streifte sie mit Buron oft, um das Gespräch aufzulockern, nur normalerweise in weniger explosiven Situationen. Buron nahm daran keinen Anstoß, er kannte die Wertschätzung, die Anne Capestan ihm entgegenbrachte: unendlich und unzerstörbar. Sie ließ es ihm gegenüber nie wirklich an Respekt mangeln. Trotzdem tat ihre Antwort den vorangegangenen Rüffel ganz ungeniert ab. Es war eine Art spontane Eingebung, Capestan hätte nicht erklären können, woher diese plötzliche Nonchalance kam, dieses Gefühl, eine Komödie für zwei zu spielen. Und auch wenn Buron wahrscheinlich innerlich noch rauchte, fuhr er mit der gleichen Beiläufigkeit fort: »Und sonst? Wie läuft es mit der Brigade?«

Ein paar Minuten scherzhaften Geplänkels später legte Anne Capestan auf. Sofort klingelte das Telefon wieder, als würde der Apparat den Hörer abstoßen.

»Haben Sie etwas vergessen, Monsieur le Directeur?«, fragte sie.

Am anderen Ende der Leitung war es kurz still. Dann antwortete eine süßliche Stimme, die Capestan mit einem angewiderten Schauder erkannte: »Guten Morgen, Commissaire.«

»Monsieur Naulin, guten Morgen«, erwiderte sie. »Was kann ich für Sie tun?«

»Ich wollte Ihnen Bescheid geben, dass ein junger Mann bei mir geklingelt hat. Er war auf der Suche nach Marie Sauzelle.«

»Aha. Und weshalb?«

»Er wollte nur mit ihr sprechen, hat er gesagt. Er war überrascht und tieftraurig, dass sie vor sieben Jahren gewaltsam zu Tode gekommen ist.«

»Wie sah er aus?«, fragte Capestan. Sie zog einen Block heran und einen Stift, der nicht mehr schrieb.

Sie probierte noch drei weitere aus, indem sie rasch auf die Rückseite der Tapetenmuster kritzelte, bis sie einen roten Kuli fand, der funktionierte. Warum funktionierten eigentlich nie die schwarzen oder blauen?

»Wie ein junges rotbraunes Eichhörnchen. Dunkle Haut, genauso rötlich wie die Haare. Ungefähr einen Meter achtzig, ein hübscher Junge, schlaksig, wissen Sie, wie zu schnell gewachsen. Schüchtern, aber mit wachen Augen. Ihm fehlte das linke Ohrläppchen. Und vielleicht ein Finger, da bin ich mir nicht ganz sicher. Er trug eine orangefarbene Kapuzenjacke, ein T-Shirt mit einem Aufdruck im Stil dieser neuen Zeichentrickfilme –«

»Sie meinen Mangas?«

»Genau. Außerdem beigefarbene Bermudashorts und diese riesigen Turnschuhe, mit denen die jungen Leute immer aussehen wie Micky Maus.«

Anne Capestan hörte an Naulins Stimme, dass er grinste. Er hielt sich für unwiderstehlich witzig.

»Und einen neongrünen Fahrradhelm.«

Diese Beschreibung war so präzise, dass sie schon wieder

verdächtig war. Capestan hatte Naulin gestern Abend noch einen Besuch abgestattet. Sie hatte Klartext reden wollen, über den Empfang, der ihnen dank seiner Bemühungen in der Creuse bereitet worden war. Sie hatte auf eine Erklärung gehofft, doch Naulin hatte sich auf sein ausweichendes Geplänkel beschränkt, jede Verantwortung geleugnet und den Geheimnisvollen gemimt, sobald sie eine Frage stellte. Entnervt und mit pochender Schläfe vom Schlag mit dem Gewehrkolben hatte sie Naulin ein wenig in die Mangel genommen, aber nichts Neues aus ihm herausbekommen. Also hatte sie den Druck verringern müssen. Sie war wieder gefahren, überzeugt von Naulins Schuld, jedoch ohne Beweis. Das heute war vermutlich sein Versuch, sich seine Unschuld zurückzuerkaufen, indem er einen neuen Verdächtigen lieferte.

»Hat er Ihnen seinen Namen gesagt?«

»Leider nein.«

Ach was.

»Zu schade. Aber vielen Dank, Monsieur Naulin. Ihre Beschreibung war sehr detailliert«, bemerkte Anne Capestan mit einer Spur Ironie in der Stimme.

»Es war mir ein Anliegen, Ihnen zu helfen, Commissaire«, erwiderte Naulin salbungsvoll.

Capestan verabschiedete sich und legte auf. Sie blieb noch einen Augenblick vor ihrem Schreibtisch stehen, um sich ihre Notizen durchzulesen. Dann zerriss sie das vollgekritzelte Stück Tapete und ging zu Torrez' Büro. Sie klopfte und wartete auf seine Antwort, bevor sie eintrat.

Der Lieutenant saß auf seinem Sofa und studierte André Sauzelles Steuerakte, insbesondere die Erbschaftsdokumente, im Schein einer Architektenlampe, die auf einen

Hocker geschraubt war. Auf dem Boden stand ein alter Kassettenrekorder, der ein leicht melancholisches Lied von Yves Duteil spielte. Im Zimmer herrschte eine stickige Hitze. An der Wand hing ein neues Poster: eine Kinderfußballmannschaft des Paris Alésia FC, drei Reihen Jungs in zu großen Shorts zwischen zwei Trainern in zu engen Jogginganzügen.

Anne Capestan wiederholte ihr Gespräch mit Serge Naulin Wort für Wort, und José Torrez notierte sich seinerseits die Beschreibung des Jungen.

»Was halten Sie davon?«, fragte sie, während sie über die Narbe an ihrem Zeigefinger rieb.

»Ein hübsches Geschenk, nett verpackt und gut verschnürt.«

»Ja. Und dann noch ohne Namen, keine Ahnung, wie wir die Suche angehen sollen. Ein junger Kerl, rotbraune Haare, Kapuzenjacke... Aber Bermudas um diese Jahreszeit! Der muss eine Hitze haben...«

»Für Teenies spielt die Temperatur keinerlei Rolle bei Klamotten.«

»Haben Sie auch einen Teenie zu Hause?«

»Ich habe von allem etwas«, antwortete Torrez todernst. »Vielleicht können wir mit dem neongrünen Helm anfangen. Nicht gerade eine gewöhnliche Farbe. Den hat er bestimmt aus einem Fachgeschäft. Wenn wir so einen allerdings bei Decathlon finden, können wir's vergessen.«

»Nehmen wir mal an, der Junge existiert nicht nur in Naulins Kopf: Könnte er irgendeine Bedeutung für den Fall haben? Ein Junge besucht eine alte Frau sieben Jahre nach ihrem Tod. Warum?«

Torrez verengte die Augen. Er suchte den Schlüssel, die Verbindung, das fehlende Steinchen.

»Ein ehemaliger Schüler? Sie war Lehrerin«, sagte er.

»Ja, vielleicht. Gut, wir merken uns die Beschreibung, und ich kümmere mich um den Helm, aber wir halten uns nicht weiter mit der Sache auf. Naulin und seine Hirngespinste...«

Capestans Hand lag schon auf dem Türgriff, als ihr die Veranstaltung wieder einfiel, die André Sauzelle erwähnt hatte. Sie drehte sich noch einmal um.

»Haben Sie irgendeine Feier oder Versammlung in Maries Terminkalender gefunden?«

»Nein, genau, darüber wollte ich sowieso mit Ihnen reden!«

Torrez hob den Zeigefinger, als wolle er seine Partnerin damit zurückhalten, und wühlte mit der anderen Hand in den Dokumenten, die auf seinem Schreibtisch verstreut waren.

»Im Kalender stand nichts. Also wollte ich ihre Post durchsehen, ob sie eine Einladung oder so etwas bekommen hat. Aber... Ah, hier«, sagte er und grub eine Seite der Akte der Kriminalbrigade aus. »Stellen Sie sich vor: Laut Tatortbefundbericht wurde kein einziger Brief in Marie Sauzelles Haus sichergestellt.«

»Vielleicht war nichts Lohnenswertes dabei.«

»Das habe ich zuerst auch gedacht, aber dann bin ich selbst hingefahren und habe es überprüft«, erwiderte Torrez und strahlte förmlich vor Gewissenhaftigkeit. »Ich habe den Sekretär im Wohnzimmer durchsucht, die Schubladen des Bücherschranks, die Konsole neben der Tür: nichts, nada. Außer einer Stromrechnung, einem Werbeprospekt und einem Preisrätsel von La Redoute gibt es nicht einen Brief im gesamten Haus.

»Das ist wirklich seltsam. Vor allem für jemanden, der sich in so vielen Vereinen engagiert hat.«

»Der Täter hat die Post mitgenommen, anders kann ich es mir nicht erklären. Ich glaube, er kannte das Opfer nicht nur, sondern die beiden hatten sogar ein gemeinsames Hobby.«

Und bevor Anne Capestan irgendetwas erwidern konnte, hob der Lieutenant schon schicksalsergeben die Hände.

»Ich weiß, ich weiß. Da muss wohl jemand die Archive der Vereine aus dem Viertel wälzen...«

*

Die Dartpartie war zu Ende. Anne Capestan ging in die Küche, wo sie ihre Truppe hörte. Die Terrassentür war weit geöffnet. Louis-Baptiste Lebreton und Eva Rosière rauchten draußen eine Zigarette, Évrard hatte die Hände um eine Tasse Kaffee gelegt, und Orsini stand wie ein Wachtturm in der Tür und beobachtete sie alle. Capestan nahm ihn ein wenig beiseite, um unter vier Augen mit ihm zu sprechen.

»Capitaine, Sie halten mein Vorgehen vielleicht für naiv, aber —«

»Machen Sie sich darüber keine Sorgen, Commissaire. Ich habe nicht vor, irgendetwas, das diese Brigade betrifft, an die Dienstaufsicht oder die Presse weiterzugeben«, unterbrach er sie. »Ich melde nur korrupte Beamte. Und die sitzen entweder im Gefängnis oder noch in ihren Chefsesseln, aber nie in der Versenkung. Ohne Sie beleidigen zu wollen, aber Polizisten, die in der Ecke stehen müssen oder zu dumm für ihre Arbeit sind, interessieren mich nicht.«

»Sie selbst sind auch hierher versetzt worden«, erwiderte

Capestan auf diese geringschätzige Bemerkung, um ihn auf den Boden der Tatsachen zu holen.

Er quittierte die Zurechtweisung mit einem Lächeln und rückte mit einer schnellen Bewegung seinen Krawattenschal gerade.

»Ich sehe es vielmehr so, dass ich hier bin, um zu helfen, Commissaire.«

Anne Capestan nickte und entfernte sich wieder. Diese letzte Präzisierung hatte sie stutzig gemacht, und sie ließ sie in einer Windung ihres Gehirns wirken.

Sie öffnete den Kühlschrank und schenkte sich ein Glas Saft ein, dann ging sie auf die Terrasse, um ebenfalls frische Luft zu schnappen. Merlot gesellte sich zu ihnen, in der einen Hand einen Löffel, in der anderen das Glas Honig, das Torrez Capestan geschenkt hatte. Ohne irgendeinen Gedanken an diejenigen zu verschwenden, die nach ihm noch davon essen wollten, steckte er den Löffel in den Honig und danach direkt in den Mund. Als er ihn noch einmal eintauchen wollte, sprang Capestan hastig vor und rettete das Glas.

»Das ist ein Geschenk von Torrez«, sagte sie, wohl wissend, dass es von jetzt an niemand mehr anrühren würde.

Merlot schien einen Moment lang verärgert, bevor er seine ganze Aufmerksamkeit wieder dem Löffel widmete, den er genüsslich ableckte.

»Honig. Honig, meine Kinder. Ist es nicht wundervoll, was die Natur uns schenkt?«

Pilous Schnauze pflichtete ihm bei; sie wartete darauf, dass etwas heruntertropfte.

»Die Natur schenkt uns überhaupt nichts«, erwiderte Eva Rosière und richtete einen drallen Finger auf ihr Gegenüber.

»Das sind Hunderte kleine Bienen, die monatelang wie besessen ackern, um ihre Vorräte aufzufüllen, und sobald sie fertig sind, kommt irgendein Mensch daher und knöpft ihnen wie der letzte Mafioso alles ab. Und die Bienen stehen mit leeren Waben da, zurück an die Arbeit, ihr Süßen. Die Natur ›schenkt‹, dass ich nicht lache! Wir rauben sie aus, nichts anderes. ›Wundervoll‹, pah!«

Eva Rosière beendete ihre Schimpftiraden regelmäßig mit einem entnervten Schnauben. Merlot lächelte einfach weiter und bewunderte nickend seinen Löffel. Er schien zufrieden, dass Rosière seiner Meinung war. Merlot liebte sein Leben. Sein Ego sortierte nach einem System von biblischer Einfachheit: Ihm standen aller Ruhm und Verdienst zu, der Rest betraf ihn nicht.

Am anderen Ende der Terrasse zupfte Orsini die verwelkten Blätter des Oleanderstrauchs ab. Er hatte die Presse mit einer bemerkenswerten Fülle an Einzelheiten über Riverni versorgt. Das hatte Anne Capestan erwartet, sie hatte es sogar geplant, aber das Ergebnis hatte ihre Hoffnungen weit übertroffen. Der im Stil alten Adels gewandete Capitaine raffte die Blätter mit beiden Händen zusammen und trug sie in die Küche, um sie in den Mülleimer zu werfen. Capestan wurde bewusst, dass sie im Grunde nie Angst vor Orsini gehabt hatte. Tatsächlich hatte sie ihn von Anfang an eher als Lösung denn als Bedrohung wahrgenommen.

Sie dachte an Buron, der ihr mit großem Gewese eine Standpauke gehalten hatte, obwohl es ihn eigentlich nicht überraschen haben konnte, wie er gleich zu Anfang des Gesprächs ja auch gesagt hatte. Der Directeur kannte Orsini, und vor allem kannte er Anne Capestan. Sie gab es nur ungern zu, aber sie war extrem vorhersehbar, wenn man sie in die Enge trieb. Mit willkürlichen Verboten kam sie nur schlecht zurecht, also suchte sie zwangsläufig nach einem Weg, sie zu umgehen. Buron wusste das seit Langem. Capestan war sich mit einem Mal sicher, dass sie manipuliert worden war. Wie eine Anfängerin! Blieb nur noch die Frage, bis zu welchem Punkt. Und zu welchem Zweck.

Einer plötzlichen Eingebung folgend, steuerte sie direkt auf Merlot zu, der seinen Löffel auf einem Liegestuhl zurückgelassen hatte.

»Capitaine, dürfte ich Sie um einen Gefallen bitten?«

»Aber selbstredend, meine Teure, zu Ihren Diensten.«

»Wenn einer Ihrer Bekannten etwas über einen Konflikt zwischen Buron und Riverni weiß, würde mich das interessieren.«

24.

Sie waren mitten in der Nacht losgefahren. Die Straßen von Paris reihten sich menschenleer aneinander. Die Fenster an den Fassaden der Häuser waren schwarz, und man hörte nur hin und wieder ein Auto in der Ferne, fast gedämpft. An einer roten Ampel hatte Louis-Baptiste Lebreton eine kleine Gruppe angeheiterter Dreißigjähriger beobachtet, die rauchend aus einem Club kamen. Noch ein paar Stoppschilder, ein paar Ampeln, und sie wären auf der Ringautobahn, wo der Lexus endlich ungehindert losjagen konnte, wie ein Hund, den man am Waldrand von der Leine lässt.

Lebreton fuhr geschmeidig und genoss das kaum hörbare Brummen des Motors. Die Lederausstattung des Fahrgastraums umhüllte sie gemütlich, und das orangefarbene Licht der Armaturen beleuchtete schwach ihre Gesichter. Pilote lag zusammengerollt auf seiner Fleecedecke auf der Rückbank und stieß von Zeit zu Zeit ein verschleimtes Schnarchen aus. Ausnahmsweise hatte Eva Rosière das Guerlain nicht kanisterweise aufgelegt, sodass der Neuwagengeruch dominierte. Für die Fahrt hatte Lebreton eine Playlist vorbereitet: Country-Klassiker, kalifornische Surf-Musik und ein paar Titel von Otis Redding. Songs, die Lust auf Fahren und Meer machten.

Eva Rosière schlief, seit sie auf die A11 aufgefahren waren, gleich hinter Saint-Arnoult. Sie wachte erst wieder auf, als Lebreton an der Mautstelle von La Roche-sur-Yon bremsen musste. Sie streckte sich, bückte sich nach ihrer Handtasche und bestand darauf, zu bezahlen, aber Lebretons Kreditkarte war schneller. Als er wieder anfuhr, schnitt sie ein Thema an, das ihr sicher schon eine Weile auf der Zunge lag.

»Also, du warst früher Verhandlungsführer bei der RAID?«, fragte sie betont ungezwungen.

»Ja. Zehn Jahre Antiterroreinheit.«

Zehn Jahre, die wie im Flug vergangen waren. Lebreton hatte diesen Beruf geliebt: schnell handeln, Ruhe bewahren, methodisch vorgehen, gut zuhören. Die friedliche Lösung inmitten des Amoklaufs anvisieren, sich auf diesen letzten Schutzwall – das Verhandeln – konzentrieren, bevor die vermummten Einsatztruppen gewaltsam eingriffen. Zehn Jahre, in denen er seine Fähigkeiten trainiert, perfektioniert und sich keine einzige Sekunde gelangweilt hatte. Im Gegensatz dazu sah der Commandant sich plötzlich wieder in der Brigade vor seiner Computertastatur sitzen, auf der das A und Enter fehlten.

Weil Lebreton nicht weitersprach, bohrte Eva Rosière nach: »Die RAID ist doch der Hammer. Was hat dich denn geritten, zum IGS zu wechseln?«

»Gar nichts hat mich geritten. Ich hatte keine Wahl.«

Während der Bewerbungsphase hatte Lebreton seine sexuelle Orientierung verschwiegen. In diesem Testosterontempel wucherten die Vorurteile noch besonders dicht, und Lebreton wollte die Stelle unbedingt. Er hatte sie bekommen. Danach hatten seine Leistungen ihn über jeden Verdacht erhoben.

»Wieso das?«, fragte Rosière und stützte die Schulter in die Vertiefung der Rückenlehne, damit sie ihren Partner leichter beobachten konnte.

»Hast du eine Ahnung, was es heißt, als Homosexueller bei der Polizei zu arbeiten?«

»Du bist schon mal der Einzige, der ›homosexuell‹ sagt«, erwiderte sie.

Über diese Offensichtlichkeit musste Lebreton lächeln.

»Ja, zum Beispiel.«

Und dann war da Vincent gewesen, die Jahre, die vergingen, und die Reife, die die Geheimnistuerei leid wurde. Eines Morgens waren Lebreton und sein Lebensgefährte am Canal Saint-Martin, dem Leiter des RAID begegnet. Lebreton hatte Vincent als den vorgestellt, der er war. Im ersten Moment hatte Massard den Toleranten gespielt, obwohl das überhaupt niemand verlangte.

»Als es raus war, bin ich in weniger als zwei Wochen versetzt worden. Mitsamt einer Beförderung zum Commandant, um mir die bittere Pille zu versüßen.«

Die Dienstaufsicht – der Elefantenfriedhof, der Sarg, das Ende der Welt. Lebreton hatte das für den absoluten Tiefpunkt gehalten. Zumindest vor Anne Capestans Brigade. Aber schlussendlich waren ihm die Fälle nicht uninteressant erschienen. Es gab immer Polizisten, die ihre Marke mit einem Blankoscheck verwechselten.

»Angeblich warst du derjenige, der Capestan ausgequetscht hat.«

Sie zum Beispiel, dachte Lebreton sofort. Das Batman-Syndrom. Er behielt diesen Gedanken für sich und begnügte sich damit, den Blick abzuwenden. Die Blätter der Bäume oben auf dem Wall, der die vierspurige Autobahn begrenzte, wurden allmählich gelb. Die Landschaft, die manchmal dahinter auftauchte, war noch grün.

»Bei ihrem letzten Fehlverhalten, ja«, bestätigte er.

Dann drehte er sich kurz zu Rosière und fügte hinzu: »Aber darüber darf ich nicht sprechen, tut mir leid.«

Er dachte an den Fall zurück. Zwei Kinder, von einem Lehrer entführt. Anne Capestan hatte sechs Monate gebraucht, um sie zu finden. Dort angekommen, hatte sie den Mann, ohne lange zu fackeln, niedergeschossen.

»Es war Notwehr, oder?«, bohrte Eva Rosière weiter.

»Richtig.«

Notwehr – bloß dass der Typ fünf Meter entfernt gestanden hatte, mit einem Stift bewaffnet, und Capestan hatte ihm drei Kugeln mitten ins Herz gefeuert. Nicht gerade der Körperteil, auf den man zielt, um einen Verdächtigen bewegungsunfähig zu machen. Capestan war bei ihrer Aussage geblieben, unter dem Zeitdruck hätte sie nicht richtig zielen können. Von einer Polizistin mit einer olympischen Silbermedaille in der Sportpistole war das schon an der Grenze zur Provokation. Lebreton begriff noch immer nicht, wie die Führungsebene darüber hatte hinwegsehen können.

»Und wie bist du vom IGS bei uns gelandet?«, fragte Rosière.

Pilou fing an, an der Armstütze herumzukauen, und sein Frauchen hob warnend den Zeigefinger. Folgsam ließ der Hund vom Leder ab und stieß ein herzhaftes Gähnen aus, das mit einem zufriedenen Fiepen endete. Er gönnte sich eine kurze Drehung um die eigene Achse, bevor er sich wieder hinlegte. Die ersten Sonnenstrahlen fielen durch die hintere Windschutzscheibe und weckten Lust auf Kaffee. Die orangerote Morgendämmerung erhellte nach und nach die schnurgerade Straße. Lebreton fühlte sich ein bisschen wie in Amerika. Er wünschte sich die Stille von vorher zurück.

»Hm?«, machte Eva Rosière wie ein hartnäckiger Handbohrer.

Seine Partnerin mit ihrer warmherzigen, energischen Direktheit war in redseliger Stimmung. Lebreton kam nicht aus der Sache heraus, ohne sie zu verletzen. Er wechselte auf die linke Spur, um zwei Lkws zu überholen.

»Vincents Tod war ein harter Schlag für mich«, gestand er mit gleichmütiger Stimme. »Aber zwei Wochen nach der Beerdigung sollte ich den Dienst wiederaufnehmen.«

Lebreton sah sich erneut ziellos durch die Flure wandern, wie durch Nebel, unfähig, seinen Schreibtisch zu finden. Die Kollegen klopften ihm mitfühlend auf die Schulter – das Maximum an Reaktion, das sie für nötig hielten.

»Ich konnte mich nicht konzentrieren, also habe ich den Divisionnaire um eine Dienstbefreiung gebeten.«

»Er hat doch wohl nicht Nein gesagt, oder?«

»Er hat gesagt, es würde im Moment nicht passen.«

Daraufhin hatte Lebreton den Fall eines Kollegen angesprochen. Damien, der im Jahr zuvor seine Frau verloren hatte, hatte vier Monate gebraucht, um sich zu erholen, das war als notwendige Pause eingestuft worden. Verdutzt hatte der Divisionnaire ihm entgegengeschleudert: »Das wirst du ja wohl nicht vergleichen wollen!«

Milliarden Erklärungen hätten nicht ausgereicht, um das Herz dieses Idioten zu öffnen. Lebreton hatte genug. Genug davon, sich zu rechtfertigen, genug davon, der Parteilinie zu folgen. Wenn selbst die Säuberungsabteilung der Polizei stille Diskriminierung betrieb, musste das gemeldet werden.

»Und?«, fragte Eva Rosière, die immer noch auf die Fortsetzung wartete.

»Ich habe eine Beschwerde wegen Diskriminierung eingereicht. Und zwar bei der Generaldirektion und dem Innenministerium.«

»Und was haben die getan?«

»Nichts, natürlich. Die Dienstaufsicht ermittelt ja nicht gegen sich selbst.«

»Dein Divisionnaire ist einfach so davongekommen?«

Lebreton wandte kurz den Blick von der Straße ab und warf seiner Partnerin ein belustigtes Lächeln zu.

»Sitzt er jetzt im Auto neben dir oder ich?«

Rechts vor ihnen kam das Ortsschild von Les Sables-d'Olonne in Sicht, was ihre Aufmerksamkeit in eine andere Richtung lenkte. Perfekt synchron ließen Louis-Baptiste Lebreton und Eva Rosière ihre Fenster herunter. Feuchte, salzdurchtränkte Luft strömte herein. Pilote auf der Rückbank hatte sich wieder aufgesetzt und fiepte ungeduldig. Rosière streckte die Hand hinaus und bewegte die Finger im Wind. Der Hund schlug die Krallen in die Armstütze und versuchte nach vorne zu klettern, um mehr von diesem verheißungsvollen Algenmief zu erschnüffeln. Es war acht Uhr. Zu früh für den Besuch beim Schiffskonstrukteur, aber genau die richtige Zeit für eine Kaffeepause am Meer.

Lebreton fuhr auf einen Parkplatz am Quai Dingler und steuerte die Limousine zwischen die schrägen Linien. Er zog die Handbremse an und stellte den Motor ab. Bevor sie ausstiegen, kam Rosière noch einmal auf Anne Capestan zurück. Dieses Jahrmarktschießen ließ ihr keine Ruhe.

»Ihr Partner war nicht da, um sie zu decken, vielleicht hatte sie Schiss...«

»In der neuen Brigade hat sie sich Torrez als Partner ausgesucht. Torrez«, wiederholte Lebreton, um seinen Worten Nachdruck zu verleihen. »Anne Capestan hat vor gar nichts Angst.«

25.

Anne Capestan hatte vor allem Angst. Nachdem sie sich geduscht und angezogen hatte, schloss sie das Fenster in ihrem Schlafzimmer. Bevor sie die Bettdecke wieder ausbreitete, holte sie den Revolver unter ihrem Kopfkissen hervor. Früher ihre Zweitwaffe, mittlerweile ihre einzige Knarre, seit man ihr die Smith & Wesson abgenommen hatte. Sie konnte nicht mehr ohne Waffe schlafen. Sie spürte Paris hinter der Tür lauern und brauchte ihr Schlafmittel mit fünf Schuss. Ihr Beruf hatte sie zerbrochen. Sie hatte ihn sowohl aus Neigung als auch aus Angeberei gewählt, um aus ihrem fix und fertig vorgezeichneten Leben eines jungen Mädchens mit klassischem Studium und dazugehörigem Ehemann auszubrechen. Ihr Enthusiasmus und ihr Pflichtbewusstsein hatten sie weit gebracht. Ihr Mitgefühl und ihre Erregbarkeit hatten sie vor die Wand gefahren. Seitdem hatte Anne Capestan Angst. Aber sie kniff nicht. Das war die Grenze, die sie sich selbst gesetzt hatte, und ihr Stolz hielt sie auf Kurs. Außerdem hatte sie ihre Angst besser unter Kontrolle als ihre Wut, obschon sie wusste, dass beide sich aus derselben Quelle speisten.

Sie wollte sich die Akte Sauzelle heute Morgen unter freiem Himmel vornehmen und die Hinweise frische Luft schnappen lassen. Vielleicht würde der Wind sie neu zusammensetzen. Um die schwache, aber vorhandene Sonne auszunutzen, entschied sie sich für den Jardin du Luxembourg. Auf einem Stuhl vor dem Wasserbecken las sie die verschiedenen Berichte noch einmal und beobachtete den Strom der vorbeilaufenden Passanten.

Mit dem Handy rief sie erst das Katasteramt, dann das Rathaus von Issy-les-Moulineaux und schließlich das Immobilienkonsortium Issy-Val-de-Seine an, um der Spur des Baufirmenchefs Bernard Argan nachzugehen. Auf diese Weise fand sie heraus, dass die Verträge für den neuen Standort schon über einen Monat vor Marie Sauzelles Tod unterzeichnet worden waren. Also hatte Bernard Argan zum Tatzeitpunkt keinerlei Grund mehr gehabt, das Opfer unter Druck zu setzen, und sie konnten einen ihrer Verdächtigen ausschließen.

Mit besänftigtem Geist durch die Ruhe im Park wanderte Anne Capestan den Boulevard Saint-Michel entlang und dachte, wie gut der Herbst roch, wenn man unter Kastanienbäumen herlief. Vor ihr kamen die Quais de Seine in Sicht, und zu ihrer Rechten konnte sie Notre-Dame bewundern, die in ihrer mächtigen Pracht über die Seelen aller Pariser richtete.

Auf der anderen Seite des Quai stand ein Rottweiler am Fuß der Brüstung. Eigentlich hatte Capestan nichts gegen Rottweiler. Trotzdem war sie froh, dass Eva Rosière sich eher für Pilotes Größe entschieden hatte. Wie immer ließ sie ihren Blick zum Halter wandern, um herauszufinden, ob er Ähnlichkeit mit seinem Hund hatte. Das Herrchen saß mit baumelnden Beinen oben auf der Brüstung und wirkte eindeutig sehr viel unsympathischer als sein Hund. Er klopfte mit der flachen Hand auf den Stein neben sich, damit das Tier zu ihm hinaufsprang. Der Hund aber wollte nicht, er hatte Angst, er wusste nicht, was hinter der Brüstung war, ahnte das Nichts. Er legte die Ohren an und klemmte den Schwanz zwischen die Hinterbeine, doch sein Herrchen gab nicht nach, zerrte an der Leine und schrie ihn an. Eine Welle der Wut ließ Anne Capestan erstarren. Der Hund hatte einfach Schiss, und dieser Idiot sollte ihn endlich mit seinen bescheuerten Befehlen verschonen. Die Ampel war grün, deswegen konnte sie nicht weiter. Die rasenden Autos versperrten ihr den Weg zum Quai. Der Rottweiler hatte sich mittlerweile flach auf den Boden gelegt, und sein Besitzer war von der Brüstung heruntergestiegen, um das Tier mit seiner ganzen erbärmlichen Größe zu überragen. Commissaire Capestan konnte ihn brüllen sehen. Gleich würde er zuschlagen. Ihr Schädel pochte vor Wut, Hornissenschwärme prallten gegen ihre Schläfen, und ein scharlachroter Schleier trübte ihr die Sicht. Stück für Stück schob sie sich auf die Fahrbahn, die Autos fuhren immer knapper an ihr vorbei, sie fixierte starr die grüne Ampel. Sie würde die Straße überqueren und den Kopf dieser Natter packen und so lange gegen die Brüstung donnern, bis er den Hund in Frieden ließ. Sie konnte schon die Knochen auf dem Stein brechen hören, sie spürte den Aufprall, den Rückstoß. Das Primatenblut rauschte ihr in den Ohren. Plötzlich hielten alle Autos an. Der Fußgängerüberweg tat sich vor ihr auf, unermesslich breit. Auf der gegenüberliegenden Seite hatte sich der Rottweiler inzwischen zum Sprung durchgerungen und saß auf der Brüstung. Mit heraushängender Zunge genoss er die Verschnaufpause. Der Abschaum neben ihm zündete sich eine Zigarette an. Anne Capestan holte tief Luft und ging los. Tausende Nadeln stachen immer noch hektisch auf ihre Haut ein und drängten sie, diesen Kerl umzubringen. Heute lebte sein Hund zwar noch, aber morgen vielleicht schon nicht mehr. Laut und deutlich predigte die Vernunft in ihrem Kopf, befahl ihr, die Fäuste zu lösen, die Nothilfesituation war vorbei, für so etwas tötete man nicht. Sie war nicht befugt, jemanden zu töten. Diese Botschaft bahnte sich gewaltsam einen Weg, die Vorsicht sickerte langsam durch ihr Gehirn, und Anne Capestan wandte sich jäh ab.

Sie beschleunigte ihre Schritte und lenkte sie in Richtung Brücke, um zum Kommissariat zu gelangen. Es wurde immer schlimmer. Jetzt drehte sie schon wegen eines Hunds durch. Bald würde sie die psychologische Belastung des Polizeiberufs nicht mehr aushalten. Wie eine Hautschicht, die durch dauernden Kontakt eine Allergie entwickelt. Statt mit der Zeit abzuhärten, wurde sie weicher, durchlässiger, ihre Abwehrkräfte waren durch den ständigen Gebrauch geschwächt. Irgendwann wäre sie komplett untauglich und völlig verroht. Während sie weitermarschierte, rollte sie sich in einer Ecke ihres Unterbewusstseins in Embryohaltung zusammen, um sich zu beruhigen.

Wut.

Einen Mann töten, aber einen Hund retten.

Anne Capestan blieb mitten auf der Brücke stehen.

Und wenn Marie Sauzelles Katze zum Zeitpunkt des Einbruchs noch am Leben war? Die Futternäpfe waren nicht mehr da, doch der Mörder könnte sie mitgenommen haben. Vielleicht hatte er beschlossen, die Katze zu verschonen, sie zu adoptieren?

Was für ein Mörder tat so etwas?

Merlot saß vor seinem Schälchen Heringssalat und schenkte sich ein Glas Côtes du Rhône ein, dann drückte er den Korken mit einem geübten Schlag wieder in die Flasche. Er wollte das Glas gerade an die Lippen führen, als ihn eine plötzliche Eingebung innehalten ließ.

»Ist Rosière nicht noch alleinstehend?«

Ein anzügliches Lächeln erhellte das Gesicht des Capitaines. Seine Hand – Opfer der Gewohnheit – strich eine längst verschwundene Strähne auf dem kahlen Kopf glatt, und er nickte, bevor er selbstbewusst hinzufügte: »Hehe. Genau wie Capestan!«

26.

Eva Rosière und Louis-Baptiste Lebreton liefen zu Fuß am Hafenbecken entlang, um die Spitze der Mole zu erreichen, wo sich zu beiden Seiten der Fahrrinne je ein Leuchtturm, ein roter und ein grüner, gegenüberstanden. Der grüne war so schief wie eine Palme, die zu vielen Stürmen getrotzt hatte. Von hier aus konnte man die gesamte weitläufige Bucht von Les Sables-d'Olonne überblicken. Ein paar kleine Wellen kräuselten das zu dieser frühen Stunde noch ruhige Meer. Auf der langen Promenade, die den Strand säumte, öffnete gerade die Brasserie Le Pierrot. Der Kellner in Schürze und Turnschuhen stellte die Tische auf die Terrasse.

Sie setzten sich und orderten zwei Kaffee und ein bisschen Wasser für den Hund. Als ihre Getränke auf dem kleinen Bistrotisch standen und der Kellner wieder nach drinnen verschwunden war, holte Rosière tief Luft und fing an, noch einmal ihren Schlachtplan durchzugehen.

»Die Zielsetzung ist ganz einfach: Wenn Jallateau nicht auspackt, haben wir nichts, nada, Peanuts. Er ist unser Hauptverdächtiger, und vor allem unser einziger. Wenn er uns nicht irgendeine Art von Geständnis oder wenigstens eine neue Spur liefert, kehren wir mit leeren Händen zurück. Und können der Witwe mitteilen, dass der Fall in drei Monaten verjährt.«

»Die Kollegen von damals haben sich an dem Typ die Zähne ausgebissen.«

»Die Kollegen von damals waren ja auch verdammte Stümper. Jetzt können wir beweisen, dass wir besser sind.«

Eva Rosière griff nach dem Keks, der zum Kaffee serviert worden war, und hielt ihn ihrem Hund hin. Pilote nahm ihn vorsichtig zwischen die Zähne, verschlang ihn mit einem Happs und hob, kaum hatte er runtergeschluckt, schon wieder die Schnauze, bereit für den nächsten Gang. Lebreton trat ebenfalls seinen Kaffeekeks ab, bevor er sagte: »Du siehst aus, als hättest du einen Plan.«

»Nein. Aber ich habe zumindest ein paar Asse im Ärmel. Ich habe Nachforschungen angestellt, wir stehen nicht ganz nackt da. Mit unserer Scheinbestellung gewinnen wir sein Vertrauen…«

»Ich bin mir nicht sicher, ob das zulässig ist, Eva.«

»Schätzchen, du bist wirklich süß, aber wir müssen mit dem arbeiten, was wir haben. Wir können nicht vor Gericht, wir haben keine Beweise, er hat Kohle und Anwälte, also müssen wir tricksen, nur ein bisschen. Die Geschichte mit Guénan ist schon ein Weilchen her, er wird keinen Verdacht schöpfen. Wir gehen behutsam vor, blasen ihm erst mal ordentlich Zucker in den Arsch, und dann schlagen wir zu.«

Lebreton rührte schweigend in seinem Kaffee. Wenn sie das Gleiche machten wie ihre Vorgänger, würden sie auch die gleichen Ergebnisse bekommen. Rosière hatte nicht unrecht, sie mussten etwas Neues versuchen.

»Gut«, sagte er und legte seinen Löffel auf die Untertasse.

»Würde mich wundern, wenn es klappt, aber ich bin ganz Ohr.«

*

Um Viertel nach neun stellten sie das Auto auf dem Parkplatz des Fischereihafens ab, neben einem 38-Tonner, der gerade weiße Styroporkisten voll mit Sardinen auslud, und gingen zu Fuß bis zu Jallateaus Firma. Zwischen Seegrassuppe und Möwenkot waren sie bedient, was den hiesigen Geruch betraf, dachte Eva Rosière. Auf den Docks des Handelshafens war kaum etwas los, und sie war die einzige Frau. Man schaute ihnen nach, sie sahen nicht aus wie Touristen, die abseits der ausgetretenen Pfade nach Nervenkitzel suchten. Sie waren von riesigen Betonsilos umzingelt, die die Lagerhallen aus rostigem Blech überragten. Das Kreischen der Kräne konkurrierte mit dem der Möwen, und in der Ferne klimperten die Masten der Yachten im Wind wie tausend Feldflaschen aus Weißblech. Hier stank das Meer nach Schmieröl. Sie erreichten die gläserne Eingangstür eines länglichen einstöckigen Gebäudes. Darüber verkündeten blaue Buchstaben »Schiffsbau Jallateau«.

»Wir kriegen ihn«, sagte Rosière. »Pack dein Hollywood-Lächeln aus.«

Am Empfang fragte ein junger, fast weißblonder Mann, ob sie einen Termin hätten.

»Ja, um halb zehn«, antwortete Eva Rosière, die sich darum gekümmert hatte. »Madame Rosière und Monsieur Lebreton.«

»Selbstverständlich. Für einen 42-Fuß-Katamaran.«

»Genau.«

Sie mussten nicht lange warten. Jallateau kam sofort, begrüßte sie ausgesucht höflich und stellte sich vor. Er trug einen grauen Anzug und spitze Schuhe und hatte ein Gesicht wie ein Jeep. Dicke Stoßdämpfer-Augenbrauen schützten Muränenaugen, und Eva Rosière dachte, dass der Kerl sich vielleicht doch nicht so leicht zum Narren halten lassen würde.

Sie betraten sein Büro, und ihre Schuhsohlen versanken im makellos beigefarbenen Teppichboden. Die Wände waren mit Regalen bedeckt, die eine Sammlung von Schiffsmodellen und ein paar gerahmte Zeitungsartikel präsentierten. Das große Schiebefenster hinter Jallateaus Schreibtisch ging auf den Eingang der Fahrrinne hinaus. Auf dem gegenüberliegenden Quai reihten sich niedrige farbenfrohe Wohnhäuser aneinander. Bei diesem bezaubernden Ausblick fiel die Rückkehr zu Jallateaus Visage ein wenig schwer, befand Eva Rosière.

Sie fing mit ihrem kleinen Täuschungsmanöver an, während Lebreton die Reaktion des Schiffskonstrukteurs beobachtete. Der sagte kein Wort, sondern ließ Rosière ihren Text abspulen, und als sie fertig war, musterte er sie schweigend. Er wischte ein paar Radiergummifusseln von seinem Schreibtisch, dann faltete er die Hände.

»Sie wollen kein Schiff kaufen.«

»Was —«

»Wer ein Schiff kaufen will, hat Träume. Sie träumen nicht«, fügte er mit einem unfreundlichen Lächeln hinzu. »Also, was wollen Sie von mir?«

Sie brauchten einen Plan B. Zulieferer? Versicherung? Mafia? Eva Rosière überlegte, so schnell sie konnte, aber

Lebreton kam ihr zuvor: »Commandant Lebreton und Capitaine Rosière. Wir ermitteln im Fall Yann Guénan.«

Jallateau machte sofort zu. Eine Eiseskälte breitete sich aus. Das Schweigen zog sich in die Länge, und die Luft vibrierte vor elektrischer Spannung.

»Die Polizei.«

Sein geschäftsmännisches Gebaren verlor die höfliche Fassade, die er Kunden gegenüber aufrechterhielt. Er richtete sich in seinem Chefsessel auf und bellte im Hafenarbeiterton: »Ihr habt mir damals schon genug Zeit gestohlen. Verschwindet!«

Lebreton straffte seinerseits die Schultern.

»Zuerst würden wir Ihnen gern ein paar Fragen stellen.«

»Die habe ich alle schon gehört, sie haben mir nicht gefallen.«

»Guénan ist mit einer Akte über die *Key Line* zu Ihnen gekommen, kurz vor seinem Tod. Hatten Sie etwas zu vertuschen?«

»Nein, nichts!«, explodierte Jallateau. »Das sind nichts als Wahnvorstellungen, kollektive Paranoia. Schön langsam geht ihr Bullen mir mit euren Verschwörungstheorien gehörig auf den Sender. Was denken Sie denn? Dass dieses Unglück nicht genauestens unter die Lupe genommen worden ist? Haben Sie sich mal die Akte der Untersuchungskommission angeschaut? Das sind sechs dreißig Zentimeter dicke Wälzer! Meine Werft war monatelang voll mit allen möglichen Experten, Ingenieuren, Versicherungsleuten, Sachverständigen und Inspektoren! Amerikanern, Franzosen, sogar Kubanern! Zehn Jahre Ermittlung, und die konnten mir nichts nachweisen. Wollen Sie wissen, warum? Weil ich für diesen Scheißschiffbruch nichts kann! Bei der Wetterlage hätten sie nie auslaufen dürfen, das ist alles. Und jetzt raus hier!«

Die beiden Polizisten rührten sich nicht, und Jallateaus Gesicht färbte sich dunkelrot. Er zeigte mit seiner rissigen Hand auf die Tür.

»Ich hab gesagt, hauen Sie ab!«

Louis-Baptiste Lebreton drehte sich zu Eva Rosière: »Was denkst du? Hauen wir ab?«

»Nein, warum? Ist doch schön hier, mit Blick auf den Hafen.«

Draußen fuhr ein Zodiac durch die Fahrrinne, und die grauen Gummiwürste hüpften über die kleinen Wellen. Lebreton wandte sich wieder an Jallateau: »Wir haben es uns überlegt, wir bleiben.«

Einen Moment lang glaubte Eva Rosière, der Schiffsbauer würde handgreiflich werden. Seine Brust blähte sich auf, aber er zögerte. Lebretons Schultern machten Eindruck. Bestimmt einer der Hauptgründe für seinen Erfolg als Verhandlungsführer. Mit einer hasserfüllten Miene beschloss Jallateau, sich auf Rosière zu konzentrieren. Die fuhr belustigt fort: »Die Experten waren nicht an Bord der Fähre, Guénan schon. Hat er Sie erpresst?«

»Ich sage gar nichts mehr. Sie wollen bleiben? Bitte sehr. Ich habe noch zu lesen.«

Jallateau packte einen Stapel Dokumente, der neben ihm lag, nahm einen Kugelschreiber aus dem Stiftehalter und fing an, ein paar Zeilen auf dem obersten Blatt durchzustreichen. Nach einer Weile öffnete Eva Rosière das Außenfach ihrer Handtasche und zog ihr Handy heraus. Betont auffällig scrollte sie durch ihre Kontakte.

»Loïc Cleac'h, sagt Ihnen der Name was? Ich weiß, dass ich seine Nummer hier irgendwo habe ...«

Jallateau kannte den bretonischen Geschäftsmann sehr gut. Wie Eva Rosière aus der Fachpresse wusste, hatte der Millionär gerade den größten Luxuskatamaran bei ihm in Auftrag gegeben, der je in einer seiner Werften gebaut worden war. Sie hob das Handy ans Ohr.

»Es wird ihn sicher beruhigen, dass Ihre Schiffe – Experten zufolge – nicht sinken. Es klingelt«, fügte sie hinzu und deutete mit dem Zeigefinger auf das Handy.

Der Schiffsbauer ließ seinen Stift auf den Papierstapel fallen und rieb sich die Augen, bevor er Rosière unterbrach.

»Okay, okay.«

Er war diese Geschichte so leid. Ein wenig leiser fügte er hinzu: »Hören Sie, ohne sein Andenken beleidigen zu wollen – Guénan war nicht besonders helle. Keine Ahnung, was genau in dieser Akte stand, aber außer einer Petition hatte er einen Scheiß. Und was so eine Petition wert ist ... Außerdem hatte er es nicht nur auf mich abgesehen. Er war auch auf der Suche nach einem Passagier.«

Nach einem Passagier. Na klar. Wie praktisch, dachte Eva Rosière. Halt mich ruhig für blöd.

Ein paar Minuten später verließen Lebreton und Rosière ein wenig niedergeschlagen Jallateaus Büro. Durch die Sache mit den jahrelangen Ermittlungen stand Jallateaus Motiv tatsächlich auf schwachen Beinen. Der Schiffskonstrukteur hätte sicher niemanden umgebracht, der ihm mit einer Anzeige drohte, während ihm schon alle Staaten auf die Pelle rückten. Dass die Witwe ihrem heldenhaften Ehemann unerschütterlich den Rücken deckte, hatte ihre logische Einschätzung der Ereignisse getrübt. Trotzdem war Jallateau bestimmt nicht unschuldig, davon war Eva Rosière überzeugt. Der Zeitabstand zwischen Guénans Besuch hier und seiner Ermordung machte das sehr unwahrscheinlich. Blieb noch der geheimnisvolle Passagier, über den Jallateau ihnen nichts hatte sagen können.

Die beiden Polizisten hatten in ein Hotel eingecheckt, in zwei nebeneinanderliegende Zimmer, die über einen Balkon miteinander verbunden waren. Sie hatten das Kommissariat verständigt und beschlossen, noch einen Abend lang das Meer auszunutzen, damit sich die Dienstreise auch lohnte. Sie waren den Strand entlanggelaufen, kilometerweit, nah am Wasser, wo der schwere Sand dem Druck ihres Gewichts standhielt, mit langsamen Schritten und ohne viel Gerede, um das Rauschen der Wellen zu genießen. Der Hund war während des gesamten Spaziergangs im Zickzack um sie herumgesaust und hatte jede Sandkuchenruine begeistert markiert. Er hatte die Möwen angebellt, die sich mit trägen Flügelschlägen entfernten, überall kleine Löcher gegraben und dann seine sandige Schnauze an ihren Hosenbeinen abgewischt. Anschließend waren sie ins Hotel zurückgekehrt und hatten das dortige Fischrestaurant aufgesucht. Das Meer hatte sich zur Ruhe gelegt, glatt und still.

*

Mitten in der Nacht fuhr Louis-Baptiste Lebreton hoch. »Keine Ahnung, was genau in dieser Akte stand...«: Jallateaus Aussage hatte es geschafft, im Schlaf zurück an die

Oberfläche zu dringen. Wenn Guénan und der Schiffsbauer gar nicht länger über die Akte gesprochen hatten, worüber hatten sie sich dann unterhalten?

Vielleicht gab es den geheimnisvollen Passagier, den die Polizisten für eine Ausflucht gehalten hatten, ja tatsächlich.

Der Commandant schlug das Laken zurück und durchquerte das Zimmer. Aus seiner Reisetasche, einem alten Modell aus Leder mit kunstvoll abgewetzten Griffen, zog er Guénans Akte, die seine Witwe ihnen anvertraut hatte, und ging zum dritten Mal die Seiten durch auf der Suche nach der Liste der Petitionsunterstützer. Die winzige gedrängte Schrift des Marineoffiziers war kaum zu entziffern, doch zwischen den Dutzenden Namen erregte einer Lebretons Aufmerksamkeit.

Das war derart undenkbar, dass er das Blatt näher heranholte und den Namen noch einmal las. Kein Zweifel. Er steckte die Liste zurück in die Mappe und dachte über die Bedeutung seiner Entdeckung nach.

Unglaublich.

Rosière würde einen Freudentanz aufführen. Kurz überlegte Lebreton, bei ihr zu klopfen, aber der Digitalwecker auf dem Nachttisch zeigte vier Uhr. Das konnte auch bis zum Frühstück warten.

Er ging auf den Balkon und setzte sich auf den weißen Plastikstuhl, der von der salzigen Feuchtigkeit ganz klebrig war. In der kühlen Nachtluft zündete er sich eine Zigarette an und betrachtete das Meer im Mondschein. Er würde sich kurz vor Sonnenaufgang noch einmal hinlegen.

*

Eva Rosière genoss Tee und Brötchen auf der Terrasse des Café des Sauniers. Ein Künstler hatte auf die Fassade des kleinen blauen Häuschens einen täuschend echten Möwenschwarm gemalt. Pilote leerte seinen Napf mit großen Happen, wobei er ihn gegen die Beine der Stühle rundherum schob. In weiser Voraussicht hatte Rosière immer einen Beutel Trockenfutter und einen Fressnapf im Kofferraum ihres Autos. Sie winkte Lebreton, der gerade aus dem Hotel trat, und Pilou lief zu ihm, um ihn abzuholen. Der Commandant kraulte dem Hund liebevoll die Ohren, bevor er sich mit gemächlichen Schritten zu seiner Partnerin gesellte. Er hatte das dichte Haar nach dem Duschen nicht geföhnt, sondern nur kurz abgetrocknet und nach hinten gekämmt. Mit einer Hand griff er nach der Lehne eines freien Stuhls, während er sich mit der anderen über den vor sich hin sprießenden Bart strich.

»Was ist das denn für ein Kinnpelz? Unrasiert und fern der Heimat?«, fragte Rosière.

Lebreton bestellte einen Kaffee und ein Croissant und setzte sich.

»Meinen Rasierer habe ich eingepackt, aber die Klingen nicht. Asche auf mein Haupt.«

Es war Monate her, dass er zuletzt etwas vergessen hatte, schließlich hatte er genügend Zeit, alles zu organisieren. Vielleicht hatte ihn die Vorfreude auf den Kurzurlaub durcheinandergebracht.

»Dir sei verziehen«, erwiderte Rosière und hob den Ellbogen, um mit einer ungeduldigen Handbewegung einen Krümel wegzuwischen: Konfitüre war eine klebrige Angelegenheit.

»Gut, ich schätze mal, dann fahren wir zurück«, fuhr sie

fort. »Also kommt Jallateau wieder einmal davon. Ist doch verrückt, dass noch niemand den geringsten Beweis gegen ihn gefunden hat.«

»Vielleicht, weil es nicht ganz so einfach ist«, antwortete Lebreton und schob ein Blatt Papier über den Tisch.

Mit dem Zeigefinger deutete er auf die entsprechende Zeile. Seine Partnerin nahm ihre Tasse und beugte sich vor. Sie runzelte die Stirn und durchforstete ihr Gedächtnis.

»Der Name sagt mir was...«

Plötzlich fiel der Groschen, und sie starrte Lebreton ungläubig an. Der nickte und riss mit einem triumphierenden Lächeln sein Croissant auseinander.

Die Federn quietschten, als Gabriel auf sein Bett sprang. Er war gerade aus der Stadtverwaltung zurückgekehrt, wo er sich stundenlang hatte herumschlagen müssen, um eine beglaubigte Kopie seiner Geburtsurkunde zu bekommen. Er war jemand, der in Formularen nie das richtige Kästchen fand. Bis man in diesem Land das Mädchen, das man liebte, heiraten konnte, das dauerte!

Die alte Katze schlüpfte ins Zimmer und drehte ihre Runde, wobei sie an allen Möbeln schnüffelte. Dann sprang sie leise auf das Kopfkissen ihres Herrchens, machte es sich bequem und schlief schnurrend ein. Gabriel streichelte sie kurz, bevor er einen Zettel aus der Seitentasche seiner Bermudashorts holte. Er war zerknittert, deshalb glättete er ihn mechanisch auf seinem Oberschenkel. Alle Namen darauf waren bereits durchgestrichen, alle bis auf einen. Gabriel entsperrte sein Handy. Er hatte mit allen Überlebenden gesprochen, aber nichts herausgefunden. Niemand erinnerte sich an seine Mutter oder an seinen Vater. Jetzt blieb nur noch Yann Guénan, der diensthabende Brückenwachoffizier an Bord. Ein letzter Anruf. Danach würde er aufhören.

27.

An diesem Morgen hatte Anne Capestan die gesamte Truppe einberufen, oder besser gesagt: Sie nutzte die außergewöhnliche Anwesenheit einer gewissen Anzahl von Polizisten in ihrer Brigade, um ein teamübergreifendes Brainstorming anzustoßen.

Louis-Baptiste Lebreton und Eva Rosière waren noch unterwegs, würden jedoch bald da sein. Sie hatten sensationelle Neuigkeiten angekündigt. Anne Capestan hatte ihnen zwei der besten Plätze auf dem alten, grün-gelb karierten Sofa reserviert: Orsinis Beitrag zur gemeinschaftlichen Einrichtung. Der Capitaine hatte betont, dass es sich um ein Schlafsofa handele, und sofort hatte Capestan gebetet, dass das niemand gehört hatte. Allmählich wurde es ziemlich voll, aber das Wohnzimmerbüro war groß genug. Sie hatten die Schreibtische ein wenig verrückt und das Sofa, einen bequemen Dreisitzer, vor den Kamin gestellt.

Auch die Tapezierarbeiten hatten begonnen. Vor zwei Tagen hatten Évrard und Orsini alles vorbereitet, während Merlot sie, ein Glas Wein in der Hand, mit guten Ratschlägen unterstützte. Capestan und Torrez hatten anschließend die Hälfte des Raums tapeziert. In der Nähe des Eingangs lag eine notdürftig zusammengefaltete Plastikplane mit Kleisterflecken neben einem Eimer, einer Bürste, einem Tapezierspachtel und den übrigen drei Rollen Tapete. Lebreton hatte am Telefon versprochen, den Rest heute Abend zu erledigen. Nach der Versammlung.

Alle waren da, bereit loszudenken. Merlot stand am Fenster, neben Évrard, die leise vor sich hin summte und mit ihrem Eineurostück spielte. Évrard trällerte eigentlich immer die ein oder andere Liedzeile, eine Melodie, die unterbrochen wurde, wenn sie nach einem Stift griff, und schon beim kleinsten Anlass weiterging. Dabei wippte sie im Takt mit dem Kopf oder klopfte mit dem Fuß. Nur wenn sie irgendeine Art von Spiel beobachtete, war sie völlig reglos. Orsini saß mit übereinandergeschlagenen Beinen und verschränkten Armen auf einem orangefarbenen Plastikstuhl. Er bedachte seine Umgebung mit einem herablassenden, aber resignierten Blick. Die halb offene Tür zum Flur ließ das Bein eines Hockers erkennen, den Torrez sich dorthin gestellt hatte, um der Diskussion folgen zu können, ohne den anderen seine Anwesenheit aufzuzwingen.

Zwei Polizisten waren zum ersten Mal hier. Zwei Wochen nach offiziellem Dienstbeginn und ein paar Blitzbesuchen, um die Lage auszuloten, hatten sie heute Morgen endlich ihre Stellung angetreten. Die Atmosphäre hatte ihnen zugesagt, also waren sie geblieben.

Da war zum einen Dax, ein junger Boxer, der im Ring genauso viel Gehirn wie Schweiß gelassen hatte. Mit platt gedrückter Nase und zufriedenem Lächeln betrachtete er das Leben so begeistert wie ein Seelöwe im Wasser. Bevor die Uppercuts ihm das Hirn durchgeschüttelt hatten, war er einer der findigsten Lieutenants der Cybercrim'-Brigade gewesen. Angeblich waren noch ein paar Geistesblitze übrig, aber bisher gab es keine direkten Zeugen, die das bestätigen konnten.

Neben ihm saß sein Kumpel Lewitz, den das Materialmanagement hierher versetzt hatte, weil sie ihm keine Ohrfeige verpassen konnten. Brigadier Lewitz liebte Autos, und seine Entscheidung für den Polizeiberuf war vor allem der Sirene geschuldet. Er konnte nicht fahren, weigerte sich aber, es zuzugeben. Das Auto war seine Tanzpartnerin, Fernando Alonso sein größtes Idol, und seine Hände fanden nur Frieden, wenn sie ein Lenkrad umklammerten.

Der Staat hatte der Brigade großzügigerweise ein abwaschbares Whiteboard zur Verfügung gestellt und drei Marker, von denen einer noch nicht ausgetrocknet war. Torrez hatte zusätzlich eine Kindertafel mit roten Metallfüßen mitgebracht. Aus der Tasche seiner Lammfelljacke hatte er eine Schachtel Kreide und einen kleinen Schwamm gezogen. Seine Töchter benutzten die Tafel nicht mehr, da konnte man sie genauso gut umfunktionieren. Anne Capestan hatte darauf den Fall Sauzelle skizziert und auf dem Whiteboard den Fall Guénan. Alles war vorbereitet, das Brainstorming konnte beginnen. Capestan beschloss, schon einmal anzufangen, dann wären sie aufgewärmt, wenn Rosière und Lebreton kamen.

»Okay«, rief sie mit heller Stimme. »Wo stehen wir?«

Nach kurzem Tassenklappern und Gläserklirren richtete sich die Aufmerksamkeit auf die beiden Tafeln.

»An einem toten Punkt«, sagte Orsini zu sich selbst.

»Wir stecken fest«, bestätigte Évrard und umklammerte ihren Euro.

»Wir sitzen in der Tinte!«, rief Merlot, stolz auf seinen Einfall.

Als hätten sie gerade die Regeln eines Spiels begriffen, plärrten Dax und Lewitz im Chor: »In der Scheiße!«

Capestan schaltete sich ein: »Vom Prinzip her klappt das ja schon ganz gut. Jetzt versuchen wir das Ganze mal ein bisschen konstruktiver, bitte.«

Keiner sagte mehr einen Ton. Damit das Schweigen sich nicht häuslich einrichtete, fasste Anne Capestan die Fälle kurz zusammen. Jede Spur führte in eine Sackgasse. Nach so vielen Jahren waren die Akten verbrannte Erde. Sie hatten Serge Naulin und André Sauzelle noch einmal unter die Lupe genommen, aber keine neuen Fährten gefunden. Capestan beobachtete ihre Leute: Sie waren nicht mit Überzeugung dabei. Die Neugier versiegte, der Fatalismus holte sie wieder ein. Wenn sie mit den Ermittlungen nicht weiterkamen, würde die Brigade bald dem Frührentnerclub ähneln, den Buron sich ausgemalt hatte.

Aus Freude am Redenschwingen brachte Merlot die Diskussion wieder in Gang: »Das Motiv, Kinder, das Motiv! Wir sind bisher davon ausgegangen, dass Marie Sauzelle eine unschuldige alte Dame war, aber wer weiß, was für ein lasterhaftes Leben sie geführt hat? Was, wenn sie einen Liebhaber hatte, einen leidenschaftlich eifersüchtigen Tangotänzer? Wenn ihre Vorliebe für Verirrungen sie in die Fänge der Drogen und des Dealers Naulin getrieben hat? Wer war Marie Sauzelle eigentlich, werte Freunde, wer war sie?«

Dax nickte, er stimmte in allen Punkten zu. Seine Lederjacke knarzte, als er sich zu Lewitz hinüberbeugte.

»Hast du einen Kaugummi?«, flüsterte er mit tiefer Stimme.

Lewitz zog ein Päckchen aus der Gesäßtasche seiner Jeans

und hielt Dax ein Dragee hin. Von diesem Zeitpunkt an war der Lieutenant voll und ganz mit Kauen beschäftigt.

»Und der Junge, den der Nachbar beschrieben hat – haben wir was über den?«, fragte Orsini.

»Nein«, musste Capestan gestehen.

Die Nachforschungen hatten nichts ergeben. Der grüne Helm reichte nicht als Ausgangspunkt. Bestimmt hatte Naulin sowieso nur aufs Geratewohl irgendetwas zusammenfabuliert.

Zum hundertsten Mal ging Capestan die Stichpunkte auf der Tafel durch: Einbruch, Riegel, Fensterläden, Position der Leiche, Nachbar, Katze, Blumen, Bruder, Post... Es fiel ihr schwer, die wichtigen Hinweise herauszufiltern. Ihr Kopf fühlte sich an wie eine Schneekugel, ihre Gedanken wirbelten durcheinander, flogen in alle Richtungen. Sie musste warten, bis das Gestöber sich beruhigte, um klar zu sehen.

Das Team hatte sich mittlerweile der Guénan-Tafel zugewandt. Durch die allgemeine Stille hörte man Lewitz in wissendem Tonfall zu Dax sagen: »Ein Mann, der von einem Profikiller umgebracht wurde – da müssen wir gar nicht erst suchen. Nach zwanzig Jahren finden wir da eh nichts mehr.«

»Es geht nicht ums Finden, sondern ums Sich-Beschäftigen«, erwiderte Dax, der daran nicht das geringste Problem zu entdecken schien.

Orsini nickte zustimmend, während er einen Fussel von seiner Hose wischte. Er war offenbar der Meinung, dass ihre Ermittlungen, so wie die Dinge gegenwärtig lagen, zu nichts führen würden. Mit kalter Stimme zog er die Schlussfolgerung: »Wir brauchen frisches Blut.«

Ein Frösteln durchlief die Zuhörerschaft, gefolgt von ein paar albernen Lachern. Dann sagte Évrard schüchtern, die blauen Augen weit aufgerissen: »Stimmt, wir brauchen neue Spuren, um die Ermittlungen in Gang zu halten. Aber wir haben nichts. Wir haben keine Mittel, es dauert ewig, bis wir Zugang zur Datenbank kriegen, von vorläufigen Festnahmen ganz zu schweigen...«

Lieutenant Évrard hatte die Sache mit Riverni noch immer nicht verdaut.

»Das hier ist schon nicht mehr *Cold Case*, sondern *Mad Case*«, trumpfte Merlot auf. »Früher, als wir noch zur richtigen Polizei gehört haben –«

»Stopp. Stopp!«

Obwohl Anne Capestan nicht laut gesprochen hatte, verstummten alle. Diese Versammlung geriet allmählich zur Demotivationssitzung, sie musste einschreiten. Sie ließ den Blick über die Anwesenden schweifen, ohne jemand Bestimmtes anzusehen, aber auch – und das kam selten vor – ohne zu lächeln. »In jedem Kriegsfilm gibt es einen, der ›Wir werden alle sterben!‹ schreit. Aber das hilft niemandem, deshalb hören wir jetzt sofort damit auf. Und das ständige ›Früher war alles besser‹ ändert auch nichts. Wir waren schon längst ausrangiert, bevor wir hier gelandet sind, und zwar wir alle. Also braucht keiner den ehemaligen Großmeister zu spielen.«

Die Köpfe senkten sich, die Augen wandten sich verlegen ab. Aber ihr Team sollte auf keinen Fall mit diesem Gefühl aus der Besprechung gehen. Anne Capestan erhob sich von der Ecke ihres Schreibtischs, auf der sie gesessen hatte.

»Nur ist heute der ganze Papierkram, der siebzig Prozent der Arbeit ausmacht, vorbei. Die Nachtschichten, die Friedhofsstreifen, die Fixerkotze in den Kommissariatstoiletten: vorbei! Wir können unseren Beruf so ausüben, wie wir es uns anfangs erträumt haben. Wir ermitteln frei, ohne Druck, ohne Formalitäten, ohne jemandem Rechenschaft zu schulden. Genießen wir das doch lieber, anstatt rumzujammern wie eine Bande Teenager, die nicht zur Party darf. Wir gehören immer noch zur Kriminalpolizei, wir bilden nur eine gesonderte Abteilung. So eine Chance kommt kein zweites Mal!«

Anne Capestan beobachtete, wie das Offensichtliche die Gemüter erfasste und die Schultern straffte. Ein plötzlicher Elan vibrierte im Zimmer, nicht viel, aber eine gemeinsame Regung, die die im Raum verstreuten Polizisten aneinanderzuschweißen schien. Die Gruppe rückte zusammen.

Diese aufkeimende Solidarität wurde von einem knappen Kläffen begrüßt. Pilou sprang durch die Tür. Eva Rosière und Louis-Baptiste Lebreton folgten ihm auf dem Fuß. Während sie ihre Taschen und Jacken an der Garderobe aufhängten, riefen sie ein allgemeines »Morgen!« in die Runde, dann näherten sie sich den Tafeln.

Rosière warf ihrem Partner einen schnellen fragenden Blick zu. Der überließ ihr mit einem Schmunzeln das heiß begehrte Wort. Eva Rosière brachte ihre Mähne in Form, strich über ihre Halskette, und als die Spannung ihren Höhepunkt erreicht hatte, verkündete sie mit feierlicher Stimme: »Yann Guénan, der erschossene Marineoffizier, in dessen Fall Louis-Baptiste und ich in den letzten Wochen ermittelt haben, hatte ziemlich viele Bekannte. Bekannte, die uns interessieren. Er hat eine Akte angelegt, dick wie ein Ziegelstein, mit Hunderten Namen in einer grässlichen Sauklaue. Unser geschätzter Louis-Baptiste hier, großer Commandant und äußerst gründlicher Bulle, hat sich durch alle Listen gekämpft. Und da, mitten in der Nacht, während draußen die Wellen tosten, ist ihm ein Name ins Auge gestochen...«

Lebreton hob die Augenbrauen und ermunterte die Rednerin, sich kurz zu fassen. Also kam Eva Rosière schweren Herzens zur Sache: »Und zwar der Name Marie Sauzelle: die erdrosselte Omi aus Issy-les-Moulineaux. Unsere beiden Fälle sind miteinander verbunden!«

»Was?!«, rief das gesamte Team verblüfft im Chor.

Danach verstummte es wieder und lauerte auf die Fortsetzung. Rosière genoss die gebannte Stille. Sie erzählte weiter: »Sie steht auf der Liste der Passagiere, die Yann Guénan besucht hat, um ihre Aussage aufzunehmen. Die beiden waren auf derselben Fähre.«

Das sind tatsächlich sensationelle Neuigkeiten, dachte Anne Capestan. Die Omi und der Seemann waren gemeinsam gesegelt und gekentert, und sie hatten sich danach noch einmal getroffen. Nur um am Ende beide ermordet zu werden. Mit einem Ruck verhedderten sich die Fäden der Ermittlungen.

»Das ändert alles«, sagte sie nachdenklich.

»Wirklich alles«, bekräftigte Lebreton.

28.

Anne Capestan schnappte sich ein Blatt Papier, und nachdem sie sich vergewissert hatte, dass nichts Weltbewegendes auf der Rückseite stand, benutzte sie es als Schmierzettel. Sie musste so schnell wie möglich alle Fragen festhalten, die diese Entdeckung aufwarf. Natürlich funktionierte der schwarze Kugelschreiber nicht, und ohne überhaupt ihr Glück mit dem blauen zu versuchen, griff sie nach einem grünen. Mit dieser Farbe gab es, wie mit Rot, nie Probleme.

»Sind Marie Sauzelle und Yann Guénan sich auf dem Schiff begegnet, oder kannten sie sich schon vorher und waren zusammen unterwegs? Haben André Sauzelle oder Serge Naulin den Seemann schon einmal getroffen? Ent- oder belastet Jallateau die Tatsache, dass Marie Sauzelle mit dem Schiffsunglück in Verbindung steht?«

Als Anne Capestan kurz den Kopf hob, sah sie, dass der Rest der Brigade auf den Beinen war und fieberhaft Kugelschreiber austauschte, auf der Suche nach einem Wunderexemplar. Nur Orsini, der über seinen Montblanc verfügte, und Lebreton, der auf dem Smartphone herumtippte, hatten es geschafft, Capestans hastigen Redeschwall mitzuschreiben. Sie richtete sich auf.

»Wir brauchen noch eine Tafel.«

Dienstbeflissen bot Lewitz sich an und schlüpfte sogleich in seine Jacke. Anne Capestan holte ihren Geldbeutel aus der Handtasche und reichte ihn dem Brigadier. Zusätzlich orderte sie ein paar trocken abwischbare Marker und fünfzig Kugelschreiber.

Danach hielt sie kurz inne und ließ den Blick über ihre Leute schweifen. Sie musste die Aufgaben verteilen.

»Capitaine Orsini, übernehmen Sie die Pressearchive? Durchforsten Sie sie nach Artikeln über das Fährunglück. Vielleicht auch das Internet, aber...«

»Nein, ich glaube, das ist zu lange her, um digitalisiert worden zu sein. Ich kontaktiere lieber ein paar Freunde.«

»Perfekt.«

Capestan ging zum Flur, in dem Torrez saß.

»Könnten Sie André Sauzelle und Serge Naulin anrufen? Und sie fragen, ob der Name Guénan ihnen irgendetwas sagt? Der Bruder hat das Fährunglück nicht erwähnt, aber das ist nicht verwunderlich, schließlich war es über zehn Jahre vor Maries Tod.«

Torrez kratzte sich mechanisch am Bart, und die Stoppeln raschelten wie ein nagelneuer Fußabtreter.

»Ja, den Zusammenhang konnte er nicht herstellen. Ich frage ihn, ob Marie damals irgendein besonderes Ereignis erwähnt hat.«

Lebreton hatte sich auf dem Sofa niedergelassen und einen Karton mit alten Fällen zum Fußkissen umfunktioniert. Bisher hatten Eva Rosière und er die Sauzelle-Ermittlung nur am Rande verfolgt, deshalb studierte er jetzt die Tafel, um sich mit den verschiedenen Elementen vertraut zu machen. Eins der Probleme von Torrez und Capestan ließ sich ganz einfach lösen. Lebreton hätte es sofort in den Raum rufen können, befürchtete aber, Anne Capestan würde das als Versuch werten, ihr in aller Öffentlichkeit das Maul zu stopfen. Ihr gespanntes Verhältnis erschwerte die Zusammenarbeit. Es war schon unangenehm genug, sich auf demselben Abstellgleis wiederzufinden, da mussten sie nicht auch noch aneinandergeraten. Lebreton beobachtete Capestan. Sie lenkte die Brigade mit einer unbewussten Leichtigkeit, war sanft, ohne lasch zu wirken, bestimmt, ohne streng zu sein – eine einfühlsame Autorität. Wäre sie nicht so hitzköpfig, hätte sie eine hervorragende Verhandlungsführerin abgegeben, aber sie ließ sich viel zu leicht provozieren. Bei all ihren Ermittlungen, Vernehmungen, ja sogar beim Dartspiel, ging Anne Capestan nie defensiv, sondern immer offensiv, aggressiv vor. Lebreton klopfte sich mit dem Daumen aufs Knie. Er zögerte. Er würde auf den richtigen Moment warten.

Anne Capestan steuerte gerade auf Dax zu. Als sie am Sofa vorbeikam, warf sie Eva Rosière einen fragenden Blick zu. Die saß bequem zwischen zwei Kissen, mit Pilote auf den Füßen. Sie hob leicht ihr Handy.

»Maëlle geht nicht ran. Ich versuch's später noch mal und erkundige mich, ob sie die alte Dame kennt.«

Capestan nickte und drehte sich zu ihrem Informatikspezialisten. Sie mussten Jallateaus Aktivitäten zum Zeitpunkt von Marie Sauzelles Tod nachverfolgen. Und da ihre Chancen auf einen Durchsuchungsbeschluss ungefähr genauso gut standen wie die einer Kröte auf den Gewinn des Nobelpreises, sollten sie die offiziellen Wege meiden. Auf dem Papier war Dax dafür genau der Richtige.

Aber als Anne Capestan sah, dass der Lieutenant gerade Bart Simpson auf die Tafel zeichnete, die Lewitz vor einer Minute aufgestellt hatte, bekam sie allmählich Zweifel. Als er dann seinen Kaugummi auf die Nase der Figur klebte, hakte sie die Sache innerlich schon ab. Trotzdem wagte sie einen Versuch.

»Lieutenant, Sie kommen doch von der Cybercrim': Firewalls umgehen, Sicherheitssysteme austricksen – können Sie das noch?«

Dax richtete sich auf und wedelte stolz mit den Händen.

»Fingergedächtnis! Was suchen wir?«

»Alles, was Sie über Jallateau zwischen April und August 2005 finden: Kontoauszüge, Telefonabrechnungen, Geschäftsreisen, Firmenaktivitäten, Handlanger.«

Dax nickte ein paarmal entschlossen und ließ die Knöchel knacken. Er bereitete sein Comeback vor.

Anne Capestan lächelte ihm zu und kehrte zu ihrem Schreibtischstuhl zurück. Sie würde sich die Akte Guénan noch einmal vornehmen, und zwar gründlich. Dieser Fall war jetzt auch der ihre.

Eine Spur zeichnete sich ab. Lebreton und Rosière hatten sich auf Jallateau versteift und dabei den Charakter des Opfers vernachlässigt. Ein Marineoffizier, der so beharrlich Hunderte Dokumente zusammengetragen und alles schriftlich festgehalten hatte, hatte mit Sicherheit eine Art Tagebuch, ein Logbuch geführt. Darin verbargen sich wahrscheinlich entscheidende Hinweise. Anne Capestan wollte dieses Versäumnis nicht vor den anderen ansprechen – ihr Verhältnis zu Lebreton war schon gespannt genug, da musste sie ihn nicht auch noch in Verlegenheit bringen.

Aber sie versprach sich, die Sache bei der nächsten Gelegenheit unter vier Augen zu erwähnen.

Durch die arbeitsame Stille, die jetzt im Büro herrschte, hörte man das Schaben von Torrez' Stuhl. Die Lammfelljacke über die Schulter geworfen, durchquerte er das Büro. Die Stille hielt an, bis die Eingangstür ins Schloss fiel.

Zwölf Uhr, dachte Capestan. Zeit fürs Mittagessen. Mit einem vollen Bauch denkt es sich besser.

29.

Lebreton und Évrard hatten die Bestellungen aufgenommen und Burger und Pommes für die ganze Brigade geholt. Die Essensverteilung neigte sich dem Ende zu, und die Polizisten standen zusammengepfercht auf der mittlerweile zu klein gewordenen Terrasse und steckten die Nasen in die braunen Papiertüten, um zu überprüfen, ob sich auch das gesamte Menü darin befand. Pilou trippelte von einem zum anderen, auf der Suche nach dem schwächsten Glied.

Merlot biss mit Entdeckermiene in seinen Cheeseburger. Es war sein erster Ausflug in die Welt des Junkfoods, und er kaute fröhlich an dem labberigen Brötchen herum. Ein Schwall Ketchup quoll zwischen den Hälften hervor. Eine Scheibe Essiggurke glitt wie ein schwankender Surfer über die Soße und strandete auf der bereits mit Flecken übersäten Krawatte des Capitaines. Ungerührt schnappte er sich eine Serviette und wischte die Gurkenscheibe mit einer schnellen Bewegung auf die Terrakottafliesen. Pilote war sofort vor Ort und beschnüffelte die Einschlagstelle, wirkte allerdings wenig überzeugt und wartete lieber auf das Hackfleisch. Lewitz deutete auf den Hund und schluckte runter, bevor er an Rosière gewandt fragte: »Pilote wie bei der Formel 1 oder wie im Flugzeug?«

»Weder noch. Pilote wie die Folge. Die erste einer Serie.«

Überrascht hörte Dax auf zu kauen.

»Du willst noch mehr Hunde?«

»Serie. Fernsehserie.«

Évrard schloss den Plastikdeckel ihres Salats, den sie kaum angerührt hatte. Sie holte eine Packung Butterkekse aus der Monoprix-Tüte neben dem Liegestuhl und riss sie auf. Während sie die vier Ecken eines Kekses abknabberte, bot sie die Packung reihum an. Dax streckte interessiert die Hand aus.

»Ich wette mit dir um zehn Euro, dass du es nicht schaffst, drei davon in einer Minute zu essen«, sagte Évrard leichthin.

»Kein Geld!«, schaltete Anne Capestan sich sofort ein. »Wie viele in einer Minute?«

»Drei«, wiederholte Évrard und nickte, um ihrer Chefin zu bedeuten, dass sie den Einwand gehört hatte.

»Nur??«, rief Dax prustend.

Bereit für das Kräftemessen stellte er sich breitbeinig hin, die Arme dicht am Körper. Er lockerte die Hände und ließ den Kopf kreisen, um seinen Nacken zu dehnen.

»Her damit!«, sagte er schließlich schlicht.

Schnell war der Champion von Zuschauern umringt. Dieses bescheuerte Spiel erinnerte Capestan vage an irgendetwas, ein YouTube-Video vielleicht oder einen Film. Drei Butterkekse in einer Minute: Die Aufgabe klang lächerlich einfach, erwies sich aber als praktisch unmöglich. Eine ungefährliche Art, sich unter Kollegen bloßzustellen. Dax stopfte sich alle drei Kekse auf einmal in den Mund und kaute wie besessen, um die Masse zu reduzieren.

An die Glastür gelehnt, beobachtete Capestan das Spektakel, während sie nachdenklich in ihren Pommes frites stocherte. Lebreton gesellte sich zu ihr und nutzte die Gelegenheit, um sie mit leiser Stimme anzusprechen.

»Die Sache mit der verschwundenen Katze ist merkwürdig, da bin ich ganz Ihrer Meinung. Wenn wir Gewissheit haben wollen, müssen wir die Transportbox suchen.«

Anne Capestan richtete sich auf, um ihre Aufmerksamkeit zu signalisieren. Louis-Baptiste Lebreton fuhr in der gleichen Lautstärke fort: »Wenn wir den Tierarzt anrufen, dessen Praxis am nächsten an Marie Sauzelles Haus liegt, erfahren wir bestimmt, wann die Katze das letzte Mal dort war und wie es um ihre Gesundheit bestellt war. Außerdem weiß der Arzt auch, ob das Tier eine Transportbox hatte. Wenn diese Box nicht mehr im Haus ist, hat der Mörder die Katze mitgenommen.«

»Vielleicht hat Marie sie weggeworfen, als die Katze gestorben ist.«

»Solche Sachen wirft man nicht so schnell weg, und wenn die Katze schon vor längerer Zeit gestorben wäre, wüsste der Tierarzt davon.«

»Sie haben recht. Tierarzt, Transportbox – gute Idee. Ich kümmere mich gleich heute Nachmittag darum. Danke, Commandant.«

Dax starrte die Stoppuhr an. Eine Minute und dreißig Sekunden. Er hatte verloren. Das schien ihn zu überraschen. Lewitz versuchte es als Nächster, mit der genau entgegengesetzten Taktik: Er knabberte die Kekse einen nach dem anderen ohne Pause mit den Schneidezähnen, wie Bugs Bunny seine Karotte.

Capestan hätte Lebreton im Gegenzug gleich ihre Schlussfolgerungen über Yann Guénan mitteilen können, aber das hätte wie eine Retourkutsche gewirkt, nach dem Motto »Wie du mir, so ich dir«. Und auf diese Ebene wollte sie sich nicht begeben. Lebreton bemerkte ihre Zurückhaltung und fragte: »Der Fall Guénan? Ist Ihnen noch etwas aufgefallen?«

»Ja. Ich glaube, bei seinem Hintergrund als Marineoffizier hat Guénan bestimmt eine Art Logbuch geführt. Und darin taucht mit Sicherheit auch unser geheimnisvoller Passagier auf.«

»Ein Logbuch. Natürlich! Die Witwe hat uns erzählt, dass er oft über das Unglück gesprochen hat. Vielleicht hat er auch geschrieben, um sich Erleichterung zu verschaffen.«

Lebreton ärgerte sich, dass er diese Möglichkeit nicht bedacht hatte. Er hatte bei ihrem Gespräch mit Maëlle die Fragen nicht genug variiert. Sie mussten sie auf jeden Fall so schnell wie möglich noch einmal besuchen. Der Commandant bedankte sich mit einem Kopfnicken bei Capestan und ging zu Eva Rosière zurück, die gerade unter der strengen Aufsicht von Évrard und ihrer Kunststoffuhr den dritten Butterkeks verschlang.

»Eine Minute und zehn, neuer Rekord!«, verkündete die Schiedsrichterin. »Aber immer noch keiner unter einer Minute.«

»Mit ein bisschen Training kriegen wir das hin!«, sagte Rosière hustend.

*

Ein paar Stunden später, während Merlot sich auf dem Sofa einem pflichtbewussten Mittagsschläfchen widmete, waren die Nachforschungen seiner Kollegen fortgeschritten.

José Torrez hatte von seiner Höhle aus André Sauzelle angerufen und sich lange mit ihm unterhalten. Der Bruder erinnerte sich an Yann Guénan. Er hatte ihn noch nie getroffen, aber Marie hatte nach dem Schiffsunglück von ihm erzählt. Sie und Guénan hatten, so schien es, mehrere Abende zusammen verbracht, viel geweint und geredet und versucht, das Schockerlebnis zu verarbeiten. Dann war der Seemann eines Tages verschwunden, mehr wusste André nicht.

Marie hatte ihn vor der Reise nicht gekannt, also hatten sie sich entweder auf der Fähre oder während der Zeit in Florida angefreundet. Torrez hatte auch mit Serge Naulin gesprochen, der allerdings noch nie etwas von Yann Guénan gehört hatte.

Orsini hatte per Fax eine Reihe Artikel zugeschickt bekommen. Sie warfen ein anderes Licht auf das Fährunglück, emotionaler als der Wikipediaartikel, den Lebreton bereits ausgedruckt hatte, und komprimierter als Guénans Akte. Aber keiner enthielt irgendeinen Hinweis, dem sie nachgehen konnten. Orsini wollte in der Stadtbibliothek weiterrecherchieren.

Eva Rosière und Louis-Baptiste Lebreton war es bisher noch nicht gelungen, Maëlle Guénan zu erreichen, dafür hatten sie mit Jallateau gesprochen. Bei dem Namen Sauzelle klingelte irgendetwas bei ihm, »Ja, vielleicht eine Petition«, doch in erster Linie kam bei dem Gespräch heraus, dass sie ihn mit ihren Fragen nervten. Rosière lieferte Capestan gerade eine Kurzfassung des Gesprächs, und die übertrug alle neuen Informationen auf die Tafel, als Dax ihnen von seinem Schreibtisch aus zurief: »Ich hab's!«

In Sekundenschnelle versammelten sich alle um den Lieutenant und seinen Kumpel Lewitz, der ihm bereits anerkennend auf die Schulter schlug. Mit glücklichem Gesicht, die Finger noch auf der Tastatur, nickte Dax in Richtung Bildschirm.

»Jallateaus Strafregister! Hat ewig gedauert, das Sicherheitssystem der Präfektur zu knacken, aber ich hab's gefunden: Jallateau, keine Vorstrafen.«

Anne Capestan war fassungslos. Stundenlang hatte der Lieutenant seine Maus kreuz und quer über den Tisch geschoben und die Tastatur mit der Geschwindigkeit eines Petrucciani auf Amphetaminen bearbeitet. Er hatte nur ein einziges Mal innegehalten, um mit schweißglänzender Stirn drei Gläser Leitungswasser auf ex zu leeren. So viel Energie, so viel Hartnäckigkeit, um ein Dokument zu besorgen, das sich bereits in der Originalakte der Kriminalbrigade befand. Capestan versuchte, ihre Bestürzung hinter einem milden Lächeln zu verbergen.

»Gute Arbeit, Lieutenant. Aber das Strafregister hatten wir schon. Rosière hat bei der Präfektur angerufen und es aktualisieren lassen. Das habe ich Ihnen vorhin gesagt...«

»Oh.«

Dax kaute auf der Innenseite seiner Wange herum.

»Na ja, ich habe Strafregister gehört, also habe ich gesucht.«

Capestan nickte, als wäre diese Schlussfolgerung völlig logisch, dann ging sie in die Küche. Sie brauchte jetzt einen starken Kaffee.

Sie faltete einen Filter auseinander und setzte ihn in die Maschine. Von draußen drang eine belustigte Stimme herein: Eva Rosière, die mit Lebreton auf der Terrasse eine Zigarette rauchte.

»»Fingergedächtnis«, was für ein Witz! Ein bisschen Hirn im Oberstübchen hätte auch nicht geschadet. Der Kerl kann zwar suchen, kapiert aber nicht, was überhaupt! Im Ernst, ist das zu fassen?«, fragte sie und drehte sich um Zustimmung heischend zu ihrem Partner.

Sie bekam keine Antwort, fuhr jedoch mit dem gleichen Elan fort: »In jedem Team gibt es ein Computergenie. Bei uns nicht. Wir haben einen Computeridioten.«

Sie prustete: »Und das war noch nicht alles, das sage ich dir, das war noch längst nicht alles.«

Lebreton neben ihr reagierte nicht, enthielt sich jedes Kommentars. Aus Gleichgültigkeit oder aus einer tief verankerten Abneigung gegen das Lästern heraus? Anne Capestan hätte sich nicht festlegen wollen. Ihr Gefühl ließ sie allerdings zur zweiten Option tendieren.

Sie gesellte sich zu ihnen, bald gefolgt von Évrard und Lewitz. Während sie ihren Kaffee umrührte, sprach sie eine letzte Sache an, die sie verwunderte: »Ich habe keine Passagierliste in der Akte der Kriminalbrigade gefunden. In Guénans Wälzer ist eine von den Petitionsunterstützern, aber nichts über die Ladung.«

Rosière und Lebreton schüttelten bestätigend den Kopf; auch sie hatten noch keine Passagierliste in der Hand gehabt.

»Kein Problem. Ich regle das mit der amerikanischen Reederei«, sagte Évrard und schaute auf ihre Uhr, um die Zeitverschiebung zu berechnen. »Ich rufe da heute Abend an.«

»Bist du zweisprachig?«, fragte Lewitz beeindruckt.

»Urlaub in Vegas schadet zwar dem Geldbeutel, aber dem Englisch tut es gut.«

Dann mussten sie nur noch mit Maëlle Guénan reden, die bisher nicht zurückgerufen hatte und noch immer nicht erreichbar war.

Louis-Baptiste Lebreton saß im Hinterzimmer eines vietnamesischen Imbisses in der Rue Volta. Auf einem Fernseher, der neben einer Leuchtreklame hing, liefen Musikvideos ohne Ton. Der Commandant schaute zu, ohne etwas zu sehen, während er sein Bun Bo mit der Nuoc-Mam-Soße vermischte. Er hatte die große Schüssel in der Hand und ließ gerade die Nudeln zwischen den Stäbchen abtropfen, als sein iPhone auf dem Resopaltisch vibrierte. Maëlle Guénan. Er setzte Schüssel und Stäbchen wieder ab und säuberte sich die Finger mit einer Serviette, bevor er ranging.

»Ja?«

»Guten Abend. Tut mir leid, dass ich so spät zurückrufe, mein Sohn hatte Geburtstag, und wir haben den Tag auf dem Land verbracht. Es war wunderschön, aber wir hatten keinen Empfang.«

»Nicht schlimm.«

»Sie können gern morgen früh vorbeikommen, wenn Sie möchten. Ich weiß nicht, was los ist, im Moment will plötzlich jeder mit mir sprechen.«

30.

Mit einer halben Schlüsselumdrehung schloss Louis-Baptiste Lebreton seinen Briefkasten und trat auf die Rue du Faubourg Saint-Martin. Ein blassgrauer Himmel sog an diesem Morgen alle Farben der Stadt auf. Das erstickte Paris regte sich schwach unter der schmutzigen Ballonseide. Lebreton ging nach rechts, in Richtung Rue de l'Échiquier. Das Logbuch, die Verbindung zu Sauzelle, die Passagierliste und das, was die Witwe vergessen oder verschwiegen hatte. Die ganze Nacht über hatte der Commandant versucht, Maëlle Guénans Geschichten zusammenzusetzen: ein Salzstreuer, eine Brille, Füße, die Körper zertrampelten, Frauen, die ihre Männer ertränkten ... Angst ließ die menschliche Seele überkochen und gebar Taten, die nicht wiedergutzumachen waren. Die Blasen zerplatzten bestimmt noch Monate später in den Köpfen und trieben – warum auch nicht – vielleicht sogar jemanden zum Mord.

Als Lebreton in die kurze Rue Mazagran einbog, sah er drei Polizeiwagen. Die Blaulichter zuckten stumm. Uniformierte Beamte kamen und gingen und sperrten großräumig das Mehrfamilienhaus ab, in dem Maëlle Guénan wohnte. Metallische Stimmen schallten aus Funkgeräten und erteilten

Befehle. Ein Kleintransporter der Spurensicherung hielt ein paar Meter vor dem Haus, Autotüren wurden zugeschlagen, und die Techniker strömten in den Hof.

Es war zwar Maëlles Haus, aber der ganze Trubel musste ja nicht zwangsläufig sie betreffen, redete Lebreton sich ein, ohne auch nur eine Sekunde daran zu glauben.

Er holte die Armbinde mit der Aufschrift »Polizei« aus seiner Jackentasche und legte sie um. Dann zeigte er einem der Schutzpolizisten seinen Ausweis und stürmte mit langen Schritten die Treppe hinauf.

Das sanfte Gesicht der Witwe drängte sich in seine Gedanken. Sie hätten diesen Fall nicht wieder aufrollen dürfen.

Auf dem Treppenabsatz des ersten Stocks begegnete er zwei Beamten, die an die Türen der Nachbarn klopften. Der Mann, der ihnen mit verstrubbelten Haaren aufmachte, schien so früh am Morgen noch nicht ganz ausgeschlafen. Lebreton lief schnell weiter. Das löcherige Wachstuch, die abgeknabberten Fingernägel, der fadenscheinige Pullover, ein Tag auf dem Land zum Geburtstag ihres Sohns – die Einzelheiten eines Lebens schossen ihm durch den Kopf, zusammen mit ebenso vielen Schuldgefühlen.

Die Wohnungstür der Witwe im vierten Stock stand offen, und wohlbekannte Geräusche drangen an sein Ohr. Er betrat die Wohnung und erblickte einen Turnschuh am Fuß einer Leiche. Ein silberner Stern glitzerte an den Schnürsenkeln. Der Commandant ging weiter in den Flur und erkannte Maëlle Guénan, noch bevor er ihr Gesicht gesehen hatte. Der Körper lag auf dem Teppichboden im Wohnzimmer. Blutflecken hatten die gestickten Schmetterlinge auf der Jeans in scharlachrote Schwämme verwandelt. Aus dem Unterleib ragte der Griff eines Küchenmessers.

Der metallische Geruch nach Blut durchtränkte die Luft. Die Labortechniker und die Spurensicherung in ihren weißen Papieranzügen bestäubten das ganze Zimmer und stellten gelbe Tafeln auf, während der Fotograf die schüchterne Maëlle erbarmungslos blitzte. Lebreton konnte noch nicht den gesamten Tatort überblicken, als ihm ein tadellos zugeknöpftes schwarzes Jackett in den Weg trat. Darüber saß ein scharfkantiges Gesicht mit brauner Haut und wachsamen Augen. Es war der Direktor der Zentralbrigaden Commissaire Divisionnaire Valincourt, der ein knappes »Wer sind Sie?« ausstieß.

Der Tatort zog Lebreton unwiderstehlich an, und er spähte hastig über die Schulter des Divisionnaires, aber natürlich war es jetzt erst einmal wichtiger zu antworten. Die Informationen, über die er verfügte, würden ein völlig neues Licht auf den Mord werfen, die Kriminalbrigade würde sie für ihre Ermittlungen brauchen. Lebreton nannte Namen, Rang und Brigade.

»Verstehe. Und was machen Sie hier, Commandant?«

Lebreton fasste ihre Ergebnisse im Fall Yann Guénan in groben Zügen zusammen, während er Valincourts Körpersprache beobachtete. Der Divisionnaire wippte leicht auf und ab, herablassend, abgelenkt und ungeduldig, ihn wieder loszuwerden. Er hörte zu, ohne dem Gesagten eine tatsächliche Bedeutung beizumessen. Zwischendurch gab er Anweisungen, beantwortete Fragen seiner Leute und überflog Dokumente, die man ihm hinhielt. Irgendwann unterbrach sich Lebreton, um ihn zu einem Minimum an Höflichkeit zu zwingen. Die plötzliche Stille veranlasste Valincourt, seinem Gegenüber mehr Aufmerksamkeit zu schenken.

»Gut, gut. Und von wann ist Ihr Fall?«

»Juli 93.«

»Verstehe.«

Der Divisionnaire setzte ein spöttisches Lächeln auf, das Anne Capestan rasend gemacht hätte, und fuhr mit geheuchelter Aufrichtigkeit fort: »Was Sie mir da erzählen, klingt interessant, Commandant. Wir werden die Angelegenheit untersuchen.«

Er fasste Lebreton am Ellbogen und dirigierte ihn vom Tatort weg in Richtung Ausgang. Eine höfliche, aber bestimmte Art, ihn rauszuwerfen. Lebreton stellte sich so schwerfällig und ungeschickt wie möglich, um Zeit zu gewinnen. Er wollte das Wohnzimmer in Augenschein nehmen und herausfinden, ob die Möbel durchwühlt worden waren. Ihm fiel ein großes rotes Heft auf dem Telefontischchen auf. Man hätte es für ein Adressbuch halten können, aber nach Jahren beim RAID, wo er oftmals nur wenige Sekunden gehabt hatte, um sich ein Zimmer fotografisch einzuprägen, war Lebretons Gedächtnis unfehlbar: Dieses Heft war bei ihrem letzten Besuch noch nicht da gewesen. Maëlle hatte es nach ihrem Telefonat gestern Abend dorthin gelegt.

Nachdem Valincourt Lebreton zur Tür geführt hatte, zeigte er noch einmal, was er über die Ermittlungen der Brigade dachte. »Schicken Sie mir einen Bericht direkt an den Quai des Orfèvres. Währenddessen kennen Sie ja das Prozedere. Wir übernehmen ab hier. Sie können jetzt gehen, Commandant, vielen Dank.«

Der Divisionnaire gab einem Beamten ein Zeichen, den Eindringling nach unten zu begleiten. Lebreton musste den Tatort ohne weitere Erkenntnisse verlassen, hinauskomplimentiert wie der letzte Knallzeuge.

Während er die Treppe hinunterstieg, dachte Lebreton nach. Er wartete, bis er die Straßenecke und den Boulevard de Bonne-Nouvelle erreicht hatte, bevor er Eva Rosière anrief. Sie hob sofort ab: »Hallo, Louis-Baptiste... Pilou, sitz! Mach Platz! Bleib.«

»Sie wurde ermordet«, verkündete Lebreton, selbst noch ein bisschen benommen von der Neuigkeit.

Es war kaum eine Woche her, dass sie sie getroffen hatten. Sie hatten noch davon gesprochen, den Mörder ihres Mannes zu finden, und jetzt das. Sie hinterließ einen Sohn. Und ihnen wurde der Zugang zu den Ermittlungen verweigert.

Zumindest war Yann Guénan noch immer ihr Fall. Und dieser Mord konnte als neue Spur betrachtet werden. Also würde die Kriminalbrigade sich irgendwann bei ihnen melden. In der Zwischenzeit durften sie nichts verpassen.

»Die Kriminalbrigade ist eingeschaltet, und die wollen sich natürlich nicht mit uns herumschlagen. Aber wir brauchen Zugriff auf die Infos. Verständige Capestan. Ich warte in der Brasserie an der Ecke Boulevard de Bonne-Nouvelle auf euch, gegenüber der Post, und beobachte, was passiert. Bis gleich.«

31.

Der Lärm der Kaffeemaschine übertönte in regelmäßigen Abständen das Gemurmel der Gespräche in der Brasserie. Das Radio war auf einen Sender eingestellt, der die Gäste mit hysterischen Werbespots überschüttete. Louis-Baptiste Lebreton konnte seine eigenen Gedanken nicht mehr verstehen. Der Tabakverkauf am Ende der Theke versorgte eine Schlange disziplinierter Raucher. Gleich neben der Kasse zapfte der Wirt mit einem feuchten Geschirrtuch über der Schulter und der Feierlichkeit des Papstes, der gerade eine Messe hält, Bier. Der Commandant hatte sich einen etwas abgeschiedenen Platz im Standerker gesucht, von dem aus er einen freien Blick auf die Rue Mazagran und ihr Postamt im Zuckerbäckerstil hatte.

Auf der anderen Seite der Scheibe sah er den schwarzen Lexus, der den Bürgersteig entlangglitt und ohne einen Ruck anhielt. Anne Capestan, die auf der Beifahrerseite saß, stieg eilig aus und ging auf die Brasserie zu, dicht gefolgt von Orsini, Eva Rosière und Pilote. Lebreton stand auf, als sie eintraten.

»Torrez kommt gleich«, verkündete Capestan. »Ihm ist etwas eingefallen, deswegen wollte er noch schnell irgendwohin.«

Wie immer, wenn sie Lieutenant Schlemihl erwähnte, machten alle die Luken dicht, und niemand hörte mehr zu. Trotzdem würde sie nicht aufgeben, komme was da wolle; sie war fest entschlossen, die Sache zu verharmlosen. Sie zog ihren Trenchcoat aus und hängte ihn mit einer eleganten Bewegung über einen Stuhl. Ihr Blick wanderte zurück zu Lebreton.

»Und?«

»Ich habe mich vorgestellt, aber man hat meine Hilfe dankend abgelehnt: Valincourt bewacht den Tatort, ich weiß nicht, wie gut Sie ihn kennen.«

»Ich kenne ihn. Die Nummer mit dem Bericht?«

»Genau die.«

Anne Capestan schüttelte den Kopf, eher genervt als gekränkt. Dieser Empfang überraschte sie nicht. Lebreton blieb stehen, während sie sich setzte. Merlot platzte durch die Tür, steuerte direkt auf die Theke zu und begrüßte den Wirt mit Handschlag. Évrard und Dax folgten ihm. Sie marschierten auf den Tisch zu.

»Den Bericht können sie haben. Wir bringen die Ermittlung unter Dach und Fach, bevor sie überhaupt angefangen haben, damit ist die Sache erledigt«, erwiderte Anne Capestan.

»Dafür brauchen wir aber die ersten Erkenntnisse, den Tatzeitpunkt, den Autopsiebericht... Kommen Sie da über Buron ran?«

Capestan überlegte. Ihre letzten Gespräche mit den Entscheidungsträgern des Quai des Orfèvres waren ihr eine Lehre gewesen. Wenn ihre Brigade im Fall Maëlle Guénan mit der Kriminalbrigade konkurrieren wollte, sollten sie besser nicht Farbe bekennen, sonst liefen sie Gefahr, dass man ihnen ein kategorisches Verbot erteilte. Andererseits stellte die Ermordung der Witwe eine neue Spur im Fall Yann Guénan und im weiteren Sinne auch im Fall Marie Sauzelle dar. Und um Ermittlungen fortzuführen, die sie bereits begonnen hatten, brauchten sie keine Erlaubnis. So oder so kamen sie der Kriminalbrigade also nicht ins Gehege, sondern ermittelten parallel. Der Plan war ziemlich durchschaubar, und letzten Endes würde Buron ihr mit Sicherheit eine Strafpredigt halten, aber so umschifften sie die Klippe der Missachtung eines direkten Befehls und mussten kein Disziplinarverfahren fürchten.

Das Ganze hatte nur einen Haken: Sie konnten keine Informationen anfragen.

»Nein, wir operieren erst einmal unabhängig. Und diskret.«

Lebreton verzog das Gesicht. Er hätte die Führungsriege lieber in Kenntnis gesetzt. Auch wenn er in den letzten Wochen allmählich mit den neuen Gepflogenheiten vertraut geworden war, mochte er dieses Herumlavieren am äußersten Rand der Legalität nicht besonders. Er runzelte die Stirn und lehnte sich an die Fensterscheibe, die Hände in den Hosentaschen. Trotzdem rang er sich schließlich zu einem Nicken durch.

»Maëlle hatte das Logbuch für mich bereitgelegt, neben dem Internetrouter. Ich habe es gesehen.«

»Und Sie haben die Kollegen nicht darauf aufmerksam gemacht?«, fragte Capestan mit einem liebenswürdigen Lächeln.

»Nein«, gestand Lebreton. »Sagen wir, der Hauch Herablassung in Valincourts Tonfall hat mich davon abgehalten.«

»Wir müssen uns dieses Buch holen.«

»Wir können es aber ja schlecht stehlen.«

Mit einer unentschlossenen Grimasse wechselte Anne Capestan das Thema: »Noch etwas?«

»Als wir das erste Mal bei Maëlle Guénan waren, hatte sie die Akte ihres Mannes und ihre ganzen Unterlagen in einem abschließbaren blauen Aktenschrank im Wohnzimmer. Ich bin vorhin nicht nah genug rangekommen, um zu überprüfen, ob er aufgebrochen wurde, aber wenn ja, dann war der Mörder auf der Suche nach Dokumenten, genau wie wir.«

»Wir müssen noch einmal rein«, sagte Anne Capestan.

»Ja, die Kriminalbrigade ist da, aber auch das Kommissariat aus dem 10. und die Spurensicherung... Da wird es ihnen schwerfallen, unsere Leute von denen zu unterscheiden, die mit den Ermittlungen betraut sind. Sobald Valincourt sich endlich bequemt zu verschwinden, wagen wir uns wieder an den Tatort.«

»Selbst wenn wir es schaffen, einen Blick zu erhaschen, können wir uns schlecht hinstellen und Notizen machen, ohne aufzufliegen«, wandte Eva Rosière ein. »Um an die Ergebnisse des Erstangriffs zu kommen, müssen wir jemanden fragen.«

»Nein, keine Lust«, erwiderte Capestan lächelnd.

»Sie haben doch wohl nicht vor, die Akte der Kriminalbrigade zu klauen, oder?«

»Nein, natürlich nicht. Ich würde lieber etwas anderes versuchen. Falls übrigens jemand eine Idee hat...«

Alle schauten sich schweigend an. Sie hatten ein Problem, aber keine Lösung. Sie wussten noch nicht einmal den Tatzeitpunkt. Sie stießen jetzt schon an die Grenzen der Parallelermittlung.

Durch das Fenster sah Anne Capestan José Torrez, der

außer Atem die Brasserie erreichte, eine Papiertüte unter den Arm geklemmt. Er gab ihr ein Zeichen, und sie ging nach draußen.

»Wir können ihnen zuhören«, verkündete er.

»*Zuhören*? Bitte sagen Sie mir, dass Sie nicht vorhaben, einen Tatort zu verwanzen, Lieutenant!«

Dieses Mal wäre Capestans Fall schnell geklärt: Gehen Sie in das Gefängnis! Begeben Sie sich direkt dorthin... Sie wollte den Fall zwar vor der Kriminalbrigade lösen, aber nicht ihre Freiheit dafür opfern.

»Wanzen sind illegal. Aber die hier sind ganz sicher erlaubt«, sagte Torrez mit stolzgeschwellter Brust.

Er zog eine Schachtel aus der Papiertüte und schwenkte sie vor Capestans Nase herum.

»Digitale Babyfone! Wunderwerke der Technik: tausend Meter Reichweite, Entfernungsalarm, drei Alarmarten, Nachtlichtfunktion und auswählbare Kanäle. Ein Must-have für die Säuglingsüberwachung. Ich habe die zwei letzten ergattert«, schloss er zufrieden.

Anne Capestan betrachtete den einfallsreichen Polizisten. Er strahlte vor väterlichem Stolz. Babyfone in der Wohnung einer Tagesmutter. Die auffälligsten Spionagewerkzeuge der Welt – und trotzdem würde keiner ihre Anwesenheit bemerken.

32.

Évrard stieg schweigend die ausgetretenen Holzstufen hinauf. Mechanisch strich sie über die Oberfläche des Babyfons in ihrer Tasche. Es war so glatt wie ein Glücksbringerstein.

Sie musste es unbemerkt in der Wohnung platzieren. Wenn sie es richtig anstellte, dann hatten sie eine Chance, die Ermordung des Ehepaars Guénan aufzuklären und als rechtmäßige Polizisten anerkannt zu werden, nicht als ein Haufen Blindgänger. Aber wenn sie es vermasselte, würde man sie in flagranti beim versuchten rechtswidrigen Abhören erwischen. Alles oder nichts.

Diskret sein, nicht auffallen, wie ein Schatten – das konnte Évrard. Weder blond noch rot- noch braunhaarig, hinterließ sie keinen bleibenden Eindruck. Mit der Zeit war das, was anfangs noch eine Taktik gewesen war, zum Verhängnis geworden. Sie war unsichtbar. Indem sie die Saft- und Kraftlose mimte, war sie schnell die Lustlose geworden und hatte sich in immer abgelegeneren Bereichen auf die Jagd nach dem Kick gemacht.

Zuerst hatte der Reiz des Gewinnens sie zum Spielen gebracht, später dann hatte sie gespielt, um zu verlieren, wie alle Süchtigen. Für diese eine Sekunde, in der sich ein ganzes Leben entscheidet, diese eine Runde, die alle Ersparnisse verschlingt, den Schuldenberg in die Höhe treibt, Familien auseinanderreißt. Der Ruf der Leere. Man hat nur selten Gelegenheit, dem Zufall ins Auge zu blicken, während er zögert.

Sie hatte nie viel zu verlieren gehabt, doch das war dieses Mal anders. Die Brigade gefiel ihr. Sie hatte das Gefühl, allmählich wieder festen Boden unter den Füßen zu haben. Sie balancierte auf der Kammlinie, leicht wackelig, aber sie kam voran. Sie musste es schaffen, das Babyfon aufzustellen.

Das Treppenlicht erlosch unvermittelt. Évrard sah nichts mehr, und instinktiv erstarrte sie, suchte mit den Augen einen Lichtschalter. Sie hörte Merlot stolpern und herzhaft fluchen, als er den Treppenabsatz bezwang. Mit einem Klacken ging das Licht wieder an, und ein junger Polizeibeamter kam die Treppe heruntergestürmt, die Hand am Geländer. Automatisch senkte sie den Blick und drängte sich näher an die Wand. Der Mann lief an ihr vorbei, ohne sie zu bemerken. Ein paar Meter weiter unten ertönte Merlots Stimme: »Hoppla! Immer langsam, junger Mann!« Der Polizist entschuldigte sich und reduzierte die Geschwindigkeit. Merlot und seine Geschwätzigkeit torpedierten jede Diskretion. Er holte Évrard ein und deutete, mühsam nach Atem ringend, nach oben.

»Gestatten Sie, dass ich vorangehe, werte Freundin.«

Évrard nickte widerwillig. Er würde alles vermasseln.

Sie erreichten den vierten Stock. Durch die halb offene Tür hörte man die Kollegen bei der Arbeit. Ein Kriminalbeamter mit kantigem Kinn und Kapuzenpulli trat aus der Wohnung der Guénans. Évrard erkannte den Mann, der früher beim OCRB die organisierte Kriminalität bekämpft hatte. Sie hatten bei einem Fall der Glücksspielbrigade miteinander zu tun gehabt. Ihr brach der Schweiß aus. Wenn er sie ebenfalls erkannte, war sie geliefert. Ihre Hand in der Tasche zitterte, und sie hielt das Babyfon fester. Zuerst glitt der Blick des Polizisten über sie hinweg, aber er würde gleich wieder kehrtmachen, das hatte sie im Gefühl. Musste sich ausgerechnet jetzt einmal jemand an sie erinnern?

Gerade als der Mann die Stirn runzelte, kurz davor, die Verbindung herzustellen, sprach Merlot ihn mit aufgesetzt kameradschaftlichem Ton an: »Schön, dich wiederzusehen, alter Freund. Mir sind da ein paar schöne Geschichten zu Ohren gekommen. Seit dem Canal de l'Ourcq ist es ja hoch hergegangen!«

Kantenkinn blieb stehen, um den überschwänglichen Kollegen zu begrüßen. Er kramte in seinem Gehirn nach dieser Sache mit dem Kanal, und Évrard nutzte die Gelegenheit, um in die Wohnung zu schlüpfen.

Im chaotischen Wohnzimmer schaltete ein Kriminalbeamter gerade sein Diktiergerät ein, um die Ergebnisse des ersten Angriffs festzuhalten. Um ihn herum nahm die Spurensicherung die letzten Fingerabdrücke. Évrard warf ein »Guten Morgen« in die Runde, das zwar natürlicher wirkte, als wenn sie geschwiegen hätte, sich jedoch nicht genug abhob, um Aufmerksamkeit zu erregen. Die Beamten antworteten, ohne ihre Anwesenheit zu bemerken. Évrard war eine Ultraschallwelle: Sie war da, aber niemand hörte sie.

Sie verstärkte ihren Griff um das Babyfon und presste den Daumen auf den Einschaltknopf. Ein leises Rückkopplungsgeräusch schnellte durch das Zimmer. Die Köpfe hoben sich.

Évrard zwang sich, nicht herumzufahren. Einer der Techniker, der den Teppichboden untersuchte, stand auf und schaltete sein Funkgerät aus, das auf einem Stuhl herumlag, bevor er die Arbeit wieder aufnahm.

Évrard näherte sich der Spielzeugkiste und platzierte das Babyfon zwischen den bunten Bauklötzen. Ein Stück Heftpflaster verdeckte die kleine Betriebsleuchte.

Jetzt fehlte nur noch das rote Buch. »Steck's einfach in deinen Ärmel«, war Eva Rosières verschmitzter Rat gewesen. Genau das hatte Évrard vor. Sie entdeckte das Telefontischchen, trat näher und ließ das Logbuch mit einer unauffälligen Bewegung verschwinden.

Mission erfüllt.

Bevor sie die Wohnung verließ, warf sie noch einen Blick auf den Aktenschrank.

Er war aufgebrochen worden.

33.

Die Tischrunde hatte Kaffee bestellt, während sie auf die Rückkehr des Spähtrupps wartete. Es wurde allmählich Mittag, und die Brasserie füllte sich, untermalt von Besteckklirren. Anne Capestan beobachtete Louis-Baptiste Lebreton, der immer noch am Fenster lehnte. Über seiner rechten Augenbraue hatte sich eine bekümmerte Kerbe gebildet, in Verlängerung der Falte auf seiner Wange. Er schien über die Wendung nachzugrübeln, die die Ereignisse genommen hatten. Zum ersten Mal in seiner Karriere geriet er mitten in die Illegalität. Die Sache war gerecht, aber die Mittel befleckten seine weiße Weste. Er war es bestimmt leid, diese Stufen hinunterzustürzen. Anne Capestan ertappte sich dabei, wie sie Anteil nahm, sie, die schon vor geraumer Zeit die gesamte Leiter auf dem Hintern hinuntergerutscht war. Der Commandant schaute in seine Zigarettenschachtel; vier waren noch übrig, und er ging mit Eva Rosière eine rauchen.

Capestan hatte Lebretons Ratschlag befolgt und den Tierarzt angerufen. Der hatte bestätigt, dass Kleinbonum, eine zum Tatzeitpunkt junge und völlig gesunde Katze, eine Transportbox besessen hatte, ein grau-rotes Modell, das mit einer haargespickten Wolldecke ausgelegt war. Anne

Capestan hatte heute früh noch einmal in Marie Sauzelles Haus nachgesehen: keine Transportbox. Der Mörder hatte die Katze tatsächlich mitgenommen. Damit sie nicht verhungerte? Damit sie nicht miaute?

Diese Frage beschäftigte sie noch, als Lewitz auftauchte. Er parkte sein Auto, einen gelben Renault Laguna mit Heckspoiler und zwei Bremslichtern auf jeder Seite, auf dem Fußgängerüberweg. Lebreton wedelte mit seiner Zigarette vor der Windschutzscheibe herum und bedeutete dem Brigadier, die abgesenkte Bordsteinkante für Kinderwagen und Rollstuhlfahrer frei zu machen. Nach einem gewagten Rangiermanöver wuchtete er die beiden Hinterreifen auf den Bürgersteig und stellte seinen Renault wie einen Smart senkrecht zur Straße. Jetzt präsentierte das Auto den Gästen auf der Terrasse seinen Auspufftopf. Seufzend gab Lebreton auf.

José Torrez hielt sich abseits und beobachtete das Geschehen von einer Bank aus, die neben einen kaputten Flipper gequetscht war. Zusätzlich zur Säuglingspflegeausrüstung hatte der Lieutenant ein paar Neuigkeiten mitgebracht, was Marie Sauzelles Terminkalender anging. Er hatte die Clubs und Vereine abtelefoniert, um die berühmte Abendveranstaltung zu identifizieren, und dadurch zwei Eckdaten fixieren können: Am 30. Mai hatte Marie Sauzelle der Abschlussaufführung des Tangokurses beigewohnt – oder sich sogar leidenschaftlich daran beteiligt, wie sich der Tanzlehrer erinnerte. Am 4. Juni wiederum hatte sie die Sommertombola des Tarockclubs verpasst, obwohl sie sogar auf einen der Preise geschielt hatte – die ganze Hammelkeule, hatte der Präsident des Clubs präzisiert. Also war Marie zwischen den beiden Tagen gestorben. Das schränkte die Planung ein, verriet ihnen aber noch immer nicht den Schlüsselabend. Torrez hatte Maries Bruder wegen der Tangoaufführung erneut angerufen, und André Sauzelle hatte bestätigt, dass seine Schwester ihm davon schon lange vor der besagten Versammlung erzählt hatte – die konnte es also nicht sein.

Anne Capestan packte das bauchige Babyfon aus, stellte es auf den Tisch und schaltete es ein. Wie eine Traube Jugendlicher um einen einzelnen Espresso versammelte sich die Brigade im Standerker. Der knisternde Apparat thronte inmitten von leeren Tassen, Untertassen und zerknüllten Zuckertütchen. Plötzlich wurde der Ton klarer, und sie hörten den metallischen Klang einer verstärkten Stimme. Sieg! Évrard hatte es geschafft, den Apparat im Wohnzimmer zu platzieren. Wie auf Kommando beugten sich die Polizisten vor.

»... ersten rechtsmedizinischen Untersuchungen... heute Morgen zwischen acht und zehn Uhr...«

Alle Köpfe nickten: Jetzt wussten sie den Tatzeitpunkt. Die Rede war mit zahlreichen Pausen gespickt, in denen der Sprecher sich wahrscheinlich Notizen machte.

»Er spricht in ein Diktiergerät«, schlussfolgerte Rosière.

»... keine Anzeichen von sexuellem Missbrauch... keine Spuren eines Kampfes...«

»Also war der Mörder entweder sehr schnell, oder das Opfer hat ihn gekannt«, schloss Anne Capestan.

»... Todesursache war ein Messerstich... kein Bargeld, kein Schmuck, kein Computer...«

Im Hintergrund hörte man Möbel knirschen und Planen knistern, das lang gezogene Zipp eines Reißverschlusses und entfernte, kaum wahrnehmbare Gespräche. »... fünf identische Messer in der Küche... Einbruch...«

»Na klar.« Lebreton verzog ernüchtert den Mund.

Der Commandant hatte recht, der Einbruch war nicht mehr als ein Ablenkungsmanöver. Trotzdem war der Computer verschwunden.

»... ein Sohn, Cédric Guénan, vierundzwanzig Jahre alt, wohnhaft in Malakoff...« Valincourt war bestimmt schon auf dem Weg dorthin, um ihm die traurige Nachricht zu überbringen. Capestans Magen krampfte sich zusammen.

Außer diesen ersten Ergebnissen erfuhren sie nicht viel, nur dass Commandant Servier – ein reines Produkt des Quai des Orfèvres – der Leiter des mit der Ermittlung beauftragten Teams war. Anne Capestan und Eva Rosière kannten ihn flüchtig, nicht mehr; beileibe nicht so gut, dass sie irgendeinen Freundschaftsdienst hätten einfordern können.

Merlot und Évrard kehrten ein paar Minuten später zurück, mit den Mienen von Kreuzrittern, die das heilige Grabtuch wiederbrachten.

»So machen das die Profis!«, rief Merlot mit einem selbstzufriedenen Glucksen und hob die Arme.

Nachdem er gutmütig die allgemeinen Beifallsbekundungen entgegengenommen hatte, die alle ihm zu gelten schienen, bahnte sich der Capitaine einen Weg durch die Menge und steuerte, Wanst voraus, auf die Bar und eine verdiente Belohnung zu. Évrard blieb neben dem Tisch. Ein paar schweißnasse Strähnen klebten ihr noch an der Stirn. Sie fragte: »Und? Wo stehen wir? Haben wir eine Chance, sie abzuhängen?«

Rosière entwirrte Pilous Leine, die sich um den Stuhl gewickelt hatte, während sie antwortete: »Wir haben einen kleinen Vorsprung, was den Ehemann angeht, aber da brauchen wir uns keine großen Hoffnungen zu machen: Die haben mehr Leute, mehr Mittel, und alle Polypen des gesamten Viertels werden sich darum reißen, mit der Kriminalbrigade zusammenzuarbeiten.«

»Das hier ist eine Ermittlung, kein Wettkampf«, warf Lebreton ein.

»Tss, tss, tss«, machte Eva Rosière. »Natürlich ist es ein Wettkampf, mein Kleiner! Wie, glaubst du, verdienen wir uns wohl unsere Schulterklappen? Indem wir denen unsere Akte säuberlich gefaltet und mit einem Schleifchen überreichen? Sollen wir ihnen vielleicht gleich noch die Geheimzahl von unseren EC-Karten verraten?«

»Sagen wir, es ist kein Wettkampf, aber wir wären gerne zuerst im Ziel«, unterbrach Anne Capestan sie lächelnd.

»Und wie geht's jetzt weiter?«, fragte Évrard.

»Solange sie nicht abgezogen sind, bleiben wir hier, falls sich noch irgendetwas Neues ergibt.«

Anne Capestan stand auf und ging zu Merlot hinüber, bevor der den Getränkevorrat der Schankwirtschaft allzu sehr erschöpfte.

»Capitaine...«

»Die Chefin«, rief er aus und riss sein Glas Anisette in die Höhe. »Wie kann ich Ihnen dienen?«

»Ich hatte Sie doch gebeten, sich umzuhören, ob zwischen Buron und Riverni schon einmal irgendetwas vorgefallen ist. Haben Sie was herausgefunden?«

»Durchaus! Das hatte ich ganz vergessen.«

Merlot stellte vorsichtig das Glas ab, klopfte die Jacke nach seiner Brille ab und setzte sie auf, um einen kleinen zerknitterten Zettel zu entziffern, den er aus der Hosentasche gezogen hatte.

»Buron sollte schon 2009 Leiter der PJ werden, aber Riverni, damals im Innenministerium tätig, hat sich dagegengestemmt. Irgendeine Geschichte mit einer Gefälligkeit für den Freund eines Freundes. Allerdings scheint Buron das Ganze damals ziemlich gelassen aufgenommen zu haben. Voilà.«

Merlot faltete den Zettel zusammen und setzte seine Brille wieder ab.

»Konnte ich Ihren Wünschen entsprechen, Commissaire?«

»Vollkommen, Capitaine, vielen Dank.«

Anne Capestan war sich noch nicht sicher, ob das eine gute oder eine schlechte Neuigkeit war, aber eine Neuigkeit war es zweifellos. Sie beschloss, erst einmal allein über die verschiedenen Möglichkeiten nachzusinnen, bevor sie das Team informierte. Sie hatte ein Ass im Ärmel, sie wusste nur noch nicht, für welches Spiel.

*

Zwei Stunden später war die Kriminalbrigade immer noch nicht weg, also lungerte Anne Capestans Truppe weiter in der Brasserie herum. Évrard, Dax und Lewitz standen an der Bar und würfelten eine Partie 421 aus, während Merlot ihnen die aufpolierte Version seiner Heldentaten anvertraute, ohne dass irgendjemand ihn groß beachtete. Orsini war neben Anne Capestan im Standerker geblieben, beteiligte sich aber nicht an den Diskussionen, sondern betrachtete nur seine schlanken Finger. Eva Rosière hatte den Tisch dahinter eingenommen und zerlegte gerade ein Entenconfit mit Bratkartoffeln. Das Licht, das durch das Fenster hereinfiel, ließ ihren roten Haarschopf wie einen Heiligenschein leuchten. Capestan wandte sich an Lebreton, der zwischen den beiden Tischen auf einem gegen die Glasscheibe gelehnten Stuhl saß.

»Schon einen Verdächtigen für Maëlle Guénan?«

Der Commandant nickte langsam, während er den Boden seiner Tasse betrachtete.

»Gestern am Telefon hat Maëlle erwähnt, dass noch jemand anderes mit ihr sprechen wollte. Vielleicht war sie heute Morgen mit ihm verabredet.«

»Jallateau?«

»Nein, das glaube ich nicht. In ihrem Tonfall lag nichts Feindseliges, aber, und das hat mich gerade beschäftigt, auch nichts Vertrautes. Es muss sich also um einen eher entfernten Bekannten gehandelt haben.«

Lebreton verzog skeptisch den Mund und hob die Nase aus der Tasse, um Anne Capestan anzusehen: »Oder das Ganze hat überhaupt nichts miteinander zu tun.«

Er klang nicht überzeugt. Capestan drehte sich zu Eva Rosière: »Und was halten Sie davon?«

Rosière schluckte und fuchtelte mit ihrem Messer herum, bevor sie antwortete: »Mein Favorit ist immer noch Jallateau. Er hat eine Verbindung zu Yann Guénan und zu Marie Sauzelle, und eine Woche nach unserem Besuch in Les Sables-d'Olonne wird plötzlich die Witwe kaltgemacht. Der zeitliche Zusammenhang ist es zumindest wert, dass wir ihn noch nicht vom Haken lassen. Vielleicht haben wir irgendwas gesagt, das ihn beunruhigt hat, und er wollte hinter sich aufräumen. Er ist die Art von Mann, die alles unter Kontrolle haben muss. Auf jeden Fall ist der gewaltsame Tod einer Frau zwanzig Jahre nach dem ihres Ehemanns mitten während unserer Ermittlung kein Zufall.«

Sie lächelte zwischen zwei Bissen Entenconfit.

»Ich schlage vor, wir fahren noch einmal nach Sables und knöpfen ihn uns vor.«

Anne Capestan tat sich schwer, sich ein Bild von dem Schiffsbauer aus der Vendée zu machen. Sie hatte ihn weder getroffen noch je mit ihm gesprochen. Sie tippte sich mit dem Zeigefinger auf das Kinn und schaute nach draußen auf die Straße. Auf der gegenüberliegenden Seite stieg gerade ein junger Mann in Bermudashorts vom Fahrrad. »Dem muss ja warm sein«, dachte sie noch, bevor ihr Gehirn den auffallend grünen Helm bemerkte.

Plötzlich fiel der Groschen: der Helm, die Shorts, die Turnschuhe. Sie konnte das versehrte Ohr nicht erkennen, aber der Rest passte haargenau auf Naulins Besucher. Was trieb der denn hier?

Der nass geschwitzte Junge zog sich die Kapuzenjacke aus und legte sie über den Sattel, während er sein Fahrrad an ein Verkehrsschild anschloss. Er hob den Kopf und schob sich die Haare, die unter dem Helm hervorquollen, aus dem Gesicht. In dem Moment bemerkte er die Polizeiautos. Er erstarrte.

Warum diese Reaktion? Anne Capestan sprang auf und rief Torrez quer durch den Raum zu: »Torrez! Naulins Eichhörnchen, da draußen! Ich schnapp ihn mir!«

34.

Zögernd näherte sich das Eichhörnchen dem Menschenauflauf, der sich vor dem Absperrband gebildet hatte. Zwei Leute am Rand der Menge unterhielten sich, und sie sagten anscheinend irgendetwas, das den jungen Mann schockierte, denn er erbleichte plötzlich und machte auf dem Absatz kehrt. Anne Capestan wartete an der Ecke des Boulevards, damit sie ihn ansprechen konnte, ohne von den Polizisten, die den Tatort bewachten, gesehen zu werden.

Jetzt war er auf ihrer Höhe und zog nervös am Gurtband seines Helms, das immer noch unter seinem Kinn befestigt war. Er wollte gerade seine Kapuzenjacke wieder anziehen und losfahren, als Capestan auf ihn zutrat und ihm unauffällig ihren Polizeiausweis zeigte. Seine braunen Augen weiteten sich, und er versteifte sich einen Moment lang, bevor er wie ein Pfeil davonschoss. Seinen Pulli und das Fahrrad ließ er zurück.

Überrascht steckte Anne Capestan ihren Ausweis zurück in die Tasche ihres Trenchcoats und nahm hastig die Verfolgung auf. Als sie an der Brasserie vorbeikam, sah sie aus dem Augenwinkel, wie Torrez sich ihr auf dem linken Flügel anschloss.

Das Eichhörnchen war jung, leichtfüßig und schnell. Es

bog nach links auf den Boulevard und war ein paar Sekunden später schon kurz vor der Abzweigung zur Rue Saint-Denis. Die Ampel vor dem Fußgängerüberweg schaltete von Rot auf Grün. Gerade als die Autos anfuhren, sprang der Junge auf die Straße. Reifen quietschten, und ein Hupkonzert ertönte. Kaum war er vorbei, ließen die Autofahrer wütend den Motor aufheulen und rasten los, was Anne Capestan daran hinderte, ihrerseits die Straße zu überqueren. Sie saß auf der anderen Seite fest, trat von einem Fuß auf den anderen und lauerte auf eine Lücke, aber da war kein Durchkommen. In der Ferne, hinter dem Meer an Autos, kreuzte das Eichhörnchen die Rue Saint-Denis. In dem Moment tauchte eine Gruppe Jugendlicher auf und versperrte Capestan die Sicht. Als sie wieder weg waren, war der Junge verschwunden.

Sie hüpfte hoch, um ihn in der Menschenmenge auszumachen. Er konnte sich nicht einfach so in Luft auflösen. Naulin hatte ihn bei Marie Sauzelle gesehen, und jetzt liefen sie ihm vor Maëlle Guénans Haus über den Weg. Genau wie die Petition des Marineoffiziers war der Junge eine Verbindung zwischen den Morden. Die Brigade hatte ein weiteres Fadenende gefunden, um die Fälle zu entwirren, nur dass dieses hier noch reden konnte – man musste es nur fragen. Es konnte nicht sein, dass es ihnen, kaum hatten sie es zu fassen bekommen, schon wieder entglitt!

Die Ampel wollte und wollte nicht auf Rot springen. Anne Capestan wagte sich einen Schritt nach vorn. Ein Chevrolet fuhr dicht an ihr vorbei und zwang sie zurück an den Bordstein. Das Eichhörnchen entwischte! Einem inneren Impuls folgend, drängte Capestan sich gewaltsam auf die Straße, gerade als ein Auto Gas gab.

Hinter sich hörte sie die panische Stimme von Torrez, der aus voller Kehle »Halt!« schrie, aber sie schaffte es, die Mitte des Boulevards zu erreichen. Mit ausgestrecktem Arm bedeutete sie den herannahenden Autos abzubremsen, überwand das letzte Stück und sprang auf den Gehweg. Hundert Meter vor ihr machte sich der grüne Helm aus dem Staub. Sie beschleunigte.

Der Junge drehte beim Laufen den Kopf und entdeckte Capestan. Er schlängelte sich zwischen den Fußgängern durch und verschwand links in der Passage Lemoine. Erneut verlor sie ihn aus den Augen. Sie schöpfte all ihre Sprintreserven aus und erreichte die Passage gerade noch rechtzeitig, um ihn nach rechts auf den Boulevard Sébastopol biegen zu sehen. Als sie hinter ihm herstürmte, stieß sie zwei Verkäufer um, die vor einem Jeansladen standen und rauchten.

Wer war dieser Junge? Was wollte er hier?

Er überquerte den Boulevard Sébastopol auf Höhe der Rue de Tracy, wo eine Frau ihr Fahrrad von der Vélib'-Station losmachte. Als sie ohne Vorwarnung zurücksetzte, brachte sie den jungen Mann, der mit vollem Tempo angerast kam, aus dem Gleichgewicht. Anne Capestan befürchtete schon, er würde die Gelegenheit nutzen, der Frau das Fahrrad entreißen und endgültig entkommen, aber nein, er wich ihr mit einem abrupten Schlenker aus, wodurch Capestan ein paar Meter Boden gutmachen konnte. Ihre Lunge brannte, und sie fragte sich, wie lange sie noch durchhalten würde. Ihre Zielperson sprintete weiter, ohne das geringste Anzeichen von Müdigkeit. Zwanzig Jahre weniger, einige Kilometer Reserve mehr. Anne Capestan musste einen Weg finden, ihn schnell einzuholen: Einen Ausdauerwettkampf würde sie nie gewinnen.

Woher kannte er Marie Sauzelle und Maëlle Guénan? Was hatte er von ihnen gewollt?

Er rannte am Zaun des Square Émile-Chautemps entlang und schoss auf die Rue Saint-Martin. Dabei prallte er gegen einen Mann, der gerade aus der Post trat, und schickte sein Päckchen unsanft auf den Gehweg. Verdrossen stieß der Mann einen Schwall Flüche aus, als Capestan vorbeilief. Sie entdeckte den grünen Helm, wie er quer über die Rue Réaumur sprintete, und hastete weiter, als sie das Kreischen einer Bremse hörte und den Kopf wandte. Ein Bus kam direkt auf sie zu. Sie sah die entsetzte Miene des Fahrers hinter der Windschutzscheibe und konnte gerade noch einen Arm hochreißen.

Sie spürte einen Stoß, aber das war nicht der Bus: Zwei Hände trafen ihren Rücken und katapultierten sie nach vorn, auf den gegenüberliegenden Bürgersteig. Bei der Landung schlug ihre Hüfte auf den Asphalt, und sie stieß einen Schmerzenslaut aus. Hinter sich hörte sie einen dumpfen Aufprall und Schreie, die sich ringsum erhoben. Sie wandte sich um und erkannte Torrez, der ausgestreckt auf der Straße lag und am Kopf blutete. Die Hand auf die Hüfte gepresst, robbte Capestan zu ihm, rief seinen Namen und betete, dass er nicht tot war. Langsam drehte er den Kopf.

Er setzte ein schiefes Lächeln auf und beruhigte sie mit schwacher Stimme: »Mir geht's gut. Ich bin glücklich.«

Er lächelte noch einmal, dann verlor er das Bewusstsein.

Das Heulen einer Krankenwagensirene kam näher. Anne Capestan saß neben dem Lieutenant und wartete.

35.

Ein stark behaarter Assistenzarzt hatte gerade den Bereitschaftsarzt abgelöst. José Torrez hatte ein gebrochenes Schlüsselbein und mehrere Hämatome, von denen eins seinen gesamten rechten Oberschenkel bedeckte. Er war ziemlich angeschlagen, aber außer Lebensgefahr. Er schlief.

Eva Rosière stürmte durch die Flügeltür, die die Notaufnahme vom Empfang trennte, dicht gefolgt von Lebreton.

»Er ist außer Gefahr«, verkündete Capestan.

Die beiden Polizisten seufzten erleichtert auf.

»Er wird jetzt in ein Einzelzimmer verlegt. Seine Frau ist auf dem Weg, aber es sollte auch immer jemand von der Brigade hier sein, am besten wechseln wir uns ab.«

»Natürlich. Wir haben die Kapuzenjacke mitgenommen.« Lebreton reichte ihr das Kleidungsstück.

Anne Capestan bemerkte Katzenhaare auf den Ärmeln. Der Pulli musste ins Labor. Sie beauftragte Lebreton damit. Außerdem musste jemand das Fahrrad des Jungen observieren.

Eine schöne Bescherung, dass er ihnen entwischt war!

»Der Bengel passt also auf Naulins Beschreibung?«, fragte Eva Rosière.

»Genau. Wir müssen unbedingt seine Identität feststellen.

Er hat irgendeine Verbindung zu den Opfern, und die müssen wir herauskriegen. Dafür müssen wir ihn befragen, und dafür müssen wir ihn finden.«

»In dem Alter ist er zwangsläufig jemandes Sohn oder Neffe oder Schüler oder kleiner Bruder«, sagte Lebreton.

Anne Capestans Miene hellte sich auf: »Der Sohn der Guénans?«

»Nein. Sein Foto hing an der Wand, das war er nicht.«

Commissaire Capestan schüttelte langsam den Kopf und fixierte einen Punkt am Ende des Flurs. Sie dachte nach, während sie über die Narbe an ihrem Zeigefinger rieb.

»Wir brauchen den genauen Wortlaut des Gesprächs zwischen Naulin und dem Jungen. Und wir kontaktieren auch noch einmal alle anderen: Jallateau, André Sauzelle, die Freunde der Opfer, den Chef der Baufirma... Wenn möglich, sollten wir uns auch mit dem Sohn der Guénans unterhalten, die beiden sind ungefähr im selben Alter, vielleicht wollte unser Eichhörnchen zu ihm?«

Anne Capestan straffte die Schultern und wandte sich an Lebreton: »Commandant, ich überlasse Ihnen die Verantwortung für die weiteren Nachforschungen. Ich gehe Buron besuchen. Unsere Informationen werden allmählich zu wichtig, um sie in der Hinterhand zu behalten. Ich bitte ihn, dass wir in die Ermittlung eingebunden werden.«

Eva Rosière verzog skeptisch den Mund.

»Darauf lässt er sich niemals ein. Oder Sie müssen ihm ordentlich Honig ums Maul schmieren.«

Bevor Anne Capestan im Hauptsitz der Kriminalpolizei dem Großmeister persönlich gegenübertrat, gönnte sie sich eine kurze Verschnaufpause an der Seine. Sie hatte den Weg über die Uferstraßen genommen, die sich nach Notre-Dame verengten und kurzzeitig jeglichen touristischen Reiz verloren. Ein paar wenige Straßenlaternen erhellten die lockeren Pflastersteine, die mit Vogelkot und Taubenfedern übersät waren. Unter dem dunklen Brückenbogen des Pont Saint-Michel hörte sie das brackige Wasser gegen die Ufermauer schlagen. Der Geruch nach Schlick mischte sich unter die Ausdünstungen der Stadt. Die Wölbung warf das Echo ihrer Schritte zurück, dann wurde der Weg wieder breiter, und das lärmende Paris kehrte zurück. Automatisch steuerte Anne Capestan auf die Bank zu, die schon während ihrer Zeit bei der BRI ihre Gedanken willkommen geheißen hatte. Sie fröstelte, als sie den kalten Stein berührte. Sie wollte gerade ihren Geist leeren, da drang von der anderen Uferseite das ungezwungene Lachen eines Mannes herüber, der sich mit einem Freund unterhielt. Diese Stimme, die Schultern: Für den Bruchteil einer Sekunde glaubte Anne Capestan, ihren Exmann zu erkennen. Eine plötzliche Melancholie überfiel sie. Alte Erinnerungen, die sie bereits überwunden geglaubt hatte, stiegen in ihr auf. Augenblicklich trat sie den Rückzug an und stand auf. Es wurde Zeit für ihren Besuch bei Buron.

36.

Die Wände von Burons Refugium waren mit Vitrinen bedeckt, von denen jede eine andere Sammlung zur Schau stellte: Medaillen, Pfeifen, Pillendosen, Anthologien der französischen Lyrik in Ganzledereinbänden und natürlich, in unmittelbarer Reichweite des Schreibtisches, die Schmuckstücke seiner Brillenauswahl. Über dem Fluss zog die Abenddämmerung auf, und eine Lampe aus grünem Opalglas war die einzige Lichtquelle in dem schummerigen Zimmer. Der Directeur war sitzen geblieben, als Anne Capestan hereinkam, und begnügte sich damit, auf den Stuhl ihm gegenüber zu deuten. Er schob kaum die Dokumente auf seiner Schreibtischunterlage beiseite. Seinen Füller machte er zwar zu, ließ ihn aber einsatzbereit auf dem Papierstapel liegen.

»Guten Abend, Capestan. Ich habe nicht viel Zeit. Was führt Sie zu mir?«

»Ich würde unsere Brigade für den Fall in der Rue Mazagran gerne an die Kriminalbrigade anschließen.«

»Das kommt nicht infrage«, gab Buron scharf zurück, während er seine Unterlagen zurechtrückte.

»Wir verfügen über zusätzliche Informationen, wir untersuchen den Mord an ihrem Ehemann und an einer …«

»Nein. Auf keinen Fall.«

Buron hatte anscheinend beschlossen, sich begriffsstutzig zu stellen. Capestan straffte die Schultern und beugte sich vor. Sie verstand nicht, warum er so unüberlegt Widerstand leistete. Das ergab keinen Sinn.

»Wofür sind wir dann überhaupt da? Wenn wir noch nicht einmal andere unterstützen dürfen? Wieso wurde unsere Einheit gegründet?«

»Damit Sie und Ihresgleichen an einem Ort sind, das habe ich Ihnen doch bereits erklärt. Zwingen Sie mich nicht, noch genauer zu werden«, sagte Buron und verscheuchte mit einer entnervten Geste eine eingebildete Fliege.

»Doch, ich bitte darum.«

»Capestan, wir haben Sie alle zusammengesteckt, weil wir Sie isolieren mussten. Sie sind unführbar und vor allem unerwünscht. Ich will Sie nicht inmitten einer offiziellen Ermittlung haben.«

»Sie machen uns schlechter, als wir sind«, protestierte Capestan, bevor sie sich an ihre eigene Erfolgsbilanz erinnerte und zurückrudern musste.

»In meinem Fall gebe ich Ihnen recht«, räumte sie ein. »Aber die anderen sind nicht –«

»Diese Brigade existiert nur, weil wir Sie nicht entlassen können! Geht das in Ihren Schädel?«, unterbrach Buron sie und betonte jede einzelne Silbe. »Wir bezahlen Sie, damit Sie Domino spielen oder stricken. Bitten Sie Évrard, Ihnen Belote beizubringen, und lassen Sie mich ein für alle Mal in Ruhe, Commissaire!«

Buron war auf hundertachtzig. Capestan war erschöpft, völlig erledigt von der Verfolgungsjagd, Torrez war ausgeknockt, das Eichhörnchen auf und davon, und ihre Hüfte meldete sich allmählich. Sie hatte ihre Informationen angeboten und im Gegenzug unverdiente Gehässigkeit geerntet. So energielos und mit nichts als Brei im Kopf fühlte sie sich in die Enge getrieben.

»Aber in der Brigade sind doch nicht nur Pfeifen, ich verstehe nicht –«

»Nicht nur Pfeifen? Wachen Sie endlich auf, Capestan! Dax und Lewitz, die enthusiastischen Volltrottel, Merlot und seine Schnapsnase, Rosière und ihre schwachsinnige Serie, Torrez –«

»Torrez liegt übrigens gerade im Krankenhaus.«

»Der soll lieber seine Entlassung beantragen, anstatt uns sein Pech aufzuzwingen! Orsini –«

Anne Capestan hatte genug. Buron ging zu weit, sie musste sich nicht vor ihm rechtfertigen. Sie änderte abrupt den Kurs.

»Gibt es in Ihrer Charakterstudie auch ein Feld für falsche Fünfziger?«

»Capestan, kommen Sie mir jetzt nicht damit...«, fing der Directeur an, während er sich zurücklehnte und die Bügel seiner Brille mit Stahlfassung zusammenklappte.

»Nehmen Sie es mir nicht übel, aber ich habe ein paar Erkundigungen eingeholt. Riverni war nicht zufällig der Ministerialrat, der Ihnen 2009 den Weg versperrt hat? Und wo ich schon mal dabei bin: Was sind das für Fälle, in denen wir da ermitteln? Sind wir die Einzigen, die wissen, dass sie zusammenhängen, oder was? Die Kriminalbrigade entrümpelt einfach so ihren Aktenschrank, ohne dass Sie was dagegen einzuwenden haben? Die Kriminalbrigade? Tötungsdelikte, Morde? Ab auf den Müll? Im Ernst, warum?«

Statt einer Antwort wirbelte Buron nachdenklich seine

Brille herum. Seine Bassetaugen tränten immer ein bisschen. Nur der Bürstenschnitt der grauen Haare wahrte das Profil eines Polizeichefs. Er kratzte sich mit einem Stahlbügel an der Schläfe. Sie schwiegen.

Anne Capestan ließ den Blick zum Fenster schweifen. Die Platane auf dem Quai hatte die letzten Blätter verloren. Zurückgeblieben waren nur stachelige Kugeln, die sich mehr schlecht als recht an den Ästen festklammerten – ein makabrer Weihnachtsbaum. Anne Capestan seufzte und richtete ihre Aufmerksamkeit wieder auf Buron.

»Tatsächlich bin ich mir sicher, dass Sie uns nur aus einem einzigen Grund in dieser Brigade begraben haben: Damit wir die Fragen beantworten, die Sie sich stellen. Sie wissen genau, welche Knöpfe Sie bei mir drücken müssen, aber ich kenne Sie genauso gut, Monsieur le Directeur. Ich weiß noch nicht, warum, aber es gibt Fälle, die Sie lieber im Verborgenen bearbeitet sehen wollen. Deswegen existiert unsere Brigade, und zwar nur deswegen. Also gewähren Sie mir auch die Mittel, um Ihre Pläne zu verwirklichen. Wir werden so unauffällig wie nötig vorgehen, aber ich will die Akte der Witwe Guénan.«

Buron setzte das schwache Lächeln eines Besiegten auf, der ein fairer Verlierer sein wollte. Capestan hatte wieder das unangenehme Gefühl, genau da zu stehen, wo er sie haben wollte.

»Ich lasse Ihnen eine Kopie zukommen«, sagte Buron.

»Und eine Sirene«, verlangte Capestan. »Die ist für Torrez. Sie fehlt ihm.«

37.

Ein Geruch nach gebratenen Zwiebeln durchdrang das Treppenhaus, und Anne Capestan überfiel ein plötzlicher Heißhunger. Unter dem Arm hatte sie die Kopie der Akte von Maëlle Guénan, die Buron ihr besorgt hatte. Nachdem sie sich die Schuhe auf dem Fußabstreifer abgeputzt hatte, betrat sie das Kommissariat.

Um einundzwanzig Uhr war hier alles dunkel. Nur unter der Küchentür schimmerte ein heller Lichtstreifen. Dort befand sich wahrscheinlich auch die Quelle dieses zugegebenermaßen appetitanregenden, aber für ein Polizeirevier völlig absurden Dufts. Allmählich begann Anne Capestan sich wohlzufühlen in der warmherzigen Atmosphäre dieser Brigade. Das Leben hier verlief angenehm, in zögerlicher Solidarität. Der Polizeiberuf verlor so ein Stück seiner Schwere.

Sie legte die Akte auf ihren Schreibtisch und blickte durch ein Fenster auf die Straße. Die Laternen gossen ihr gelbes Licht über das regennasse Pflaster, und zusammen mit dem bunten Schein der Sexshop-Schilder erstrahlte die Rue Saint-Denis wie eine Karikatur der Belle Époque. Oberlichter durchbrachen das Zinkdach des Hauses auf der gegenüberliegenden Seite des Platzes, und man fragte sich, wer wohl zuerst den Kopf herausstrecken würde, Toulouse-Lautrec oder die Maus aus *Ratatouille*.

Im Gebäude rechts daneben gewährte ein großes Fenster ohne Vorhänge Einblick in einen mittelgroßen Raum, wahrscheinlich eine Einzimmerwohnung. Ein junger Mann im T-Shirt saß an einem Tisch und starrte auf den Bildschirm seines Laptops, während er eine Packung Schinken aufriss. Er rollte eine Scheibe zusammen und verschlang sie mit zwei Bissen. Nachdem die nächsten drei Scheiben dasselbe Schicksal ereilt hatte, pulte er an dem dünnen Plastik herum und löste ein kleines knallrotes Viereck ab. Bestimmt ein Rabattcoupon. Er hob eine Pobacke vom Stuhl, um sein Portemonnaie aus der Hosentasche zu holen, klappte es auf und steckte den Coupon vorsichtig in einen der Kreditkartenschlitze.

Rabattcoupons. Anne Capestans Magen zog sich vor Wehmut zusammen bei der Erinnerung an ihre Großmutter. Jeden Morgen hatte sie sich, in ihren Kimono mit braungoldenem Muster gehüllt, ans Kopfende des großen Klostertisches in der Küche gesetzt. Sie hatte heißes Wasser auf ihren Zichorienkaffee gegossen, Milch und zwei Stück Zucker hinzugefügt, sich eine Zigarette angezündet und sich dann den Stapel Prospekte vom Vortag vorgenommen. Sie ging akribisch jede Seite durch, und wenn ihr ein Angebot verlockend erschien, klemmte sie die Zigarette in eine Aschenbechervertiefung, griff nach der Schere, die daneben lag, und schnitt den ausgewählten Coupon aus. Nach und nach wurden sie in drei Stapel sortiert: Nahrungsmittel, Drogerieprodukte, Dienstleistungen. Sie sahen aus wie Geldscheine, nur bunter, abwechslungsreicher, eine Tür zu einer Welt, in der alles ausprobiert werden konnte. Keines der Enkelkinder, die um den Tisch herum saßen, hätte es gewagt, eine so bedeutsame Arbeit zu stören. Sie schauten nur fasziniert zu.

Anne Capestan trat vom Fenster zurück und wollte gerade in die Küche gehen und sich ihren Kollegen anschließen, als ein Gedanke plötzlich ihre grauen Zellen unter Strom setzte: Die Schachtel mit den Rabattcoupons in Marie Sauzelles Wohnzimmer und der Aufkleber »Bitte keine Werbung!« an ihrem Briefkasten widersprachen sich. Wenn Marie Sauzelle Coupons gesammelt hatte, hätte sie nicht die wichtigste Versorgungsquelle blockiert. Diesen Sticker musste jemand anderes aufgeklebt haben. Und Marie hatte ihn nicht wieder entfernt, weil sie ihn nicht gesehen hatte. Und sie hatte ihn nicht gesehen, weil sie schon tot gewesen war, als er aufgeklebt wurde.

Der Täter hatte ihn mitgebracht.

Warum?

Wahrscheinlich um zu verhindern, dass der Briefkasten überquoll, was ein Zeichen für Abwesenheit oder Probleme war. Die Nachbarn wären früher aufmerksam geworden. Der Täter hatte die Entdeckung der Leiche verzögern wollen.

Wieder: Warum?

Anne Capestan überlegte. Es war sinnlos, die Autopsie zu erschweren, die Todesursache – Erdrosselung – war offensichtlich. Andererseits hatte durch diese Verzögerung der Todestag nicht genau bestimmt werden können. Was dem Täter die Mühe ersparte, sich ein Alibi zu besorgen.

Er hatte allein gehandelt und verkehrte mit niemandem, der vertrauenswürdig genug war, ihn zu decken.

Wenn der Täter den Aufkleber mitgebracht hatte, dann war das Tötungsdelikt keine Affekthandlung, sondern Vorsatz gewesen. Dann suchten sie nicht länger einen jähzornigen Totschläger, der von seinen Gefühlen überwältigt worden war, sondern einen berechnenden Mörder. Anne Capestan erinnerte sich an die würdevolle Positionierung der alten Dame und die verschonte Katze. Einen berechnenden Mörder, der eine gewisse Form von Moralbewusstsein besaß, aber der, wenn man von einem Zusammenhang dieses Falls mit dem der Guénans ausging, ohne zu zögern drei Menschen aus dem Weg geräumt hatte.

Capestan öffnete leise die Tür zur Küche. Eva Rosière stand vor dem alten Gasherd und rührte mit einem Holzkochlöffel in einer gewaltigen Kupferpfanne. Man hörte die Zwiebeln im Olivenöl brutzeln. Pilou, der an der Wade seines Frauchens klebte, passte auf, dass nichts herunterfiel und die Fliesen beschmutzte. Louis-Baptiste Lebreton saß in der Tür zur Terrasse und rauchte. Sie hatten eine Flasche Wein aufgemacht und genossen beide ein Glas. Neben der Türöffnung lag ein Stapel Bretter von zweifelhafter Herkunft, die Lewitz dort zwischengelagert hatte. Er behauptete, über solide Grundkenntnisse im Schreinern zu verfügen, und wollte unbedingt die Küche erweitern. Der brandneue Werkzeugkasten enttarnte ihn als Anfänger, aber eine Tupperdose voller Scharniere daneben und ein Beutel mit einer großen Auswahl an Türgriffen versprachen den Enthusiasmus eines Heimwerkers. Diese Küche würde, wenn auch nicht mit Können, mit Herz gebaut werden.

Vor allem um sich anzukündigen, sagte Anne Capestan fröhlich: »Was treiben Sie denn noch hier? Haben Sie kein Zuhause?«

Louis-Baptiste Lebreton hob minimal die Augenbrauen und drehte sich in Richtung Terrasse, um den Rauch auszublasen. Eva Rosière lächelte traurig, und Capestan fügte schnell hinzu: »Genau wie ich anscheinend. Das riecht lecker.«

»Spaghetti mit Zwiebeln, Oliven und Parmesan, eine Eigenkreation. Wenn Sie Hunger haben, das wird genug für eine ganze Brigade ...«

»Sehr gerne«, antwortete Capestan und band sich mit dem schwarzen Gummi, das sie ums Handgelenk trug, die Haare zusammen. »Wie geht es Torrez?«

»Gut. Der Arzt ist optimistisch. Allerdings sind die Kollegen nicht besonders wild darauf, an seinem Bettchen zu sitzen. Sie mögen ihn gern und alles, aber ...«

»Verstehe. In Ordnung. Ich übernehme morgen. Was den Jungen angeht –«

»Auszeit!«, unterbrach Rosière sie lächelnd. »Essen. Trinken. Keine Arbeit. Dafür ist später Zeit.«

»Stimmt. Wir haben uns eine Pause verdient.«

Louis-Baptiste Lebreton war unterwegs, um ein Baguette zu besorgen. Eva Rosière beaufsichtigte die Pfanne, während Anne Capestan geistesabwesend den Tanz der Nudeln im kochenden Wasser verfolgte. Das Brummen des Kühlschranks erfüllte das Zimmer.

»Und wie sieht's bei dir aus? Single?«, fragte Rosière mit der üblichen Direktheit.

Sie war nach dem ersten Glas zum Du übergegangen.

»Ja«, antwortete Capestan.

»Schon lange?«

Capestan holte tief Luft, als müsste sie überlegen.

»Seit meiner letzten Kugel.«

»Du hast deinen Ex erschossen?!«, japste Rosière.

Das entlockte Capestan ein Lachen.

»Nein, das dann doch nicht. Sagen wir, es war schon ein Weilchen nicht mehr... Die Sache mit dem Schuss war ein guter Vorwand.«

Ihr Mann war der Meinung gewesen, dass es kein Zurück mehr gab, dass sie abgestürzt war. Das Gefühl, dass er recht gehabt hatte, schlug wie ein Blitz in ihr Bewusstsein ein, aber sie erstickte die Flamme mit einem Blinzeln und rührte weiter das Spaghettiwasser um.

»Kurz gesagt: Er hat mich um die Scheidung gebeten, und ich habe eingewilligt.«

Capestan legte den Holzlöffel auf das unbenutzte Kochfeld.

»Die Nudeln sind fertig.«

Sie hatte das Thema gewechselt, doch ihre Gedanken irrten weiter einem Rücken und Koffern hinterher, die durch die Tür verschwanden.

Ihre Kraft, ihre Freude, ihre Zukunft waren weg, als hätte der Abfluss sie eingesogen. Das Krachen der Tür, die ins Schloss fiel, schien ewig nachzuhallen. Anne Capestan hatte sich auf das Sofa gesetzt und ein paar Stunden lang ins Leere gestarrt, bevor sie beschloss, etwas anderes zu tun. Sie hatte die Fernbedienung vom Wohnzimmertisch genommen und das VOD-Menü geöffnet. *Mes meilleurs copains* für 2,99 Euro. Sie hatte auf Play gedrückt.

Am nächsten Tag hatte man ihre Dienstwaffe konfisziert.

Es war ihr schwergefallen, sich von ihr zu trennen.

Nachdem die verletzten Gefühle verheilt waren, hatte Capestan überrascht festgestellt, wie gut ihr das Singleleben gefiel. Sie mochte die Behaglichkeit einer Wohnung, die allein auf sie zugeschnitten war, die Gesellschaft des liebevollen Schweigens einer Katze. Vielleicht war diese Neigung nur vorübergehend. Wahrscheinlich nicht.

Gedankenverloren trug Anne Capestan den Topf zur Spüle und kippte die Spaghetti vorsichtig aus, um sich nicht zu verbrennen. Sie blieb vor dem Spültisch stehen. Das Nudelnest lag ausgebreitet im Becken.

»Das kann doch nicht wahr sein! Ich habe das Sieb vergessen!«

Sie holte besagtes Sieb, sammelte die Nudeln wieder ein und spülte sie ab.

»Und du, Eva? Hast du Familie?«

»Ja, einen Hund und einen Sohn. Aber der Hund ruft bedeutend öfter an«, gestand Rosière mit einem schicksalsergebenen Schulterzucken.

*

Sie genossen die Spaghetti mit reichlich Côtes du Rhône, Polizeianekdoten, Fernsehabenteuern und Hundegeschichten. Dann verschwanden Eva Rosière und Louis-Baptiste Lebreton auf die Terrasse, während Anne Capestan den Kamin anzündete, unter der schnüffelnden Aufsicht von Pilote, der keine Angst davor zu haben schien, sich das Fell zu versengen.

Die beiden Raucher gesellten sich zehn Minuten später zu ihnen, ihre Gläser und die Weinflasche in der Hand. Capestan zog die drei Ermittlungstafeln heran und nahm zusammen mit Rosière das große Sofa in Beschlag. Lebreton ließ sich in einem wackeligen Sessel nieder.

Capestan fasste ihre Überlegungen zu Briefkastenaufkleber und Vorsatz zusammen und beendete ihren Monolog mit einer entschärften Version ihres Gesprächs mit Buron. Einen Moment lang hatte sie erwogen, Rosière und Lebreton von der seltsamen Rolle zu erzählen, die der Directeur ihrer Brigade zuzudenken schien, aber dafür waren die Konturen dieser Rolle noch zu unscharf. Sie befürchtete, dass sie nur darin bestand, alte Streitigkeiten auszutragen, und diese unrühmliche Funktion würde weder der Brigade noch Buron zur Ehre gereichen. Ein Anflug von Loyalität, gemischt mit Optimismus, drängte sie dazu, abzuwarten, bis sie mehr wusste. Das Wichtigste war, dass der Directeur ihr Maëlle Guénans Akte überlassen hatte, die sie jetzt auf dem Couchtisch ausbreitete.

Im Großen und Ganzen bestätigte sie die Ergebnisse des ersten Angriffs, die sie mithilfe des Babyfons mitgehört hatten, und brachte keine besonderen neuen Erkenntnisse. Die Autopsie war noch nicht abgeschlossen. Die Kriminalbrigade ging von einem eskalierten Einbruch aus.

»Das ergibt keinen Sinn«, bemerkte Lebreton, der die Beine vor sich ausgestreckt hatte und langsam sein Weinglas schwenkte. »Erstens klingelt ein Einbrecher tagsüber vorher, um sicherzugehen, dass die Wohnung leer ist und er nicht gestört wird. Dann steigt er entweder durch ein Fenster ein, was hier nicht passiert ist, oder er bricht die Tür auf. Das war aber auch nicht der Fall«, erklärte er und wies mit dem Fuß seines Glases auf eine Zeile des Tatortbefundberichts. »Zweitens bin ich mir sicher, dass der Täter die Tatwaffe mitgebracht hat.«

»Warum das? Man hat doch den Rest des Messersatzes in der Küche gefunden«, warf Anne Capestan ein.

»Maëlle hatte nicht die Mittel, sich ein solches Messerset zu kaufen. Und selbst wenn sie sie gehabt hätte, hätte sie keine puristischen Edelstahlmesser, sondern rundere, buntere gewählt. Oder welche mit Holzgriff. Diese Messer passen nicht zum Rest der Wohnung.«

»Vielleicht hat sie sie geschenkt bekommen?«

»Das glaube ich nicht. Meiner Meinung nach hatte der Täter von vornherein geplant, sie zu töten und seine Tat als Einbruch zu tarnen, oder zumindest als Affekthandlung: Man soll denken, er sei in Panik geraten und habe zu irgendeiner Waffe vor Ort gegriffen.«

»Dasselbe Vorgehen wie bei Marie Sauzelle, mit Netz und doppeltem Boden: Der Mörder verschleiert sein Verbrechen, aber falls es dummerweise doch bis zu ihm zurückverfolgt werden kann, erspart er sich wenigstens Vorsatz und erschwerende Umstände.«

»Bei unserem Seemann haben wir aber eine andere Verfahrensweise«, wandte Eva Rosière ein und steckte sich ein besticktes Kissen in den Rücken.

»Das war sein erster Mord, da hatte er noch keine Strategie. Oder die beiden Verbrechen hängen zwar zusammen, aber wir haben es nicht mit demselben Täter zu tun.«

»Dein Eichhörnchen, das an zwei Tatorten aufgekreuzt ist, spielt nicht zufällig den Mörder, der an den Tatort zurückkehrt?«

»Der wäre zum Zeitpunkt des ersten Mordes erst zwei oder drei Jahre alt gewesen…«, erinnerte Capestan sie belustigt.

»›Jung bin ich freilich, doch bei großen Seelen harrt Tapferkeit nicht auf der Jahre Zahl‹«, zitierte Eva Rosière, die schon leicht einen in der Krone hatte, aus Corneilles *Le Cid*.

»Apropos, haben Sie die Katzenhaare ins Labor geschickt?«, fragte Capestan an Lebreton gewandt.

»Ja. Wir bekommen die Ergebnisse in sechs oder sieben Monaten ...«, erwiderte er mit einem spöttischen Lächeln.

»Na, perfekt«, schloss Anne Capestan und hob gleichgültig die Augenbrauen.

Sie betrachtete die Tafeln, eine nach der anderen. Dann lehnte sie sich zurück, als wollte sie es ihrem Gehirn in der Schädelhöhle so bequem wie möglich machen.

»Gut, fassen wir zusammen: Wir haben drei miteinander verbundene Fälle, drei vorsätzliche Tötungen. Die erste – der Seemann, vor zwanzig Jahren, mit geringeren Bemühungen, das Verbrechen zu verschleiern. Die zweite – die Oma, vor sieben Jahren. Die dritte – heute. Warum dieser große Zeitabstand? Ein Jahrestag? Eine Frist? Oder ein innerer Drang?«

»Und der Seemann und die Oma sind außerdem fast im gleichen Monat ermordet worden«, fügte Lebreton hinzu. »Aber die Witwe nicht. Vermutlich hängen also die beiden ersten Morde wirklich zusammen, und Maëlle heute ist eher ein Nachhall.«

»Ja. Maëlle ist die Verbindung zur Gegenwart – wie übrigens auch das Eichhörnchen. Der Mörder ist noch da, hier und heute, und auch seine Beweggründe existieren noch. Und ich bin mir sicher, dass der Junge uns zu ihm führen kann. Immer noch nichts Neues an dieser Front? Freunde, Verdächtige, Maëlles Sohn, ist dabei etwas herausgekommen?«

»Fürs Erste hat seine Beschreibung niemandem etwas gesagt, nicht einmal Cédric Guénan«, berichtete Lebreton. »Aber Serge Naulin ist dafür noch ein weiteres Detail eingefallen. Der Junge wollte mit Marie Sauzelle ›über ein Schiffsunglück‹ sprechen.«

»Wir fahren noch mal hin.«

Ein Holzscheit im Kamin knackte, und Pilote stellte wachsam ein Ohr auf. Das Feuer bullerte dumpf, und Anne Capestan starrte in die Glut, pulsierendes Orange umgeben von Grau. Die Hitze färbte ihre Wangen rot. Sie versuchte ihre Gedanken zu ordnen.

»Die Fähre ist die Verbindung zwischen allen drei Fällen.«

»Und wir!«, betonte Rosière und fixierte sie nacheinander mit ihren grünen Augen, die trotz des Schwipses noch immer durchdringend waren.

»Wir?«

Eva Rosière richtete sich so ruckartig auf, dass ihre Kettenanhänger hin und her geschüttelt wurden.

»Der Seemann und die Oma. Schon komisch, dass wir in zwei verschiedenen Aktenkartons auf zwei Fälle stoßen, die zusammenhängen. Mehr Zufall geht fast nicht.«

»Da hast du recht«, sagte Lebreton. »Hat noch jemand anders aus der Brigade einen Mordfall entdeckt?«

»Nein«, erwiderte Capestan. »Wir haben alle Kartons durchgesehen, das sind die einzigen beiden Tötungsdelikte.«

»Und wenn wir schon ermitteln, nehmen wir uns natürlich die beiden Akten vor.«

»Jemand hat sie absichtlich dort reingelegt«, murmelte Capestan.

»Vor allem hat sie jemand absichtlich vergeigt, und zwar derselbe Typ. Und dann hat er sie in die Kartons gesteckt, weil er dachte, das wäre der Mülleimer!« Rosière bearbeitete den Tisch mit ihrer drallen Faust. »Die Geschichte stinkt, das sage ich euch, die Geschichte stinkt gewaltig nach Korruption!«

Anne Capestan überlief es eiskalt. Eva Rosière hatte recht.

Ein und derselbe Polizist. Korrupt. Oder noch schlimmer. Innerhalb einer einzigen Sekunde ratterten die Möglichkeiten vor ihrem inneren Auge vorbei wie die drehbaren Buchstaben an einer Flughafentafel. Dann hielten sie an und formten einen Namen. Nein. Nein, das konnte nicht sein, das durfte nicht sein. Er hätte sie nicht so hintergangen, nicht nach so vielen Jahren, das hätte er nicht gewagt. Sie begegnete Lebretons neugierigem Blick. Der Commandant hatte von den Tiefen seines Sessels aus bemerkt, wie sie erbleichte. Capestan stand auf. Sie versuchte, sich wieder zu beruhigen, während sie die Akten von den verschiedenen Schreibtischen holte. Sie kehrte an den Couchtisch zurück, klappte die Umschläge auf und überflog hastig die Dokumente. Wie eine rote Murmel zwischen Kieselsteinen stach drei Mal ein Name heraus: Buron.

Buron. Ihr Mentor, Förderer, Chef. Ihr Freund. Also das war der Zweck dieser Brigade. Aber warum der Brigade diese Fälle anvertrauen? Und warum Capestan die Brigade? Worum ging es bei diesem Test? Intelligenz? Ergebenheit? Oder spielte Buron eine Runde russisches Roulette mit seinen Schuldgefühlen? Die Fragen bedrängten sie plötzlich von allen Seiten, erdrückten sie, bis sie kaum mehr Luft bekam. Buron. Sie brauchte eine kalte Dusche. Konzentration. Louis-Baptiste Lebreton und Eva Rosière warteten. Auch sie hatten den Namen gelesen.

»Gut«, sagte Capestan knapp. »Burons Name taucht in jeder Akte auf. 93 hat er als leitender Commissaire bei der Kriminalbrigade die Ermittlungen im Fall Guénan geführt. 2005 war er Leiter der Kriminalbrigade, bevor er zur BRI gewechselt ist, es war seine Brigade, die den Fall Sauzelle untersucht hat. Und gestern bei Maëlle kreuzt er zwar nicht persönlich auf, aber er schickt Valincourt, seinen Stellvertreter.«

»Buron arbeitet seit mehr als dreißig Jahren am Quai des Orfèvres. Es ist nicht verwunderlich, dass sein Name in allen Akten steht«, merkte Lebreton an.

Das stimmt, dachte Capestan, erleichtert, nach diesem emotionalen Schock allmählich wieder klar zu sehen.

»Doch, ist es sehr wohl«, erwiderte Rosière und leerte ihr Glas mit einem energischen Schluck. »Bei seinem Ruf hätten die Ermittlungen abgeschlossen werden müssen. Normalerweise ist die Kriminalbrigade dafür bekannt, die Dinge zu Ende zu bringen. Bei den Fällen hat man das Gefühl, sie hätten noch nicht einmal angefangen.«

Eva Rosière befreite sich aus dem Sofa und ging ein paar Schritte, um sich die Beine zu vertreten. Man sah ihr an, dass sie auf ihr Gleichgewicht achtete. Trotz des Alkohols stand sie noch einigermaßen sicher, und daran lag ihr viel. Sie lief um den Couchtisch herum und machte sich daran, mit einem zinnoberroten Fingernagel die Luftblasen in der einzigen Tapetenbahn aufzustechen, die Merlot gnädigerweise angebracht hatte. Die Wände erstrahlten in neuem Glanz und bildeten einen scharfen Kontrast zur vergilbten, rissigen Decke. Die hatte niemand streichen wollen, steifer Hals garantiert.

»Das sehe ich genauso«, gab Capestan widerwillig zu. »Diese Akten haben rein gar nichts mit gründlicher, hartnäckiger Ermittlungsarbeit zu tun.«

»Daraus die Schlussfolgerung zu ziehen, dass Buron der Mörder ist, ist allerdings ein bisschen voreilig«, beharrte Lebreton.

Anne Capestan musterte den Commandant nachdenklich. Er hatte nicht unrecht, sie hoffte sogar, dass er mit seiner Einschätzung richtig lag. Trotzdem: Burons Verhalten hatte sie schon seit der Gründung dieser Brigade stutzig gemacht. Ihm fehlte die frühere Leichtigkeit, die gewohnte Gelassenheit. Sie konnte ihre Enthüllung nicht länger aufschieben.

»Es gibt da noch etwas anderes, das Buron betrifft. Ich glaube nicht, dass er unsere Brigade zufällig gegründet hat.«

»Wie meinen Sie das?«, fragte Lebreton aufmerksam.

Anne Capestan skizzierte kurz die Situation: den Konflikt zwischen Buron und Riverni, den Merlot entdeckt hatte, ihre eigenen Fragen und den Wortlaut ihrer Unterredung mit dem Leiter des Quai des Orfèvres. Als sie geendet hatte, schwiegen Louis-Baptiste Lebreton und Eva Rosière einen Augenblick lang erschüttert. Pilou richtete sich wachsam auf.

»Und das sagst du uns erst jetzt?!«, stieß Rosière hervor.

»Ja, es schien mir nicht sinnvoll, es früher zu erzählen«, erwiderte Capestan mit fester Stimme. »Man konnte daraus alles und nichts über Burons Absichten schließen, also wollte ich abwarten.«

Während Lebreton das Gesicht den knisternden Flammen zuwandte und die Neuigkeit verdaute, kehrte Eva Rosière schimpfend zu ihrer Tapetenbahn zurück, um sie weiter zu malträtieren.

»Jetzt ist alles klar, diese Fälle riechen gewaltig nach Bulle!«, folgerte sie. »Wahrscheinlich war es wirklich Buron, und wir sollen ihm einen guten Sündenbock liefern, damit er in Ruhe seine Rente genießen kann.«

»Aber wenn er der Schuldige wäre, hätte er keinerlei Interesse daran, die Akten wieder auszugraben«, warf Lebreton ein. »Die Fälle haben geruht und auf ihre Verjährung gewartet, das war ideal!«

»Warum schustert er sie uns dann zu, ohne uns einzuweihen? Er zieht da in seinem Zimmerchen sein Ding durch, lässt keine Info raus, als Anne ihn besucht... er dreht uns einfach seine zwei Rätselhefte an, seht zu, wie ihr damit zurechtkommt! Verhält sich so ein Unschuldiger?«

Eva Rosière setzte sich wieder und zog ein zerknülltes Taschentuch aus dem Ärmel, um sich gereizt die Nase abzutupfen. Anne Capestan dachte nach. Bei Buron und seiner Vorliebe für das Manipulieren war wieder einmal alles möglich.

Der Rauchgeruch überdeckte mittlerweile den der Zwiebeln und sorgte für eine neue Gemütlichkeit. Der raue Baumwollstoff der Sofalehne unter Capestans Hand schien weicher zu werden. So oder so mussten sie mit diesem Wissen noch einmal neu anfangen.

Capestan holte tief Luft, bevor sie sagte: »Buron hängt auf jeden Fall irgendwie in dieser Geschichte mit drin. Er weiß Sachen, die wir nicht wissen und die er uns auch nicht verraten will. Wir können ihn nicht vernehmen, aber wir können ihn rund um die Uhr observieren und schauen, wohin er uns führt.«

Leicht eingeengt in seinem schwarzen Anzug von Lanvin, hielt Buron der Platzanweiserin mit einem Lächeln sein Ticket hin. Die junge Frau führte ihn bis zum dritten Rang und wies ihm den Platz Nummer vier zu. Wie gewöhnlich verzog sich seine Miene flüchtig, als er den schmalen Durchgang betrachtete. Theater im italienischen Stil sind die Pest, dachte er einmal mehr. Das Stimmengewirr der Zuschauer in der Salle Richelieu schwoll allmählich an, und berauschende Parfümwolken waberten durch die Ränge. Der Divisionnaire schwelgte in Vorfreude. *Don Juan* auf die französische Art, damit konnte man nichts falsch machen. Die drei Schläge erklangen, und er lehnte sich genüsslich in seinem mit rotem Samt bespannten Sessel zurück. Er war in heiterer Stimmung, wohl wissend, dass Anne Capestan da draußen tun würde, was getan werden musste.

38.

Die fahlen Neonröhren im Krankenhausflur brummten, und ein charakteristischer Geruch nach Chlor durchtränkte die Luft. Die Sohlen von Anne Capestans Ballerinas quietschten auf dem blau-schwarz marmorierten Linoleum, während sie den Zahlen auf den Zimmertüren folgte. Eine stand leicht offen und gab den Blick auf eine Patientin in einem zerknitterten Morgenmantel frei, die vor ihrem Essenstablett lag. Vor der 413 hielt Capestan an und klopfte.

Torrez trug einen gelben Baumwollpyjama mit Bärenaufdruck und saß halb aufrecht in seinem Bett, gestützt von einem Kissen mit weißem Bezug. Ein Verband ließ seinen Kopf doppelt so groß wirken, und eine Armschlinge stellte die rechte Schulter und den Ellbogen ruhig. Ein Infusionsschlauch führte von seiner linken Hand zu einem Plastikbeutel, der mit einer transparenten Flüssigkeit gefüllt war. Die Fernbedienung in der rechten Hand, starrte Torrez auf den schwarzen Fernsehschirm. Seine Miene hellte sich auf, als er Capestan bemerkte. Sie hatte ein CD-Radio und eine CD mit französischen Chansons mitgebracht und platzierte alles auf dem Nachttisch neben dem Bett.

»Na, wie geht's uns denn heute?«, fragte sie im Ton einer Krankenschwester, die gerade den Nachttopf ausleert.

»Uns geht's gut. Wir sind zufrieden. Wir müssen Pipi machen.«

»Oh! Soll ich dir jemanden holen?«, fragte Capestan und erwischte sich dabei, wie sie auch schon anfing, jeden zu duzen.

»Nein, nein, das war nur Spaß.«

José Torrez grinste so breit, dass sein Verband Falten bekam. Anne Capestan war sich nicht sicher, diesen Ausdruck schon jemals auf seinem Gesicht gesehen zu haben. Mit einer Grimasse richtete er sich noch ein bisschen weiter auf. Der Monitor neben dem Bett gab ein paar nachhallende Piepslaute von sich, die wie Breakout auf einer alten Atari-Konsole klangen. Capestan fand nicht die richtigen Worte, also sagte sie schlicht und unbeholfen: »Danke. Ich glaube, ohne dich wäre ich draufgegangen.«

Torrez schien wirklich glücklich.

»Das ist unglaublich, oder? Du bist nicht tot. Mich hat's erwischt!«

Das tat Capestan wahnsinnig leid, aber Torrez war begeistert.

»Der Fluch ist gebrochen. Nein, sogar umgekehrt. Nicht nur, dass ich dir kein Unglück gebracht habe, ich habe dir das Leben gerettet.«

»Ich wusste, dass mir nichts passiert. Ich glaube nicht an Flüche. Außerdem bin ich ein Glückskind.«

Das geschwollene Gesicht des Lieutenants verdüsterte sich.

»Also denkst du, es funktioniert nur bei dir?«

»Nein! Nein, überhaupt nicht«, ruderte Capestan schnell zurück. »Aber das ist alles nur Aberglaube, und du hast es gerade bewiesen.«

Sie setzte sich, berichtete Torrez von den jüngsten Ereignissen und erläuterte das weitere Vorgehen: Ein Teil des Teams lag vor dem Fahrrad auf der Lauer, andere trieben die Nachforschungen über das Eichhörnchen und die Fähre voran, und der Rest observierte seit zwei Tagen abwechselnd Buron. Der ihm übrigens die Zuteilung eines Blaulichts in Aussicht gestellt hatte.

»Endlich! Was für eine Auszeichnung!«, freute sich der Lieutenant.

Danach unterhielten sie sich noch eine Weile über das Kommissariat. Nachdem die Tapezierarbeiten abgeschlossen waren, hatten sie Vorhänge aufgehängt, damit es gemütlicher wurde, und ein paar Küchenutensilien mitgebracht. Évrard wollte den Oleanderbusch winterfest einpacken, Dax hatte das Parkett zerkratzt, weil er einen Nagel im Schuh stecken gehabt hatte, und Merlot hatte dem Kopierer den Rest gegeben, als er sich daraufsetzte. Lewitz verpasste der erweiterten Küche den letzten Schliff; sie ragte ein bisschen in die Tür zur Terrasse hinein, aber sonst ließ sich alles gut an. Orsini hatte an diesem Morgen einen Witz erzählt, und alle waren so verblüfft gewesen, dass sie vergessen hatten zu lachen. Aber Orsini hatte sich als guter Verlierer gezeigt und sogar zugegeben, dass er diese Wirkung öfter erzielte.

José Torrez kommentierte jede Neuigkeit, er hatte noch ein altes Kaffeeservice, das er stiften wollte. Nach und nach versiegte das Gespräch und ging in ein friedliches Schweigen über. Wie bei einer Observierung ließ jeder seine Gedanken wandern, ohne dass es den Partner brüskierte. Dann räusperte Torrez sich leise. Capestan wusste, dass er die Vertrauensfrage stellen würde: »Und der Kerl, den du ... Wie ist das passiert?«

Anne Capestan wich zurück. Sie hatte keine große Lust, über diese Episode zu reden.

»Das ist keine besonders lustige Geschichte«, warnte sie. »Willst du sie wirklich hören?«

Torrez senkte den Kopf, er wollte sie nicht drängen. Capestan spürte, dass er sie jetzt als echte Partnerin betrachtete und dass er, wenn nötig, auch weiter im Ungewissen bleiben, Zweifel aushalten würde. Aber er hatte sich gerade für sie von einem Bus überfahren lassen, sie konnte nicht länger davonlaufen. Sie seufzte unter dem bleiernen Mantel der Traurigkeit und verschränkte schicksalsergeben die Arme. Sie würde die Fragen des Lieutenants beantworten.

*

»Vor drei Jahren war ich bei der BRI...«

»Der Antigang?«, unterbrach Torrez erstaunt.

Eine legendäre Brigade, der Gipfel einer Karriere, und jetzt das Abstellgleis: Der Lieutenant erkannte, wie tief sie wirklich gefallen war.

»Genau«, fuhr Capestan wehmütig fort. »Da war alles wunderbar. Und dann haben sie mich eines Tages an den Quai des Gesvres versetzt. In die Kinder- und Jugendbrigade, mitsamt einer dicken Beförderung. Ich konnte nicht ablehnen.«

»Wär das besser gewesen?«

»Ja«, sagte Capestan und ließ die Arme sinken.

Die Kinder, die Vermisstenfälle, die Hilflosigkeit der Familien, der Missbrauch. Immer ergreifendere Dramen, und es hörte nie auf. Jeden Abend hatte Anne Capestan ihre Machtlosigkeit betrachtet, die unter dem Schlachtfeld begraben war. Nach nicht einmal einem Jahr hatte sie sich eingestanden: Sie war der Sache nicht gewachsen. Sie hatte nie die instinktive Gelassenheit, die automatische Distanz besessen. Bei ihren früheren Verwendungen hatte sie sich zwischen zwei schwierigen Fällen erholen können. Dort nicht, niemals. Ihr Vorrat an Gleichgültigkeit war innerhalb weniger Monate aufgebraucht. Ihre Reserven an Kaltblütigkeit waren leer, zurück war nur die Hitze geblieben, die ihr Blut beim kleinsten Anlass zum Kochen brachte. Sie hatte ihre Versetzung beantragt. Buron hatte abgelehnt. Sie müsse noch ein Jahr durchhalten. Also hatte sie weitergemacht.

»Zwei vermisste Geschwister, ein Junge und ein Mädchen, zwölf und acht Jahre alt«, begann sie. »Wir hatten gehofft, sie seien nur ausgerissen, aber natürlich das Schlimmste befürchtet. Die Ermittlungen haben zu nichts geführt, wir sind auf der Stelle getreten. Wochenlang. Monatelang.«

Monatelang. Dieser Gedanke quälte sie noch immer.

»Sie waren entführt worden. Irgendwann haben wir den Kerl in einem gottverlassenen Nest in der Nähe von Melun aufgespürt. Während die Kollegen die Wohnung durchsucht haben, wollte ich den Schuppen im Garten überprüfen. Ich breche das Vorhängeschloss auf. Die beiden Kinder sind da, dreckstarrend, abgemagert. Am Anfang stehe ich nur benommen auf der Schwelle. Sie liegen aneinandergeklammert auf einer Matratze auf dem blanken, festgestampften Boden. Neben ihnen ein alter Mann mit den gleichen Anzeichen von Unterernährung. Er ist tot, mindestens einen Tag schon. Bei meiner Ankunft geben die Kinder keinen Mucks von sich, es herrscht Grabesstille. Schließlich gehe ich zu ihnen, um sie zu beruhigen. Gerade als ich mich runterbeuge, höre ich ein Geräusch hinter mir. Es ist der Entführer. Er steht aufrecht im Türrahmen, im Gegenlicht. Ich kann seinen Umriss klar erkennen, aber nicht seine Gesichtszüge oder was er in den Händen hält. In der einen einen Notizblock, das ist eindeutig, aber das in der anderen könnte genauso gut ein Kuli wie ein Messer sein. Als er mich bemerkt, versucht er nicht zu fliehen. Stattdessen fragt er mich, was ich hier mache, auf seinem Grund und Boden. Die Hand des kleinen Mädchens krallt sich neben mir in den Boden. Ich richte mich auf und stelle mich zwischen den Mann und die Kinder, damit sie ihn nicht sehen müssen. Und dann habe ich ihn erschossen.«

»Pädophil?«

»Nein, größenwahnsinnig. Dieser Mistkerl wollte die Wahrheit über die Große Hungersnot des Ancien Régime herausfinden, also hat er die körperlichen Auswirkungen von Hunger auf die schwächsten Teile der Bevölkerung untersucht: Kinder und Greise. Natürlich nicht auf dreißigjährige Rugbyspieler. Er war der Meinung, für die Wissenschaft müssten Opfer gebracht werden, Mediziner testen auch an Affen.«

Anne Capestan konnte den Gedanken nicht verhindern, dass sie damals wahrscheinlich auch diese Mediziner umgelegt hätte. José Torrez strich seine Bettdecke glatt. Der Vater in ihm befürwortete den Schuss, der Polizist hätte eine Verhaftung vorgezogen. Abwesend rieb er mit dem Daumen über die Fernbedienung. Schließlich fragte er: »Bereust du es?«

Die berühmte Frage. Drei verpfuschte Leben gegen das eine dieses Dreckskerls. Anne Capestan dachte zu mathematisch, um ihre Tat zu bereuen. Aber sie wusste, dass sie dadurch wie eine Soziopathin wirkte.

»Ich bin mir noch nicht sicher«, antwortete sie heuchlerisch.

Torrez schien das als Ja zu interpretieren.

»Und war es ein Messer?«

»Was?«

»Hatte er ein Messer?«

»Einen Kuli.«

»Und deine Kollegen haben dich gedeckt?«

»Besser: mein Chef. Buron ist danach als Erster in den Schuppen gekommen. Seine Aussage war klipp und klar: Notwehr. Und wenn Buron das sagt...«

Ohne ihn wäre sie nicht nur entlassen worden, sondern mit Sicherheit im Knast gelandet. Er hatte ihr den Hintern gerettet. Und jetzt bekam sie die Quittung.

War es das also? Legte er ihr die Rechnung vor? War diese Brigade mit ihr, der Schuldnerin, an der Spitze geschaffen worden, um den Sündenbock loszuwerden? Sie musste sogar eine unterschwellige Drohung ins Auge fassen: Buron erwartete, dass sie ihn jetzt ihrerseits deckte, sonst würde er auspacken. Wollte er, dass sie die Akten frisierte, die Beweise verschwinden ließ und am Ende die Opfer verriet? Diese Option zog sie selbstverständlich nicht eine Sekunde lang in Betracht.

Aber es würde nicht leicht werden, Buron zu täuschen.

Die Manipulationen des Directeurs hatten ihr Denkvermögen verwirrt. Konnte es wirklich sein, dass ihr Mentor zu einem derartigen Zynismus fähig war? Anne Capestan weigerte sich, das zu glauben. Sie weigerte sich sogar so bereitwillig, dass sie Verleugnung aufkeimen sah. Kühle Analyse. Sie musste die Fähigkeit wiedererlangen, jedes Element ganz objektiv zu untersuchen.

Torrez war immer noch voll und ganz mit ihrer Vergangenheit beschäftigt.

»Wenn Buron dich gedeckt hat, warum bist du dann in dieser Brigade gelandet? Dein Fehler war zwar schwerwiegend, aber einmalig.«

Einmalig. Nichts entsprach weniger der Wahrheit. In den Monaten zuvor hatte Anne Capestan aus Überdruss schon ein paar Kugeln in die Knie von ein paar dicken Schlägertypen gefeuert. Sie hatte nebulöse Fluchtversuche vorgeschützt, die ihr aber weder Buron von der Direktion noch Lebreton von der Dienstaufsicht je abgekauft hatten. In Wirklichkeit war der Schuss im Schuppen nur das Ende einer teuflischen Spirale gewesen, und Capestan hatte ihre Strafversetzung mehr als verdient.

*

Sie hörten Absätze über den Flur klackern, dann klopfte es an Torrez' Tür. Nach seinem »Herein« passierte ein paar Sekunden lang überhaupt nichts. Schließlich öffnete Eva Rosière die Tür einen Spaltbreit und steckte den Kopf hindurch, bevor sie sie ganz aufmachte. Hinter ihr trat Louis-Baptiste Lebreton über die Schwelle. Mit einem etwas umständlichen Handzeichen, das sich nicht zwischen Vorsicht und Teamgeist entscheiden konnte, begrüßten sie José Torrez. Lebreton zog behutsam an der Manschette seines Hemds und lehnte sich an die Wand gegenüber des Betts. Rosière blieb neben ihm und knetete ihre Kette.

»Kommt ihr voran mit der Passagierliste?«, fragte Anne Capestan, die immer noch am Bett des turbantragenden Lieutenants saß.

»Ja. Die Reederei hat ihren Sitz in Miami. Sie schicken die Liste an Évrard, wir sollten sie in zwei oder drei Tagen haben.«

»Perfekt. Und die Beschattung?«

»Da gibt es ein Problem«, gestand Lebreton und verlagerte das Gewicht auf den anderen Fuß.

»Das heißt?«

»Buron ist gut in seinem Job. Es ist schwer, ihm zu folgen, ohne aufzufallen, vor allem, weil er die meisten von uns kennt. Von Weitem, auf der Straße, klappt es noch einigermaßen –«

»Der alte Mann ist ja kein junger Hüpfer mehr, da laufen wir nicht Gefahr, dass er uns abhängt«, unterbrach Eva Rosière ihn feixend.

Vom Flur drangen Geräusche zu ihnen herein – ein rollender Wagen, Tabletts, die abgeräumt wurden, und die energischen Stimmen der Pflegerinnen, die ihre Abendrunde machten.

»Aber vor dem Quai des Orfèvres können wir uns nicht auf die Lauer legen«, fuhr Lebreton fort. »Zwischen den Kameras und den Fenstern ist es unmöglich, unentdeckt zu bleiben. Autos dürfen nicht parken, Touristen gehen nur vorbei. Ich frage mich, ob wir nicht einfach die direkte Überwachung vergessen und je ein Team an den Kreuzungen ringsum postieren sollten, aber wir wären nie genug Leute...«

»Oder wir begnügen uns mit seiner Wohnung und lassen das mit der Arbeit, aber dann ist es keine Observierung mehr«, sagte Rosière in ihrem schillernden weißen PVC-Regenmantel.

Nein, wenn sie Buron schon observierten, würden sie sicher nicht seinen Arbeitsplatz ausnehmen. An den Quai des Orfèvres kam man allerdings nur schwer ran, sie mussten sich etwas einfallen lassen.

»Mit Ferngläsern vom gegenüberliegenden Ufer aus?«, schlug Capestan vor.

Lebreton schüttelte langsam den Kopf.

»Das kann man von den oberen Büros aus sehen, und dann wirkt es sehr verdächtig. Wir haben schon daran gedacht, eine Wohnung zu mieten...«

»...aber Wohnungen für Mindestlohnempfänger direkt an der Seine sind nicht gerade dicht gesät«, vollendete Rosière seinen Satz. »Und von den Großverdienern leiht uns bestimmt keiner ein Fenster gegen einen kleinen Obolus.«

»Wir könnten es mit Beschlagnahmung versuchen«, meinte Capestan grinsend.

»Die wären noch imstande, Beschwerde einzureichen«, sagte Rosière spöttisch.

Ihr war heiß in ihrem Plastikregenmantel, denn Torrez hatte die Heizung hochgedreht. Sie lüftete ihn ein wenig, bevor sie ihn schließlich auszog und sich über den Arm hängte. Anne Capestan fuhr fort: »Wird am Quai des Orfèvres nicht gerade gebaut?«

»Richtig«, bestätigte Commandant Lebreton. »Vor einem Teil des obersten Stocks und auf dem Dach sind Gerüste. Aber selbst wenn wir uns als Bauarbeiter verkleiden, können wir uns da nicht einnisten. Immerhin wollen wir nicht irgendwelche Kleinkriminellen beschatten, sondern die PJ, da spielt das Bauunternehmen niemals mit. Und wir können auch keinen Container unten auf der Straße aufstellen, dafür ist kein Platz, das habe ich überprüft. Nein, vor Ort gibt's keine Möglichkeit, jemanden zu platzieren, ganz sicher, wir haben alles abgesucht.«

»Wir müssen passen«, bestätigte Rosière.

Torrez drückte mit den Fingernägeln auf den Gummiknöpfen der Fernbedienung herum. In Gedanken schritt Anne Capestan die Umgebung des Quai des Orfèvres ab, sah die großen vergitterten Fenster vor sich, die Eingangstür, die Brüstung über den Uferstraßen der Seine, die Kastanienbäume, die wenigen Parkplätze hinter der automatischen Schranke. Weit und breit kein Versteck. Sie mussten eine andere Möglichkeit finden. Eine Idee nahm langsam Form an.

»Wenn es nicht unauffällig geht, machen wir es eben ganz offen!«

Key West, im Süden Floridas,
USA, 2. Mai 1993

Die feuchte Luft roch nach Salz und Blumen. Zwei smaragdgrüne Wellensittiche flatterten in dem Banyanbaum herum, dessen Wurzeln die Fahrbahn aufgebrochen hatten. Diese Farben, diese Hitze, diese Stille. Alexandre wollte nicht nach Frankreich zurück.

Aber er musste. Sie mussten Attila behandeln lassen.

Attila. Der Spitzname war Programm. Der kleine Junge erkundete gerade unter Alexandres wachsamer Aufsicht den Garten. Er schwang eine Schaufel, die normalerweise zum Sandburgenbauen diente, und hieb damit auf alle Bäume in seiner Reichweite ein. Attila benutzte die Schaufel nie, um etwas zu bauen. Alexandre seufzte, zog ein Taschentuch hervor und trocknete sich die schweißnassen Schläfen.

Der junge Mann vom Fahrradverleih ging vor dem Zaun vorbei und hob grüßend die Hand. Auf seiner Schulter hockte sein treuer Piratenpapagei und schwankte würdevoll. Sie waren unterwegs in Richtung Sloppy Joe's in der Duval Street. Alexandre hätte jetzt auch einen schönen alten Bourbon vertragen können. Frankreich. Schluss mit dem

Tauchen, Schluss mit dem Leben in Leinen und Baumwolle. Zurück in den Beruf, zu Rollkragenpullover und Uniform. Die Liebesauszeit hatte lang genug gedauert.

Ein Hahn kam aus einem Fußweg marschiert. Auf den breiten, baumgesäumten Straßen war nie viel Verkehr, und die wenigen Autos fuhren immer Schritttempo, deshalb überquerte er zuversichtlich die Fahrbahn und steuerte auf das geöffnete Gartentor von Alexandres Haus zu. Der zischte, um ihn zu verscheuchen, aber das dämliche Tier blieb hartnäckig. Die Hähne hier waren es gewohnt, sich frei zu bewegen. Die Bewohner hatten sie auf der Insel angesiedelt, damit sie die Skorpione fraßen. Die Hähne erfüllten ihren Teil der Abmachung, dafür wurden sie in Ruhe gelassen. Mit aufgestelltem Kamm und geschwellter Brust stolzierte das Tier in den Garten. Attila bemerkte es sofort und stürzte schreiend und mit erhobener Schaufel darauf zu. Mit einer schnellen Handbewegung stoppte Alexandre das Kind mitten im Lauf und klemmte es unter den Arm. Rot vor Wut strampelte Attila mit den Beinen, aber unter dem Druck von Alexandres unerbittlichem Arm gab er irgendwann auf. »In ihm fließt das Blut eines Guerilleros«, sagte seine Mutter immer, und ihre Augen glänzten vor kubanischem Stolz.

Ein Guerillero würde seine Kraft für die Revolution aufsparen.

Ein weißer Pick-up mit Schlammspritzern an den Seiten hielt an der Bordsteinkante. Rosa zog die Handbremse an, stieg aus und ging um das Auto herum, um die Beifahrertür zu öffnen. Sie löste den Gurt des Kindersitzes und hob vorsichtig den kleinen Gabriel heraus. Die Tränen auf seinen Wangen waren schon lange getrocknet, und seine winzige Hand umklammerte eins der bunten Bonbons, die man beim Kinderarzt bekam. Der Verband um den kleinen Finger machte das nicht leicht. Mit enger Brust warf Alexandre Rosa einen fragenden Blick zu. Die wartete, bis sie bei ihm war, bevor sie auf das Pflaster über Gabriels Ohr deutete.

»Das Ohrläppchen war ganz abgebissen, sie konnten es nicht wieder annähen.«

39.

»Glaubst du, wenn sich die Nummer 36 am Quai des Orfèvres 38 befände, würden sie trotzdem alle ›Die 36‹ nennen?«, fragte Dax.

Évrard tat höflicherweise kurz so, als würde sie überlegen, bevor sie antwortete: »Nein.«

Sie saßen auf der Brüstung gegenüber dem Eingang des Hauptsitzes der Pariser Kriminalpolizei und beobachteten die Fenster des dritten Stocks, wo sich die Direktion befand.

»Aber ›Die 38‹ klingt nicht so gut. Wobei, es geht noch schlimmer: Die 132B. Stell dir mal vor: ›Ich arbeite in der 132B.‹ Da würden sich die Jungs einen neuen Namen einfallen lassen, darauf kannst du wetten.«

Évrard lächelte und ließ den Blick über die Seine schweifen. Hinter der gewaltigen Glasfront seiner Führerkabine steuerte ein Flussschiffer seinen Frachtkahn mit sicherer Hand. In der anderen hielt er eine Tasse und genoss einen Kaffee unter der morgendlichen Herbstsonne, gegen die sich die Bäume, Brücken und Häuser scharf abzeichneten. Évrard beneidete den Schiffer um seine Freiheit. Sie schlenkerte rhythmisch mit den Beinen, um trotz der eintönigen Observierung nicht einzuschlafen. Der raue Stein drückte sich durch den Stoff ihrer Jeans.

Sie war heute für die Beschattung von Buron eingeteilt, zusammen mit Dax, und hoffte, sich nicht komplett der Lächerlichkeit preiszugeben. Über ihrer Windjacke trug sie ein T-Shirt zur Schau, auf das Orsini, ihr talentierter Lettrist, »Kommissariat im Ausstand« geschrieben hatte – Capestans Idee: Wenn sie Buron nicht verdeckt observieren konnten, taten sie es eben vor aller Augen, in der idealen statischen Position von Langzeitstreikenden. Keinerlei Mittel, wenig Befugnisse: Ihre Brigade von Ausgemusterten konnte so einige Forderungen stellen, und das sollten sie ausnutzen, hatte die Chefin gesagt. Évrard fand den Plan nur wenig überzeugend und hatte eingewandt, dass Buron sich, sobald er sie bemerkte, nicht mehr aus der Deckung wagen würde. Capestan hatte erwidert: »Er glaubt bestimmt nicht, dass wir ihn beschatten, sondern wirklich an einen Streik, er hält uns für Idioten. Und wenn nicht, auch egal, wir wissen sowieso nicht, was wir überhaupt suchen, nur, dass es irgendwie mit dem Quai des Orfèvres in Verbindung steht, da können wir genauso gut erst mal alles beobachten, was da vor sich geht. Dann sehen wir auch, wen unsere Anwesenheit nervös macht.«

Dax hatte sein T-Shirt selbst verziert, mit der Aufschrift »REVIER SIEHT ROT« in grellen verschmierten Großbuchstaben. Gemeinsam mit Lewitz hatte er auch über »Scheine statt Schelte«, »Nicht gaffen, mehr Waffen!«, »Wir sind Bullen, keine Nullen« und sogar »Vorwärts, Stade Français!« nachgedacht. Bei Letzterem hatten sie sich minutenlang gekringelt vor Lachen. Um des lieben Friedens willen hatte Anne Capestan mit besorgt glänzenden Augen den harmlosesten der Sprüche ausgewählt. Außerdem hatte sie es für klüger erachtet, die beiden Freunde für diese Mission zu trennen.

Als Évrard und Dax um acht Uhr angekommen waren, eine knappe Minute nach Buron, hatte der Schutzpolizist, der vor dem Eingang Wache schob – ein junger Muskelprotz mit blasser Haut und kurzen Armen –, sie neugierig gemustert. Mit einem spöttischen Grinsen hatte er irgendeinen Vorgesetzten angerufen, um zu fragen, was er mit den zwei »streikenden Kollegen« anstellen solle, die schweigend demonstrierten. Anscheinend war die Antwort »Loswerden!« gewesen, denn er war postwendend zu ihnen herübergeschlendert und hatte sie freundlich aufgefordert, ihrer Wege zu gehen. Das hatte Évrard kategorisch abgelehnt. Daraufhin war der Botenjunge in Erwartung neuer Anweisungen abgezogen und kurz darauf in Begleitung zweier anderer Schutzpolizisten mit ebenso amüsierten Mienen wieder aufgetaucht.

Sie hatten Dax am Ellbogen gepackt, um den Platzverweis durchzusetzen. Der Lieutenant hatte gebrüllt, als würden sie ihn in Stücke reißen: »Polizeigewalt! Polizeigewalt!« Passanten hatten sich umgedreht, Touristen hatten Fotos geschossen, und schließlich hatte das Funkgerät des Botenjungen geknackt, und irgendein hohes Tier hatte von seinem Fenster aus den Befehl gegeben, sich nicht weiter um sie zu scheren, bevor sie noch die ganze Stadt aufhetzten.

Seitdem beobachteten Évrard und Dax ungehindert das Kommen und Gehen, ein Auge auf Burons Fenster geheftet.

Évrard, die ihre Tarnung sehr ernst nahm, bemühte sich um die würdevolle Miene einer zu Unrecht bestraften Polizistin, aber Dax und seine für alle offensichtliche Begeisterung machten ihr die Sache nicht leicht. Die Äste des Kastanienbaums, der auf der Uferstraße stand, kitzelten sie beim kleinsten Windhauch am Kopf, was auch nicht gerade zu ihrer Konzentration beitrug. Trotzdem entging Lieutenant

Évrard und ihrem gespielt gleichgültigen Blufferblick kein Detail. Um mit ihrer Chefin zu kommunizieren, die sich auf einer Bank auf der Place Dauphine postiert hatte, benutzte sie das Headset ihres Handys. Sie hatte beide Stöpsel in den Ohren, als würde sie Musik hören. Anne Capestans Flatrate gewährleistete eine ständige Verbindung.

Dax klemmte sich die Stange des Transparents mit der Aufschrift »HUNGERSTREIK« zwischen die Knie, um die Hände freizuhaben, dann zog er aus seinem graugelben Rucksack ein Sandwich von der Größe des Pariser Telefonbuchs. Als er die Alufolie abwickelte, durchdrang ein markanter Wurstgeruch die frische Herbstluft.

»Willst du ein Stück?«, bot der junge Lieutenant seiner Partnerin an. »Ist mit Schinken, Hähnchen, Speck und Pastrami. Hat meine Mutter gemacht. Die kennt sich mit Sandwiches aus. Nur ein bisschen Senf und überhaupt kein Salat, so weicht das Brot nicht durch. Und sie schlägt immer ein Küchentuch drum, damit es nicht nach Alufolie schmeckt. Mal probieren?«

Évrard lehnte lächelnd ab, und Dax biss sichtlich zufrieden in sein Monument. Der Schutzpolizist kam leicht eingeschnappt auf ihn zu.

»Ich dachte, du bist im Hungerstreik?!«

Dax nickte heftig mit vollem Mund. Er öffnete gerade die kräftigen Kauleisten, um zu antworten, da entschlüpfte ihm ein Krümelregen. Sofort schloss er sie wieder, er wollte ja das gute Sandwich nicht verschwenden. Évrard half ihm aus der Verlegenheit, indem sie sich das Transparent schnappte.

»Ich übernehme für zwei Stunden. Er hat Pause.«

»Ihr wechselt euch ab? Ihr macht Mittagspause bei einem Hungerstreik?«, hakte der Polizist nach.

»Genau«, bestätigte Évrard, während Dax mit aufeinandergepressten Lippen noch einmal nickte.

»Haltet ihr uns für blöd?«

Das war unverkennbar. Sie musste den Vorwurf kontern, damit sie ihre Glaubwürdigkeit und ihren Beobachtungsposten nicht verloren. Évrard schöpfte aus ihren Verbitterungsreserven und gab passiv-aggressiv zurück: »Nein, *ihr* haltet *uns* für blöd. Also passen wir uns an. Wir sind diszipliniert. Das macht einen guten Polizisten doch aus, oder? Dann müssen die Bosse uns zurück in eine normale Brigade für normale Polizisten versetzen.«

Sie hatte nicht geplant, auf den Botenjungen loszugehen, aber sie hielt ihre Rede, um nicht aus der Rolle zu fallen. Während sie sprach, nahm sie einen Ohrstöpsel heraus, das wirkte natürlicher. Durch den anderen hörte sie, wie Capestan den Wortwechsel amüsiert verfolgte.

Ein Lichtreflex auf dem Bürofenster des Directeurs erregte Évrards Aufmerksamkeit. Buron ging davor auf und ab. Schließlich blieb er ein paar Sekunden stehen, schaute sie an und hob grüßend die Hand. Sie wartete, bis der Schutzpolizist weg war, um Capestan zu benachrichtigen: »Buron sagt Hallo.«

»Hast du den Eindruck, dass er dich einfach begrüßt, dass er überrascht ist oder dass er dich verarscht?«

Évrard dachte kurz nach, bevor sie sich eingestand: »Letzteres, würde ich sagen.«

Hundert Meter weiter fragte sich Anne Capestan einmal mehr, was Buron vorhatte und ob er erkannt hatte, dass sie ihn observierten. Sie saß neben dem Pétanquefeld, das die Place Dauphine beherrschte, dieses charmante Fleckchen

Provinz direkt gegenüber dem strengen Palais de Justice, genoss den Panoramablick und organisierte die Observierungsschichten. Während sie mit einem Ohr bei Évrard und Dax war, erfreute sie sich mit dem anderen an der laufenden Pétanquepartie, dem dumpfen Aufprall der Metallkugeln, dem gedämpften Rollen über den mit kleinen Kieselsteinen durchsetzten Sand, den Beleidigungen, Spötteleien und Ratschlägen, die mit drängender Überzeugung gerufen wurden. Man hatte Spaß, aber man wollte auch gewinnen. Um jeden Preis, ein Spiel nach dem anderen.

Anne Capestan scannte unaufhörlich die Umgebung. Ein junger Mann mit Dreadlocks überquerte gerade den Platz. Er sah aus, als hätte er einen schlafenden Kraken auf dem Kopf. Weiter hinten fuhr ein anderer junger Mann auf dem Fahrrad vorbei. Er trug einen grünen Helm und Bermudashorts.

Anne Capestan richtete sich auf. Das war das Eichhörnchen! Und zwar auf dem Fahrrad, vor dem Merlot eigentlich auf der Lauer liegen sollte. Egal. Sie hatten ihn wiedergefunden, jetzt durften sie ihn nicht noch einmal entkommen lassen. Er fuhr auf den Eingang des Quai des Orfèvres zu. Capestan griff nach dem Mikro ihres Headsets und verständigte Évrard: »Wir haben eine neue Hauptzielperson. Der Junge, den ich mit Torrez verfolgt habe, taucht gleich zu eurer Linken auf. Grüner Fahrradhelm. Verliert ihn nicht aus den Augen.«

Das Fahrrad war gerade erst aus ihrem Sichtfeld verschwunden, da klingelte ihr zweites Telefon. Sie hob ab. Es war Eva Rosière: »Anne? Das errätst du nie!«

»Buron steht auf der Passagierliste?«

»Nein. Also, keine Ahnung, die haben wir noch nicht. Aber wir haben etwas Besseres: Am 2. Juni 2005 hat ein Gericht in Miami die Schifffahrtsgesellschaft dazu verurteilt, den Überlebenden eine Entschädigung zu zahlen. Um das zu feiern, hat der Verband der französischen Opfer ein Fest in Boulogne veranstaltet, und wir haben ein Video von diesem Abend. Wir haben das Datum mit Torrez' Nachforschungen über Marie Sauzelles Terminkalender abgeglichen, und die Feier könnte mit der Mordnacht übereinstimmen.«

»Das müssen wir uns ansehen. Wir haben keinen Videorekorder im Kommissariat, wo kriegen wir –«

»Klar haben wir einen«, unterbrach Rosière sie selbstgefällig. »Videorekorder, DVD-Player, Blu-ray-Player, Flachbildfernseher, ich habe sogar CanalSat bestellt. Sollen wir auf dich warten?«

»Ja. Ich rufe Orsini an, er soll mich hier ablösen.«

Anne Capestan legte auf und durchsuchte ihre Kontakte nach Orsinis Nummer. Sie lächelte abschätzig. CanalSat, ernsthaft?

Dax nutzte seine Observierungspause für eine schnelle Dusche zu Hause. Als er frisch angezogen war, tauchte er die Finger tief in die Dose Haargel für extrastarken Halt. Danach verteilte er die Substanz zwischen den Handflächen und trug sie gleichmäßig auf das kurze, feuchte Haar auf. Er kämmte es zur Seite und vollendete sein Werk, indem er die Spitzen mit Daumen und Zeigefinger zurechtzupfte. Zufrieden mit dem Ergebnis lächelte er seinem Spiegelbild auf dem Arzneischränkchen zu und wusch sich gründlich die Hände. »Ein anständiges Mädchen schaut auf anständige Hände«, sagte seine Mutter immer. Dax' Hände waren tadellos, er würde nicht erst nach einem Waschbecken suchen müssen, wenn das anständige Mädchen vorbeikam. Er trocknete sie sorgfältig an einem blütenweißen Handtuch ab, bevor er seiner Körperpflege den letzten Schliff verpasste und sich mit Kölnisch Wasser einsprühte. Dax roch gerne gut. Er verstand Jungs wie ihre Zielperson nicht. Auf dem Fahrrad geriet man doch ins Schwitzen! Trotzdem hatte der Junge anscheinend ziemlich gute Beziehungen. Er war seelenruhig in den Quai des Orfèvres marschiert, ohne sich auszuweisen. Als wäre er dort zu Hause.

40.

Das Video würde Antworten liefern. Anne Capestan drückte auf Play. Das Flimmern auf dem Fernsehschirm wich ein paar Streifen, dann stabilisierte sich das Bild endlich. Eva Rosière und Louis-Baptiste Lebreton verstummten. Sie lauschten dem Band, das sich im Videorekorder drehte.

Die Gedenkfeier fand im Freien statt. Auf einem breiten Betonplatz hatte man ein Podium aus Brettern mit einer riesigen Leinwand darüber errichtet. An den Seiten waren lange Tische aufgebaut. Die rechts waren mit Bänken versehen, die links fungierten als Büfett, mit Servierplatten aus Pappe, auf denen appetitliche Häppchen standen. Am Ende der Tafel umschlossen kleine Türmchen aus Plastikbechern Weinkaraffen, Wasserflaschen und Safttüten. Nicht so schick wie die Gartenparty in den Jardins de l'Élysée, aber der Himmel war trotz der späten Stunde noch strahlend blau, und die Gäste begrüßten sich herzlich.

Der Mann im Anzug auf dem Podium klopfte auf das Mikrofon. Er sagte ein paar Worte und warf dem Techniker einen ratlosen Blick zu. Eine laute Rückkopplung zerschnitt die Luft. Wie auf Kommando drehten sich die verstreuten Grüppchen zur Bühne.

Die statische Kamera war ihm gegenüber positioniert. Sie erfasste den gesamten Platz und war auf das Podium und die Leinwand ausgerichtet. Der Anzugträger errötete. Tief über das Mikro gebeugt, begann er mit seiner Ansprache. Erst beim dritten oder vierten Wort gingen die Lautsprecher an: »... meine lieben Freunde, auf dass dieses Jahr kein Jahr des Vergessens wird.«

»Da! In der linken unteren Ecke!«, rief Eva Rosière. »Unsere Löckchen-Oma.«

Es war eindeutig Marie Sauzelle. Aber noch kein Buron, und das erleichterte Capestan. Sie wollte auf keinen Fall die große, ein wenig rundliche Gestalt des Directeurs entdecken. Sie scannte hektisch die Menge und hoffte, nichts zu finden. Plötzlich erregte eine andere, hagerere Gestalt ihre Aufmerksamkeit. Sie deutete auf den Fernsehschirm, um Rosière und Lebreton darauf hinzuweisen. Sie warteten, bis der Mann sich umdrehte, um sicherzugehen. Kein Zweifel.

»Valincourt«, sagte Lebreton.

»Was treibt der denn da?«, fragte Rosière. »Schau...«

Marie Sauzelle trat auf Valincourt zu, begrüßte ihn und blieb neben ihm stehen. Sie wechselten ein paar Worte, die Augen weiter auf den Mann auf der Bühne gerichtet. »Nach monatelangen Recherchen konnte der Ausschuss, für den ich hier spreche, eine filmische Hommage an die Opfer des Unglücks von...«

Valincourt fuhr zusammen. Er hörte seiner Nachbarin nicht mehr zu.

»... und während die Fotos gezeigt werden, möchte ich Sie bitten, andächtiges Schweigen zu wahren.«

Die ersten Töne von *Les étoiles du cinéma* erklangen, und

auf der Leinwand erschien ein Gesicht nach dem nächsten, während der Anzugmann die Namen herunterbetete.

»Meine Güte, wie altmodisch«, murmelte Eva Rosière.

Lebreton schüttelte nur leicht den Kopf, und Capestan fixierte weiter die linke untere Ecke des Fernsehschirms. Valincourt stand stocksteif da. Marie Sauzelle zog ein Taschentuch hervor und fing an, sich die Augen zu betupfen. Plötzlich hielt sie inne und starrte die Leinwand an, dann Valincourt, dann wieder die Leinwand. Der Film dauerte noch ein paar Sekunden, danach wurde die Leinwand schwarz.

Jetzt wandte Marie sich ganz dem Divisionnaire zu und redete lebhaft auf ihn ein. Er machte eine abwehrende Bewegung und legte der alten Dame beruhigend, aber autoritär die Hand auf die Schulter. Die nickte, wirkte jedoch nicht überzeugt. Trotzdem ging sie mit Valincourt ans Büfett. Sie verließen teilweise den Bildausschnitt. Bald darauf endete das Video.

»Ich frage mich, was Sauzelle ihm wohl erzählt hat, dass er so aus der Fassung geraten ist«, sagte Anne Capestan und drückte auf den Stand-by-Knopf.

Sie ließ die Kassette auswerfen und steckte sie zurück in ihre Plastikhülle. Dank eines einzigen Videos wussten sie mehrere Dinge mit Gewissheit. Capestan zählte sie auf: Valincourt gehörte wie Marie Sauzelle zum Opferverband, also war er genau wie sie auf der *Key Line Express* gewesen, der Fähre, auf der Yann Guénan gearbeitet hatte. Alle drei waren sich folglich zwangsläufig schon einmal begegnet. Zudem hatte der Divisionnaire Marie Sauzelle kurz vor ihrem Tod erneut getroffen.

»Ich glaube, wir können Buron vergessen«, bemerkte Eva Rosière. »Wir haben einen anderen Bullen…«

Anne Capestan nickte mit nur schlecht kaschiertem Eifer. Sie eilte zu den Akten, die sich auf ihrem Schreibtisch stapelten. Zurück beim Sofa breitete sie die Berichte aus der Akte Yann Guénan auf dem Couchtisch aus. Gleichzeitig beugten sich die drei Köpfe darüber, um die Unterschriften zu überfliegen. Kein Valincourt.

»Aber bei Marie Sauzelle war er definitiv, und bei Maëlle Guénan auch, da haben wir ihn gesehen«, sagte Capestan.

»Wir haben unseren Schuldigen!«, posaunte Rosière.

»Langsam, langsam«, bremste Lebreton. »Er war an einer Ermittlung beteiligt und kannte zumindest eins der Opfer. Daraus gleich zu folgern, dass er der Mörder ist –«

»Warte mal, Louis-Baptiste«, sagte Capestan. »Er kannte ein Opfer, aber diese Tatsache hat er verschwiegen. Sowohl bei den damaligen Ermittlungen als auch bei meinem Besuch. Er hat sogar betont, er habe sie erst kennengelernt, als sie bereits tot war. Das ist schon sehr verdächtig.«

Lebreton lehnte sich zurück und schlug die Beine übereinander. Der Commandant war kein Mann der voreiligen Schlüsse.

»Möglich. Wir müssten den Grund für sein Schweigen klären. Außerdem –

»Der will uns wohl verarschen! Kommt da der IGSler in dir durch?«, rief Rosière. »Wenn wir's dir doch sagen, der Kerl stinkt zum Himmel.«

»Okay, okay, reg dich ab, Eva. Was machen wir jetzt?«, fragte Lebreton, gegen seinen Willen belustigt.

»Wir beschatten Valincourt statt Buron, gleiches Profil, gleiche Vorgehensweise«, bestätigte Capestan.

»Mit dem, was wir haben, könnten wir ihm doch einen Höflichkeitsbesuch abstatten, oder?«, drängte Rosière.

»Nein, das ist zu früh«, meinte Capestan. »Wir haben noch nicht genug Beweise, um ihn zu vernehmen.«

»Soll das ein Witz sein?«

»Nein. Wir haben keine Handhabe. Keine DNS, keine Fingerabdrücke, nur Vermutungen.«

»Wir haben schon Leute für weniger genervt...«

»Ja, aber jetzt haben wir es auf Valincourt abgesehen, Monsieur Drei-Rosetten-im-Knopfloch. Wir können nicht frontal drauflosstürmen, sonst fliegen wir auf die Schnauze wie bei Riverni. Wir brauchen das Motiv und ein Mindestmaß an Vorbereitung. Wir müssen den Divisionnaire in- und auswendig kennen, bevor wir angreifen.«

Es war schön und gut, den Mörder identifiziert zu haben – jetzt mussten sie ihn festnageln.

41.

Im Kommissariat herrschte begeisterte Betriebsamkeit. Wo man hinschaute, wurde angestrengt ermittelt.

Merlot hatte die Füße auf seinen Schreibtisch gelegt und die Wampe zwischen die Armlehnen eines Bürostuhls geklemmt, der besorgniserregend ächzte. Den Hörer in der einen, ein Glas Whisky in der anderen, spielte er den spießig gewordenen Marlowe und plauderte mit dem Höchsten, was die Personaldirektion der PJ hergab.

»Genau, werter Freund, eben der Valincourt, der die Zentralbrigaden leitet. Für einen kleinen Fisch würde ich dich ja nicht stören. Ach, na ja, nur das Übliche: Eltern, Ehefrau, Kinder, Ausbildung, frühere Posten, was er zum Frühstück isst und welche Farbe seine Unterhosen haben. Nichts Indiskretes, nicht wahr«, lachte er augenzwinkernd, wie ein Freimaurer, der auf einen alten Freund aus der Loge trifft. »Genau, Vergütung in Napoléon-Cognac oder ›flüssig auf die Kralle‹, wie man sagt.«

Louis-Baptiste Lebreton pinnte ein kleines Plakat mit den Observierungsschichten an die Wand. Gerade verfolgte Évrard das Eichhörnchen, und Orsini kümmerte sich um Divisionnaire Valincourt. Anschließend entwirrte der Commandant die Kabel seines Headsets und begann mit seiner großen Anrufrunde: »Kannten Sie diesen Mann auch außerhalb seiner Funktion als Ermittler?« Während er redete, den Blick auf einen entfernten Gesprächspartner gerichtet, bewegte er sich langsam in Richtung Terrasse und blieb vor den Dächern von Paris stehen.

Lewitz war zusammen mit Eva Rosière in der Tiefgarage verschwunden. Rosière hatte ein Fahrzeug besorgt, das etwas geeigneter für Observierungen war als der kanariengelbe Laguna des Brigadiers. Sie war ohne Lewitz wieder aufgetaucht, der unbedingt gleich sein neues Spielzeug zähmen wollte. Dax, der frisch geduscht ins Kommissariat zurückgekehrt war, hatte sich vor seinem Computer postiert, die Nase zwanzig Zentimeter vor dem Bildschirm, die Hände auf der Tastatur, und starrte Anne Capestan an wie ein Stenotypist in Erwartung des Diktats.

Capestan wusste, dass sie ihre Worte mit Bedacht wählen musste.

»Merlot übernimmt Valincourts Familie und seinen Lebenslauf. Von dir hätte ich also gerne, dass du mir seine Telefonabrechnungen organisierst, Festnetz und Handy. Wir suchen nach einem Anruf an eine von diesen Nummern«, sagte sie und reichte ihm ein Post-it mit Maëlle Guénans Kontaktdaten. »Außerdem bräuchte ich seine Kreditkartenabrechnungen, genauer gesagt die Details über einen Messerkauf.«

»Eine Tatwaffe zahlt man normalerweise bar«, bemerkte Eva Rosière und schlenderte mit Yann Guénans Logbuch in der Hand zu ihnen herüber.

»Stimmt, aber man weiß ja nie!«

»Soll ich dir auch seine Internetidentität zusammenstellen?«, schlug Dax vor.

Rosières Gesicht wurde vor Belustigung noch runder.

»Glaubst du etwa, der Herr mit der Apachenvisage hat ein Facebook-Profil? Und vielleicht noch einen Twitter-Account, auf dem er jeden Tag kundtut, wie er drauf ist?«

Capestan ignorierte Rosière und ihre übliche Ironie.

»Ja, sein digitaler Fingerabdruck interessiert mich auch. Such alles raus, was dir wichtig erscheint, Dax, aber wir haben nicht viel Zeit.«

Der Lieutenant legte zwei Finger an die Schläfe und salutierte, bevor er sich mit einem seligen Lächeln seinem Gerät zuwandte.

Zwei Stunden später gab er mit schweißglänzender Stirn das Signal zum Sammeln.

»Ich hab alles!«

Sofort kamen Anne Capestan, Louis-Baptiste Lebreton und Eva Rosière zu seinem Schreibtisch. Vor dem Hacker lag ein sorgfältig geschichteter Stapel Ausdrucke. Er reichte Capestan ein Blatt nach dem anderen: »Abrechnung der Fnac-Karte, der Ikea-Karte, der Bizzbee-Karte, der Sephora-Karte...«

Leicht fassungslos nahm Capestan die Dokumente in Empfang und überflog die himmelschreiend nutzlosen Informationen. Eva Rosière sagte eher enttäuscht als spöttisch: »Also wirklich, Dax, kannst du dir den Divisionnaire mit einer Sephora-Karte vorstellen?«

»Na und, die hab ich selber auch!«

»Capestan wollte die Kreditkarte, keine Kundenkarten.«

»Oh. ›Kredit‹ habe ich nicht gehört. Aber so haben wir doch trotzdem eine Menge Infos über Valincourt.«

»Nur über den falschen Valincourt: Dein Divisionnaire heißt Charlotte.«

Eingeschnappt hielt Dax Capestan weiter seine Blätter hin, und die las sie mechanisch weiter quer. Sie legte Rosiére die Hand auf den Arm, um sie zu unterbrechen.

»Warte mal kurz. Auf der Telefonabrechnung hier steht tatsächlich Maëlle Guénans Nummer ... Valincourt, Vorname Gabriel, wie bei den Kundenkarten von Decathlon, Rougier & Plé ... Das ist nicht der Vater, sondern der Sohn! Dax, hast du ein Facebook-Profil für Valincourt gefunden?«

Der Lieutenant bewegte seine Maus und klickte. Die Seite erschien auf dem Bildschirm.

»Wir haben ihn!«, rief Capestan und ballte die Faust. »Schaut euch das Profilbild an!«

»Ja klar, du hast recht«, sagte Dax. »Ohne seinen Helm habe ich ihn gar nicht erkannt. Das ist der Typ vom Quai!«

Endlich hatten sie ihn identifiziert. Das Eichhörnchen hieß Gabriel Valincourt, Sohn des Commissaire Divisionnaires Alexandre Valincourt, Direktor der Zentralbrigaden der Kriminalpolizei und Hauptverdächtiger in drei Mordfällen. Und dieser Sohn hatte Maëlle Guénan am Abend vor ihrer Ermordung angerufen.

»Tolle Arbeit, Dax!«, gratulierte Capestan freudestrahlend.

Sie standen noch ein paar Minuten glücklich und verblüfft neben dem Computer, während Pilou zu ihren Füßen zurückhaltend mit dem Schwanz wedelte. Dax und seine einzigartigen Methoden hatten ihnen gerade zu einer wichtigen Entdeckung verholfen.

Der Tag neigte sich langsam dem Ende zu. Orsini observierte den Divisionnaire, und Lewitz war nach Hause gegangen, aber der Rest des Teams saß noch im Kommissariat und genoss eine wohlverdiente Erholungspause. Merlot hatte, bevor er Évrard bei der Beschattung des Eichhörnchens ablöste, den Rückruf des Personalleiters erhalten: Valincourt, Witwer und Vater eines Sohnes, hatte ganz zu Anfang seiner Laufbahn eine zweijährige Fortbildung in Miami absolviert und sich anschließend beurlauben lassen, um mit seiner Familie in Florida zu bleiben. Das Fährunglück müsste sich auf seinem Rückweg nach Frankreich ereignet haben.

José Torrez wiederum hatte sie über seine Entlassung aus dem Krankenhaus informiert und sich nicht ausreden lassen, an der Observierung teilzunehmen. Er war zwar offiziell krankgeschrieben, aber sich in dieser Brigade auf die Dienstvorschrift zu berufen, wäre Anne Capestan lächerlich erschienen. Und Torrez mit Versicherungen zu kommen, grenzte schon an Absurdität. Also würde er mit ihr zusammen die Schicht am nächsten Tag vor Valincourts Wohnung auf dem Boulevard Beaumarchais übernehmen. Ihr Partner hatte Tortilla als Verpflegung versprochen.

Gegen eins der neuen Küchenmöbel gelehnt, beobachtete Anne Capestan ihre Kollegen, die die tief stehende Abendsonne auf die Terrasse gelockt hatte. Évrard und Dax standen an der Brüstung und plauderten einträchtig, während sie sich eine Tüte Dragibus teilten. Eva Rosière saß an dem kleinen schmiedeeisernen Tischchen und schrieb eine Seite nach der anderen voll, nur um sie achtlos in ihre Handtasche zu stopfen. Pilou zu ihren Füßen überprüfte jedes neue Blatt mit einem unauffälligen Schnüffeln. Louis-Baptiste Lebreton lag in einem der Liegestühle und wirkte verärgert über eine Mücke, die sich auf dem Revers seines Jacketts niedergelassen hatte. Er wollte sie gerade wegschnipsen, da hielt er abrupt inne. Capestan dachte zuerst, er wolle sie nicht zerquetschen und seinen Kragen beflecken, aber der Commandant vermied sogar zu atmen. In Wirklichkeit wollte er das Tier nicht verletzen. Sie sah, wie er behutsam eine Hand unter das Jackett schob und leicht von innen gegen den Stoff klopfte. Die Mücke flog davon, und Lebreton machte es sich zufrieden wieder bequem. Seine Vorliebe für friedliche Lösungen erstreckte sich selbst auf Insekten, da ging er keine Kompromisse ein. Mit jedem Tag lernte Capestan ihr Team mehr zu schätzen. Zumindest die Exemplare, die sie bereits kannte, immerhin war ihre Belegschaft bedeutend größer als das Dutzend derzeit diensttuender Bullen.

Lebreton warf einen Blick auf seine Uhr. Es war halb acht. Er streckte sich und schaffte es, elegant aus seinem Liegestuhl zu klettern. Er schlug vor, Pizza zu bestellen. Sie einigten sich auf zwei Reginas, eine Napoletana, eine Quattro Stagioni mit extra Käse und drei Becher Vanille-Macadamia-Eis.

Ein Festmahl später war der Couchtisch von leeren Pizzakartons bedeckt. Eine Rolle Küchentücher, deren Blätter als Teller gedient hatten, war auf den Boden gefallen. Dax hob sie auf, bevor er das Eis aus dem Gefrierschrank holte. Plötzlich fiel Anne Capestan ein, dass Donnerstag war. Und dass sie einen Fernseher hatten.

»Dritte Staffel *Laura Flammes*!«, freute sie sich und griff nach der Fernbedienung.

Eva Rosière, die auf dem Sessel saß und Pilou unauffällig mit dem Rand ihrer Pizza fütterte, warf ihr einen Seitenblick zu. Sie wusste nicht, ob Capestan sie veralberte oder nicht. Aber die schaute konzentriert in Richtung Fernseher und zog die Beine an, während sie sich kurz umwandte.

»Ich sag das nicht, um dir zu schmeicheln, aber ich liebe deine Serie. Ich habe bisher vielleicht drei oder vier Folgen verpasst, maximal!«

Ausnahmsweise hatte es Eva Rosière die Sprache verschlagen. Was ihre Serie und die Kritik anging, die sie dafür einstecken musste, hatte sie sich einen Vorrat an scharfen Repliken zurechtgelegt, aber keine Dankesworte, aus Mangel an Gelegenheit. Noch nie hatte ein Kollege so rundheraus zugegeben, dass er *Laura Flammes* verfolgte. Trotzdem holten nach und nach alle ihre Stühle, Sessel, Sitzkissen heran und versammelten sich vor dem Fernsehschirm. Die immer noch sprachlose Rosière drückte den Hund auf ihrem Schoß ein wenig fester an sich.

Kaum erklang das Intro, kläffte der gut dressierte Fan Pilou vorfreudig. Als der Name Eva Rosière auf dem Schirm erschien, fragte Dax mit einem Flüstern, das die Musik übertönte: »Und, kommen wir in der nächsten auch vor?«

Anne Capestans Handy vibrierte. Sie entfernte sich ein Stück und hob ab, kehrte aber einen Moment später zurück. Die Handlung hatte noch nicht angefangen, und Lebreton nutzte die Gelegenheit, um sich zu ihr hinüberzubeugen: »Gibt's was Neues?«

»Merlot hat das Eichhörnchen verloren.«

»Nicht schlimm, jetzt wissen wir ja, wo wir ihn finden. Wir sollten uns sowieso mal mit ihm unterhalten, oder?«

Capestan nickte langsam. Ihr war gerade eine Idee gekommen.

»Ja. Vielleicht nehmen wir ihn sogar in Gewahrsam.«

Lewitz betrat seine Werkstatt mit dem frisch geschrubbten Betonboden und zog einen Blaumann über. Er machte den Reißverschluss zu, bevor er von den fein säuberlich aufgereihten Werkzeugen auf der Werkbank einen Drehmomentschlüssel auswählte. Er ging zur Hebebühne hinüber und betrachtete hingerissen das Juwel, das darauf thronte: Servolenkung, Vorderradantrieb, zwei Lenkachsen und ein Wenderadius von drei Meter fünfzig. Ein Wunderwerk der Technik. Lewitz' Nacken kribbelte vor Vorfreude. Nur die Motorisierung, ein VM HR 494 HT3 Turbo Diesel mit 2800 Kubikzentimetern Hubraum, erschien ihm ein wenig bescheiden – aber daran konnte man arbeiten.

42.

Das Funkgerät rauschte und stieß sporadisch ein paar Adressen aus. Der frisch aus dem Krankenhaus entlassene José Torrez war seinen Kopfverband los, hatte allerdings den rechten Arm noch in einer Schlinge. Er saß auf der Kante des Beifahrersitzes und drehte mit der linken Hand an den Knöpfen. Den Zeigefinger auf den unteren Teil des Lenkrads gelegt, bemühte Anne Capestan sich angestrengt, das Knacken zu ignorieren, und beobachtete Valincourts Wohnhaus auf der gegenüberliegenden Seite des Boulevards Beaumarchais. Der Unfall hatte für ihren Partner das Ende seiner Pechsträhne eingeläutet und so eine dauerhafte Steigerung der Arbeitsmoral bewirkt. Dieses Funkgerät, das er, zusätzlich zum neuen Blaulicht, besorgt hatte, war der geräuschvollste Beweis. Der Lieutenant suchte hartnäckig nach der Polizeifrequenz.

Vor ihrer Windschutzscheibe tanzten die Passanten einen steten Reigen, kamen und gingen, lösten einander ab und verdeckten die Eingangstür, was Capestan zwang, ihren Blick neu zu fokussieren. Dieser belebte Boulevard war schwierig zu observieren.

Der köstliche Geruch von Paprikatortilla überdeckte den alten Mief nach kaltem Rauch im Peugeot. Nach einem ganzen Tag Observierung hatten sie nichts Neues über den Divisionnaire herausgefunden, und auch das Eichhörnchen war nicht vorbeigekommen, um seinen Vater zu besuchen. Sie würden sich mit Geduld wappnen müssen, bis Valincourt einen nennenswerten Fehler machte. Außer dem Video hatten sie nichts, um ihn in die Enge zu treiben. Sie brauchten ein Druckmittel, um ihm ein Geständnis abzutrotzen.

Selbst heute, wo alles über die DNS, den wissenschaftlichen Sachbeweis, lief, setzte Anne Capestan auf den guten alten Personenbeweis: das ausführliche Geständnis. Die Details, die übereinstimmen mussten, die Schuldgefühle, die Erleichterung, die das Sprechtempo beschleunigte, und schließlich das Schlusswort. Die Schultern des Tatverdächtigen erschlafften, der Schuldige unterzeichnete seinen wiedergewonnenen Frieden, und der Polizist genoss die süße Musik des Kugelschreibers, der über das Papier kratzte. Aber bei einem von Valincourts Kaliber würde ihnen der Sieg nicht geschenkt. Es fehlte Material.

Auf Capestans Knien lag das Logbuch des Marineoffiziers, aufgeschlagen auf einer leeren Seite am Ende. Sie hatte es zunächst langsam und aufmerksam studiert, dann überflogen und noch einmal gelesen. Es schilderte die Irrfahrt eines traumatisierten Mannes auf der Suche nach Frieden. Manchmal tauchten inmitten einer langen Innenschau ein paar Szenen des Schiffsunglücks auf, aber nichts in diesen Geschichten wies auf die Valincourts hin, kein Name, kein Detail schien sich auf sie zu beziehen. Hier würden sie den Hergang der Ereignisse nicht finden.

»Der Empfang ist schlecht, aber ich glaube, der hier ist es. Irgendwas ist im 20. los«, sagte Torrez, der immer noch mit seinem CB beschäftigt war.

»Das ist eine Fahrt zum Flughafen. Du bist auf dem Taxikanal.«

Torrez stöhnte und vertiefte sich wieder in seine Frequenzjagd. Als er den Kopf vorbeugte, offenbarte er seine dichten schwarzen Borsten. Ihr Schnitt war eigenartig. Rechts waren sie zwei Zentimeter kürzer, und im Nacken hatte er eine Scharte. Capestan erinnerte sich an den Kopfverband im Krankenhaus.

»Haben sie dir im OP die Haare geschoren?«

Ohne sich vom Funkgerät abzuwenden, strich Torrez sich mit der breiten Hand über den Hinterkopf.

»Nein, das war mein Sohn. Er will Frisör werden, also lasse ich ihn üben. Ich gebe ihm zwei Euro, dann ist er glücklich.«

Dieses haarige Opfer auf dem Altar der Vaterschaft rührte Capestan.

»Wie alt ist dein Sohn?«

»Neun. Es ist nicht perfekt, ich weiß, aber na ja, der Arme hat bloß eine Kinderschere.«

Anne Capestan betrachtete noch ein paar Augenblicke den struppigen Kopf ihres Partners, bevor sie ihre Aufmerksamkeit wieder der Überwachung zuwandte. Es wäre schön, wenn Valincourt sich mal entschließen würde, seine Wohnung zu verlassen. Nachdem er gestern Abend ein paar Lebensmittel eingekauft und eine Uniform aus der Reinigung geholt hatte, war er im Haus verschwunden; seitdem nichts mehr, hatte Orsini zusammengefasst. Jetzt am späten Nachmittag war das Fenster, das zu seiner Wohnung gehörte, noch immer erleuchtet.

Anne Capestans Handy vibrierte. Es war Lewitz.

»Ja?«

»Ich habe den Jungen gesichtet. Er biegt gerade in den Boulevard ein, Höhe Bastille. Schnappen wir ihn uns?«

Anne Capestan überlegte ein letztes Mal. Sie hatten nichts gegen den jungen Mann in der Hand, außer der Flucht vor Maëlle Guénans Wohnung und einer Telefonabrechnung, die sie sich auf illegalem Weg beschafft hatten. Nicht genug, um die großen Geschütze aufzufahren.

»Ja, nimm ihn in Gewahrsam, aber bitte freundlich. Nutz die Gelegenheit, wenn er sein Fahrrad anschließt, dann ist er beschäftigt.«

Sie legte auf und drehte sich zu Torrez. Der starrte sie ungläubig an.

»Du lässt Lewitz die Verhaftung übernehmen?«

»Ja.«

Capestan hatte sehr schnell geantwortet und ihre vagen Befürchtungen mit einem entschiedenen Tonfall überspielt. Sie lenkte den Blick auf die Straße. Sie hielt eine Politik des Vertrauens für richtig, trotz und gerade wegen aller Reputationen, doch im Moment der Wahrheit sah sie bestimmte Risiken klarer. Mit einem Lenkrad bewaffnet, konnte Lewitz einen gewaltigen Schaden anrichten. Der grüne Helm des Eichhörnchens tauchte in der Ferne auf. Sie würde bald wissen, worauf sie sich eingelassen hatte.

Das Fahrrad schlängelte sich durch die Autokolonnen. An der Ampel scherte es nach rechts aus, fuhr über einen Fußgängerüberweg und wechselte mit einem kleinen Sprung auf den Gehweg. Gabriel war schnell, und Capestan befürchtete schon, dass er Valincourts Haus erreichen würde, bevor sie ihn in Gewahrsam nehmen konnten. Noch immer keine Spur von Lewitz, der Junge würde ihnen schon wieder entwischen. Capestan wollte gerade ihre Tür öffnen, um selbst die Verfolgung aufzunehmen, als der Brigadier an der Ampel der Rue Pasteur-Wagner auftauchte und auf den Boulevard geschossen kam.

Mit heulender Sirene fädelte sich das Fahrzeug der Stadtreinigung, eine grasgrüne Kehrmaschine, direkt in den Verkehr ein. In der Führerkabine stand Lewitz beinahe aufrecht hinter dem Lenkrad. Er entdeckte das Fahrrad und beschleunigte mit dröhnendem Motor. Die Autos wichen nach allen Seiten aus, ein Hupkonzert ertönte, und der Verkehr geriet ins Stocken, als sich die verrückt gewordene Reinigungsmaschine ihren Weg bahnte. Capestan spürte, wie Torrez neben ihr zusammenzuckte.

»Ist das Lewitz in dem Hundekotmobil da?«

»Das ist kein Hundekotmobil, das ist eine Kehrmaschine –«

»Wo hat er die denn her?«

»Von Rosière. Die Stadtverwaltung verkauft ihre alten Betriebsmittel im Internet.«

Ihre Anspannung wuchs. Ein langsames Fahrzeug, das nicht auffiel: Ursprünglich schien das die perfekte Lösung, sowohl was die Beschattung als auch das Temperament des Fahrers anging. Aber bei voller Geschwindigkeit war es um die Unauffälligkeit geschehen. Und die Gefahr war auch nicht mehr dieselbe.

Lewitz kurvte zwischen den Autos hindurch, bis er einen Fußgängerüberweg fand, der breit genug war, um auf den Bürgersteig aufzufahren. Er riss das Lenkrad herum, und die Reifen der Kehrmaschine quietschten über den Asphalt. Nach einem heftigen Schlingern beim Kontakt mit der Bordsteinkante gelang es ihm, das Fahrzeug wieder unter Kontrolle zu bekommen, und raste weiter geradeaus. Die verdutzten Fußgänger pressten sich an die Hauswände, um den über den Boden fliegenden Bürsten auszuweichen. Wenn die Polizei vorbeikam, glänzten die Gehwege. Mit seliger Miene, aber konzentriertem Blick holte Lewitz auf. Er beschleunigte noch mehr, musste dann allerdings mit einem abrupten Ausweichmanöver eine Bushaltestelle umfahren. Vom Schwung mitgerissen, löste sich die Reinigungslanze hinten am Fahrzeug. Wie eine Schlange, die am Schwanz festgehalten wird, peitschte sie am Ende ihres Schlauchs durch die Luft und schlug blind nach Straßenschildern und Schaufensterscheiben. Ein Mann warf sich flach auf den Boden, um einer Enthauptung zu entgehen. Auf dem Dach der Fahrerkabine neben der normalen orangefarbenen Rundumleuchte verscheuchten Blaulicht und Zweitonsirene der Polizei die Unvorsichtigen. Die Menge teilte sich. Das Fahrrad war nur noch ein paar Meter entfernt.

»Das ist doch meine Sirene!«, empörte sich Torrez.

Ohne Lewitz aus den Augen zu lassen, beschwichtigte Anne Capestan ihren Partner: »Ja, aber er kann sie sich doch ausleihen...«

Hundert Meter vor der Kehrmaschine ragte die Terrasse eines Cafés bis in die Mitte des Bürgersteigs. Da würde Lewitz nie vorbeipassen. Capestan befürchtete schon, der Brigadier würde schlicht und ergreifend mittendurch brettern, aber in der letzten Sekunde scherte er aus und raste über die Busspur weiter, die rechten Reifen noch auf dem Gehweg, die linken auf der Straße.

Die Kehrmaschine neigte sich zur Seite wie ein Stuntstar. Die Bürsten drehten sich in der Luft und spritzten alles mit Straßendreck voll. Hinter seiner Hubschrauberwindschutzscheibe über das Lenkrad gebeugt, lehnte Lewitz sich dagegen, als würde er versuchen, ein Motorrad wieder aufzurichten. Er passierte einen Parkscheinautomaten, dann lauerte er auf einen abgesenkten Bordstein und lenkte das Fahrzeug mit einem Ruck zurück auf den Bürgersteig. Lewitz hatte den Blick keine Sekunde lang vom Fahrrad abgewendet. Er fuhr direkt darauf zu, fraß die letzten Meter, die sie noch trennten.

Gewarnt durch das Getöse, machte der Junge einen schnellen Schlenker zur Seite. Lewitz wurde langsamer, als er sich ihm näherte, und die Lanze scheppterte erschöpft zu Boden, wie ein Haufen Blechdosen, die man hinten an das Gefährt angebunden hatte. Auf Höhe des Fahrrads bremste der Brigadier scharf, sprang aus der Kabine, und als hätte der Bodenkontakt ihn plötzlich wieder zur Vernunft gebracht, fasste er den Jungen mit einer Behutsamkeit am Oberarm, die Anne Capestan ihm gar nicht zugetraut hätte.

Mission erfüllt. Niemand verletzt. Nichts beschädigt. Capestan konnte endlich ausatmen.

43.

Gabriel saß auf der Rückbank des Peugeots und fragte sich, wie er dort gelandet war. Die Kügelchen, die seit mehreren Wochen in seinem Magen aneinanderstießen, hatten sich aufgelöst. Er war nicht mehr ängstlich, er hatte Angst.

Von den Bullen verhaftet. Wegen seiner Flucht bei Maëlle Guénan. Wie unendlich peinlich! Nach drei Tagen bei Manon fasste er sich endlich ein Herz, wollte seinem Vater alles gestehen und ihn um Rat bitten, und dann wurde er verhaftet. Sein Vater hätte ihm helfen können, ihm erklären, wie er sich verhalten sollte, welche Rechte er hatte. Gabriel fühlte sich verloren.

Durch die Fensterscheibe beobachtete er das normale Leben der anderen Leute. Sie gingen schnell, betrachteten die Schaufenster oder blieben mitten auf dem Gehweg stehen, um eine neue SMS zu lesen. Und er saß in einem Polizeiwagen. Er versuchte, sich zu beruhigen. Sein Vater. Die Zweifel kamen wie ein Rabe, der an die Fensterscheibe klopfte, erst zaghaft, dann immer drängender. Die Kugeln bildeten sich neu, verklumpten zu einer festen Masse.

Sein Vater.

*

Gabriel Valincourt sah tatsächlich aus wie das Eichhörnchen, das Naulin beschrieben hatte: hübsch, flink, lebhaft, Haare, Augen und Haut braunrot. Sein Blick war sanftmütig, schwankte jedoch heute zwischen Panik und Niedergeschlagenheit. Ein Jungtier – Anne Capestan hatte nicht vor, die böse Polizistin zu spielen. Trotzdem brauchte sie so viele Informationen wie möglich, wenn sie ein Stück der Geschichte rekonstruieren wollte.

Sie bot ihm den Sessel neben dem Kamin an. Obwohl der Junge nicht schwer war, hörte man eine Feder ächzen. Mit einem höflichen Lächeln nahm Gabriel die Tasse Tee entgegen, die Évrard ihm reichte. Lebreton zündete den Kamin an, bevor er sich in den zweiten Sessel setzte. Gabriel, der schon öfter bei seinem Vater am Quai des Orfèvres gewesen war, musterte die frisch tapezierten Wände, den Spiegel und Eva Rosières goldene Hausschuhe, als würde er sich wundern, wo er da nur hingeraten war.

Anne Capestan nahm auf dem Sofa Platz und fing freundlich an, ihn zu seinem Besuch bei Marie Sauzelle zu befragen und vor allem zu seiner Flucht vor der Polizei. Gabriel überschüttete sie mit Entschuldigungen.

»Ich weiß, ich hätte nicht einfach so wegrennen dürfen, das war falsch, es tut mir wirklich leid. Das war nur wegen... Ich habe private Nachforschungen angestellt. Meine Mutter ist bei einem Fährunglück 1993 im Golf von Mexiko ums Leben gekommen. Ich war damals erst zwei, und ich kann mich überhaupt nicht an sie erinnern. Mir ist nichts von ihr geblieben, bis auf dieses Foto«, sagte er und holte einen laminierten Abzug aus seiner Jeansjacke. »Alles ist mit der Fähre untergegangen.«

Nachdem Anne Capestan das Foto betrachtet hatte, steckte

er es vorsichtig zurück in die Innentasche seiner Jacke. Dann klopfte er mit der flachen Hand auf den Stoff, um sich zu vergewissern, dass es in Sicherheit war. Valincourts Frau war also bei dem Schiffbruch umgekommen.

Ohne die Polizisten anzusehen, fuhr Gabriel fort: »Mein Vater bringt es nicht mehr über sich, mir von ihr zu erzählen, es macht ihn traurig, und ich will ihn nicht zwingen. Also habe ich den Opferverband um eine Liste der französischen Überlebenden gebeten, um mich mit ihnen zu treffen und ihnen das Foto zu zeigen...«

Évrard schob die Zuckerdose über den Couchtisch, und der Junge fischte geistesabwesend vier Stück heraus, bevor er weitersprach: »Und um sie zu fragen... Ich weiß nicht. Ob irgendwer sie gekannt hat. Sich an ein Detail erinnert, irgendwas. Ob sie sich gut verstanden haben an Bord. Deswegen war ich in Issy-les-Moulineaux, Madame Sauzelle stand ganz oben auf der Liste. Ich wollte auch mit dem Marineoffizier sprechen, Monsieur Guénan, er war der einzige Franzose in der Besatzung.«

Durch die Haare, die ihm über die Augen gefallen waren, starrte Gabriel auf den Boden seiner Tasse. Um ihn nicht aufzuschrecken, bemühten sich die vier Polizisten, leise zu sein. Man hörte nichts außer ihren Atem und das Knacken der Holzscheite im Kamin.

»Laut der Liste ist Monsieur Guénan kurz nach seiner Rückkehr gestorben. Also habe ich seine Frau angerufen. An dem Abend, bevor sie... na ja, Sie wissen schon.«

Der Sohn hatte versucht, die Opfer zu befragen. Der Vater hatte ihn sein Vorhaben nicht in die Tat umsetzen lassen. Langsam formte sich eine Ahnung von Valincourts Motiv in Anne Capestans Kopf.

»Dein Vater und du habt also überlebt, aber deine Mutter nicht? Seid ihr während des Unglücks getrennt worden?«, hakte Eva Rosière vorsichtig nach. Sie gab ihr Bestes, nicht zu tief zu bohren.

»Ja. Also, mein Vater hat zu meiner Mutter gesagt, sie solle warten, während er mich aus der Kabine holt, und als er zurückgekommen ist, war Maman nicht mehr da. Er hat gedacht, sie sei schon in ein Rettungsboot gestiegen.«

»Deine Eltern haben dich allein in der Kabine gelassen, mit zwei Jahren?«, fragte Évrard ungläubig.

Damit hatte sie ein heikles Thema angeschnitten. Gabriel wurde unsicher.

»Ja. Keine Ahnung ... das hat mir Papa zumindest erzählt, aber vielleicht habe ich es falsch verstanden.«

Auf Fähren von diesem Typ gab es keine Einzelkabinen, dachte Anne Capestan. Sein Vater hatte ihn angelogen. Gabriel sank in den Sessel zurück und umklammerte seinen Tee mit beiden Händen. Er konnte schon jetzt nicht mehr, und Capestan hatte das Gefühl, dass sein Tag noch lange nicht zu Ende war.

»Du weißt, dass wir deinen Vater anrufen müssen, oder?«, fragte sie.

»Ja.«

»Willst du das lieber selbst machen?«

»Ja, bitte.«

Eva Rosière griff nach dem beigefarbenen Apparat auf ihrem Schreibtisch, der aussah, als wäre er von France Télécom in den Neunzigerjahren geliefert worden, und zerrte am Kabel, damit es bis zu dem Jungen reichte.

»Hast du dein Handy immer bei dir?«, erkundigte Anne Capestan sich. »Oder lässt du es manchmal auf dem Bett liegen, wenn du ins Bad gehst, oder auf dem Wohnzimmertisch, wenn du was aus der Küche holst?«

Gabriel zog an den Bändern seiner Kapuze. Seine Füße wippten schwach auf dem Parkett.

»Ja. Manchmal.«

Der Junge tat sein Möglichstes, um nicht zu verstehen, worauf Capestan hinauswollte. Er nahm das Telefon, stellte es auf seine Knie und starrte es lange an, bevor er wählte.

44.

Die Klingel kündigte Alexandre Valincourts Ankunft an. Er kam gerade von einer Zeremonie, bei der ihm der Präfekt den Orden der Ehrenlegion verliehen hatte. Die Brigade erwartete ihn seit über einer Stunde mit geschlossenen Reihen. Das große Büro vibrierte vor Nervosität und Lampenfieber. Jeder ging noch einmal hastig seine Rolle durch. Anne Capestan hatte ihnen ihren Plan erklärt: ein Staffellauf in zwei Etappen, dann ein Sprint. Ihnen blieb nichts anderes übrig, als zu gewinnen. Wenn sie gegen Valincourt versagten, würden sie alle in der Gosse landen, ohne Pensionsansprüche. Sie legten sich mit Goliath an, und das wussten sie.

Nach einem letzten Blick an ihr Team erhob sich Capestan und öffnete die Tür. Der Divisionnaire stand in seiner ersten Garnitur auf der Schwelle und taxierte sie schweigend. Sein Adlergesicht mit der Hakennase und den scharfen braunen Augen saß auf dem langen, hageren Körper eines Marathonläufers. Dem Vater gegenüber schlug Capestan einen deutlich kühleren Ton an als dem Sohn gegenüber.

»Guten Tag, Monsieur le Divisionnaire«, sagte sie.

Valincourt begnügte sich mit einem Kopfnicken, trat ein, die Mütze unter dem Arm, und sah sich mit einem spöttischen Funkeln um.

»Sehr originell, Ihre Räumlichkeiten. Mit was genau beschäftigen Sie sich hier? Verwaltung, Aktenarchivierung, Bußgeldverfahren?«

Der Divisionnaire spielte die Karte des Großmächtigen, der sich dazu herablässt, das Mittelmaß aufzusuchen und es zu zertreten. Anne Capestan beschloss, dass es Zeit wurde für den ersten Kälteschock.

»Aktenarchivierung, in gewisser Weise. Ihrer Akten vor allem, das dürfte Sie interessieren...«

Valincourt ignorierte die Anspielung. Er sondierte die Lage, ohne eine Miene zu verziehen, weigerte sich aber, eine Auseinandersetzung zu führen, die er als unter seiner Würde betrachtete. Mit einer solchen Reaktion hatte Anne Capestan gerechnet. Ihr Staffellauf stützte sich auf eine Zermürbungstaktik. Sie würden den vornehmen Divisionnaire mit dem guten alten Teppichbodentrick knacken, ihn in einem Zimmer weichkochen und ihn dann in das nächste bringen, wo ein anderer Polizist unter dem Einfluss eines anderen Tonfalls und einer neuen Umgebung das Geständnis erntete. Eine bewährte Methode bei der PJ, die auf psychologischen Mechanismen basierte und nach dem Fußbodenbelag im Zimmer des Leiters der Kriminalbrigade benannt war. Ihr heutiger Gegner allerdings war zäh, und er kannte den Teppichbodentrick; sie mussten ihn abwandeln. Doch die Brigade verfügte über eine heimtückische Destabilisierungswaffe: den Unglücksbringer, den Schlemihl, José Torrez.

»Lieutenant Torrez wird sich um Sie kümmern, während ich mit Ihrem Sohn die letzten Formalitäten erledige.«

Valincourt blinzelte leicht, ließ sich jedoch nicht aus der Fassung bringen. Der Divisionnaire blieb weiterhin ehrfurchtgebietend. Selbst ohne etwas zu tun, dominierte er den Raum. Die Polizisten der Brigade wirkten wie kleine schiefe Häuschen, die um die Notre-Dame herumstanden. Um seine Herrschaft zu beenden, gab Anne Capestan Torrez das Zeichen.

Ein Zittern durchlief das Zimmer, dann trat die Brigade schweigend auseinander, formte ein übertrieben gespieltes Schreckensspalier, um den schwarzen Kater durchzulassen. José Torrez trug ein dunkelbraunes Cordjackett, das seine Armschlinge verbarg. Bartschatten verdunkelten seine Wangen, und sein finsterer Blick vollendete das Bild des Verderbens. Ernster denn je ging der Lieutenant auf Valincourt zu und drang absichtlich in seine intime Distanzzone ein, als er vor ihm stehen blieb.

»Wenn Sie mir bitte folgen würden, Monsieur le Divisionnaire.«

Valincourt war wie erstarrt. Er war sichtlich hin- und hergerissen. Wenn er dem Lieutenant folgte, beugte er sich den Anordnungen dieser Versagerbrigade. Weigerte er sich aber, würde das den Eindruck erwecken, er sei abergläubisch und habe Angst vor Torrez. In beiden Fällen untergrub er seine Autorität. Er saß in der Falle. Auf lange Sicht schien ihm die Feigheit wohl schädlicher, denn nach einem knappen Nicken in Anne Capestans Richtung begleitete er Torrez schließlich in sein Büro.

*

Torrez öffnete die Tür und ließ den Divisionnaire vorgehen.

»Bitte setzen Sie sich doch«, sagte er, deutete allerdings nicht auf einen bestimmten Stuhl.

Valincourt musterte das Zimmer, die Hände im Rücken um

den Schirm seiner Uniformmütze geschlossen, ohne irgendetwas zu berühren. Er glaubt an den Fluch, dachte Torrez, meine Nähe macht ihm Angst, wie jedem x-beliebigen Bullen.

Von den beiden Sesseln vor dem Schreibtisch wählte Valincourt den schlechter zugänglichen und nahm mit bedächtiger Gelassenheit Platz. Torrez heuchelte Verlegenheit.

»Das ist normalerweise meiner. Nein, nein, bleiben Sie sitzen, das ist nicht schlimm. Wir sind ja flexibel.«

Der Divisionnaire konnte nicht verhindern, dass sein Körper sich ein paar Zentimeter anhob.

»Commissaire Capestan wird nicht mehr lange brauchen«, sagte Torrez und trat hinter den Schreibtisch.

Dann wartete er einfach. Das Schweigen zog sich in die Länge und ließ der ansteigenden Paranoia freie Bahn. José Torrez hatte diesen Effekt. Seine Anwesenheit wirkte auf Polizisten wie ein Korb voller Vogelspinnen auf Arachnophobiker. Selbst die Kühnsten schafften es gerade, nicht schreiend davonzulaufen. Manchmal gab ein Draufgänger den Stierkämpfer und näherte sich ihm, den Körper wachsam angespannt. Ein Blick, und er wich zurück. Die Verrückten spielten mit ihrem Leben, aber nicht mit ihrem Glück. Das Pech verhieß nur das Schlimmste: Krankheit, Ruin, Unfälle, für einen selbst und seine Nächsten, langsam und ruhmlos. Das Pech verteilte seine Fäulnis dort, wo man nicht damit rechnete.

Valincourt bewegte sich nicht. Völlige Regungslosigkeit. Die Partikel um ihn herum hatten ihn bereits berührt, das war nicht mehr zu ändern, doch er wollte nicht, dass noch mehr hinzukamen. Torrez fragte sich, ob er ihm tatsächlich schadete. Seit Anne Capestan waren seine Gewissheiten ins Wanken geraten, der Gips bröckelte, das Atmen fiel ihm leichter. Er hatte eine Kollegin, mit der er einen Kaffee trinken und sich über das Wochenende unterhalten konnte. Davon träumte er seit zwanzig Jahren. Capestan war stolzer als ein ganzes Korsenregiment, aber sie bedachte ihre Umgebung mit einem offenen Lächeln und aufmerksamem Wohlwollen. Capestan spielte nicht Torero mit ihm, sie arbeitete. Sie hatte ihm die erste Staffeletappe anvertraut.

Valincourt räusperte sich. Er wollte die Oberhand zurückgewinnen.

»Gut. Also, wo ist mein Sohn?«

»In einem Büro nebenan, mit Commissaire Capestan und Lieutenant Évrard. Die beiden kümmern sich gut um ihn, kein Grund zur Sorge.«

»Das war nicht meine Frage«, erwiderte Valincourt mit einer Geste, die solche Gluckengedanken beiseitewischte. »Warum ist er überhaupt hier? Was werfen Sie ihm vor?«

»Das weiß ich nicht, ich bearbeite diesen Fall nicht«, antwortete Torrez, während er eine Schreibtischschublade öffnete und eine Akte herausholte.

Er legte sie auf den Tisch, machte sie jedoch nicht auf, sondern ließ seine gefalteten Hände darauf ruhen. Valincourt deutete eine ungeduldige Bewegung an. Ungeduldig und unbehaglich, die Parasiten nagten an seinem Panzer. Torrez fuhr fort: »Nein, ich bearbeite einen anderen Fall –«

»Ihre kleinen Fälle sind mir scheißegal, ich bin nicht hergekommen, um hier Wurzeln zu schlagen! Das reicht jetzt. Wenn Sie glauben, ich würde Ihnen meine wertvolle Zeit opfern... Bringen Sie mich zu Gabriel, damit wir diese Sache endlich abschließen können.«

Valincourt erachtete die Warterei, die man ihm aufbürdete, für unter seiner Würde, und Torrez' Anwesenheit verstärkte das Dringlichkeitsgefühl noch.

»Ich beschäftige mich mit einem Verbrechen von 2005, über das wir neue Erkenntnisse gewonnen haben«, erklärte der Lieutenant unerschütterlich.

Eine Spur Überraschung verzerrte flüchtig Valincourts gleichgültige Maske. Die Neugier hielt ihn zurück. Seit Jahren trug er mehrere ungestrafte Morde mit sich herum, er wollte wissen, welche Trümpfe sie in der Hand hatten. Langsam löste Torrez die Gummibänder um die Akte und zog ein Farbfoto heraus, das er seinem Gesprächspartner hinschob. Es zeigte Marie Sauzelle.

»Sie kennen sie?«

Valincourt schenkte dem Bild kaum einen Blick.

»Natürlich. Ich war für den Fall zuständig.«

Torrez nickte ernst und holte mit der Miene einer Gottesplage ein zweites Foto: das eines Briefkastens. Er legte es vor sein Gegenüber und deutete mit dem breiten Zeigefinger auf den »Bitte keine Werbung!«-Aufkleber.

»Diese Art von Aufkleber findet man bei Umweltschützern oder Leuten, die im Urlaub sind.«

Ob dieser weisen Voraussicht nickte Torrez anerkennend.

»Aber wissen Sie, wo man sie nie findet?«

Valincourts Blick wich ihm aus. Torrez beantwortete seine Frage selbst: »Bei alten Damen, die Rabattcoupons sammeln.«

Er sann über diese Worte nach, bevor er die einzig richtige Schlussfolgerung zog. »Und ein Aufkleber taucht nicht im Affekt auf, man muss ihn mitbringen. Bei einem Tötungsdelikt bedeutet das: Vorsatz.«

Vor dem letzten Wort hatte der Lieutenant eine kurze

Pause gemacht. Valincourt öffnete schon den Mund, hielt es dann aber anscheinend für klüger, nichts zu erwidern. Immerhin wurde er nicht direkt beschuldigt. Er hob verächtlich die Augenbrauen. Sein Gesichtsausdruck war beherrscht, doch er konnte nicht verhindern, dass er blass wurde. Er hing am Haken. Es wurde Zeit, den Staffelstab zu übergeben. Torrez schob seine Hand über den Tisch und versetzte dem Divisionnaire den finalen Schlag, indem er ihn leicht am Arm berührte.

»Folgen Sie mir.«

*

Torrez führte den noch stehenden, aber schon gebeugten Valincourt zurück ins große Büro, wo Lebreton ihn bereits an einem perfekt aufgeräumten Schreibtisch erwartete, dahinter Rosière und Orsini, beide mit dicken Notizblöcken bewaffnet.

Der Divisionnaire hatte gerade dem Schicksal ins Auge geblickt. Jetzt lieferte Torrez ihn dem Gesetz und der öffentlichen Meinung aus: Lebreton und der Dienstaufsicht, Orsini und der Presse, Eva Rosière und den Massen. Valincourt verzog keine Miene, aber auf seiner Stirn bildete sich, als Nachwirkung der vergangenen Prüfung, allmählich ein glänzender Schweißfilm. Trotzdem versuchte er, eine würdevolle Fassade aufrechtzuerhalten, und weil er seinen Sohn noch immer nicht entdeckte, erhob er mit entschlossener Stimme Einspruch: »Wo ist er? Ich befehle Ihnen, ihn gehen zu lassen. Sofort!«

Lebreton rückte den Papierkorb mit dem Fuß näher an seinen Schreibtisch, dann wieder weiter weg.

»Nein.«

»Wie bitte? Wissen Sie, mit wem Sie hier reden? Mit welcher Begründung halten Sie meinen Sohn überhaupt fest?«

Lebreton steckte einen herumliegenden Druckbleistift in den Stiftehalter und lehnte sich mit unbewegtem Gesicht zurück.

»Flucht vor der Polizei, das hat er Ihnen eben am Telefon doch bereits gesagt.«

»Jetzt mal im Ernst, Capitaine ...«

»Commandant.«

»Er war zufällig in einer Straße? Er ist weggerannt, als Capestan ihn angesprochen hat? Sie ist ja hinreißend, aber junge Leute sind manchmal schüchtern, nicht wahr? Sie macht einen Fehler, wenn sie das als Kränkung auffasst.«

Lebreton lächelte belustigt. Valincourt schlug einen Tonfall an, dem die Viertelstunde mit Torrez die Leichtigkeit genommen hatte: Zitternde Stimmbänder vertrugen sich nur schlecht mit Ironie. Auch Valincourt bemerkte das, und die Verlegenheit spiegelte sich auf seinem Gesicht.

»Er war in einer Straße, in der ein Mord geschehen ist«, erinnerte Lebreton ihn und deutete auf den Sessel ihm gegenüber.

Valincourt griff nach der Rückenlehne und zögerte kurz, bevor er widerstrebend Platz nahm.

»Er war auf dem Weg zu mir. Hören Sie, das hier ist eine willkürliche Festnahme, das wissen Sie genau. Sie können meinem Sohn nichts nachweisen, Sie haben gar nichts.«

»Vollkommen richtig.«

Mit einer verächtlichen Handbewegung zeigte der Divisionnaire auf das Zimmer und die ganze Brigade.

»Sie sind noch nicht einmal befugt dazu, festzunehmen.«

»Vermutlich«, gab Lebreton mit gleichgültiger Stimme zu.

Er studierte die Körpersprache seines Gegenübers, die von einer fast militärischen Steifheit war. Valincourt hatte sich nicht umgezogen, sondern war in Uniform bei ihnen erschienen, das war nicht unerheblich. Er wollte sein Ansehen betonen, an seine Stellung erinnern.

»Schön«, stieß er hervor. »Dann lassen Sie ihn gehen.«

»Natürlich«, lenkte Lebreton ein.

Valincourt machte Anstalten, ohne ein weiteres Wort aufzustehen, bis der Commandant seine Absichten deutlicher formulierte: »Ich lasse ihn gehen, weil er niemanden ermordet hat. Sie hingegen...«

Der Divisionnaire zuckte zusammen, hatte sich jedoch gleich wieder unter Kontrolle und heuchelte angemessene Gelassenheit.

»Wie können Sie es wagen, Sie und Ihre armselige Schmierenbrigade? Mit welchem Recht erheben Sie derlei Anschuldigungen?«

»Mit meinem. Wie kommen Sie mit den Ermittlungen im Fall Maëlle Guénan voran? Wir haben den Schuldigen.«

»Lassen Sie die Spielchen. Bisher bin ich aus Höflichkeit geblieben, aber jetzt...«

Valincourt stand auf und setzte seine Uniformmütze auf. Er wandte sich in Richtung Flur, in dem Anne Capestan verschwunden war, um Gabriel zu holen.

»Wo waren Sie am Donnerstag, den 20. September zwischen acht und zehn Uhr?«, schleuderte Lebreton ihm hinterher.

»Ich beantworte Ihre Fragen nicht.«

»Dann übernehme ich das für Sie. Am 20. September haben Sie mit einem Messerblock in der Hand in der Rue Mazagran bei Maëlle Guénan geläutet. Sie haben sie erstochen und ihre Wohnung nach den Dokumenten durchsucht, die ihr Mann hinterlassen hat.«

Beim letzten Punkt wich der Divisionnaire leicht zurück. Lebreton hatte ins Schwarze getroffen.

»Sie haben sie ermordet, genau wie Yann Guénan und Marie Sauzelle. Sie kannten die Opfer, und das haben Sie uns bewusst verschwiegen. Sparen Sie sich die Einwände, wir haben das Video. Die Gedenkfeier für das Fährunglück, klingelt da was bei Ihnen?«

Lebreton drückte einen Knopf auf der Fernbedienung, und auf dem Fernseher erschien ein Standbild von Valincourt mit Marie Sauzelle. Dieses Mal saß der Schlag, alle Fluchtwege versperrten sich. Ein Anflug von Panik trat in Valincourts Blick, schnell verscheucht vom Überlebensinstinkt, der wieder die Oberhand gewann.

»Sie würden es verdienen, dass ich meinen Anwalt einschalte.«

Lebreton drehte sich zu Orsini und Rosière, die hinter ihm unaufhörlich auf ihren Notizblöcken kritzelten. Ohne jemals den Blick zu heben, interpunktierten sie den Wortwechsel mit zufriedenem Nicken.

»Haben Sie gehört, dass Commissaire Divisionnaire Valincourt während eines reinen Höflichkeitsbesuchs die Anwesenheit eines Anwalts gefordert hat?«

Lebreton wandte sich wieder um und erkundigte sich höflich: »Wollen Sie Ihren Anwalt kontaktieren?«

Valincourt schüttelte gereizt den Kopf, und Lebreton musterte ihn mit ernster Miene. Pech, Verbindung zu den

Opfern, Vorsatz... Er ließ dem Divisionnaire kurz Zeit, um die Bedeutung der vorangegangenen Gespräche vollständig zu erfassen.

Durch die geöffneten Fenster drang der fettige Geruch von aufgewärmten Paninis. Rund um die Fontaine des Innocents hörte man die Jungs brüllen und die Mädchen gackern. Teenagerherden überrannten an diesen letzten Spätsommertagen das Quartier des Halles. Lebreton beobachtete Valincourt. Die fleischgewordene Askese, die Autorität auf zwei Beinen. Eine Spur von Fiebrigkeit in seinen Bewegungen verriet, wie tief der Divisionnaire getroffen war. Lebreton wartete, bis die Risse sich noch weiter ausgebreitet hatten, dann setzte er zum Schlussmonolog an: »Bei Yann Guénan haben Sie sauber gearbeitet, wie ein Profi. Aber bei Marie Sauzelle sind Sie zu übereilt vorgegangen. Die Schnittblumen, obwohl sie Schnittblumen hasste, der stumm geschaltete Fernseher, der unversehrte Türriegel: All das weist auf einen Besucher hin, nicht auf einen Einbrecher. Sie kannten sie nicht gut genug, damit die Spuren Ihrer Stippvisite mit dem Hintergrund verschmelzen. Sie haben die Post mitgenommen, damit die Einladung zur Gedenkfeier nicht gefunden wird, aber dadurch war plötzlich kein einziger Brief mehr im Haus. Vielleicht hat auch die Scham Ihr logisches Denkvermögen getrübt. Die Sache mit der Katze zum Beispiel. Warum haben Sie die Katze gerettet? Damit sie nicht Alarm schlägt? Commissaire Capestan vermutet, Sie sind ein Tierfreund, dass der Tod der Katze nicht gerechtfertigt war und Sie nur töten, wenn Sie dazu gezwungen sind. Ich bin mir da nicht sicher.«

Mit diesem letzten Satz deutete Lebreton an, dass er bei der Frage nach dem Charakter des Täters noch überlegen musste, aber über absolute Sicherheit verfügte, was den Mord anging. Er zog die Schlinge noch ein wenig enger. »Wir haben Haare von Marie Sauzelles Katze auf dem Pullover Ihres Sohns entdeckt. Die Techniker analysieren sie gerade.«

Die Lippen des Divisionnaires zuckten unauffällig. Der Commandant gab Orsini das vereinbarte Zeichen. Der verschwand, um Capestan zu holen. Jetzt gehörte Valincourt ihr.

*

Anne Capestan hatte lange über das Motiv nachgedacht. Nur eine Hypothese schien schlüssig: Valincourt hatte Marie Sauzelle, Yann Guénan und schließlich auch dessen Frau Maëlle ermordet, weil alle drei etwas wussten, das begraben bleiben musste. Fragte sich nur noch, was.

Aber egal, was diese ursprüngliche Verfehlung war, um solche Risiken einzugehen, wollte Valincourt sie vor einer ihm wichtigen Person verbergen. Und die war zwangsläufig sein Sohn. Er war der letzte Hebel.

Capestan kam aus dem Flur marschiert, der zu Gabriel führte, betrat das Wohnzimmer und bedeutete ihren Kollegen zu verschwinden. Mit undurchdringlicher Miene griff sie nach dem Stuhl, den Lebreton soeben verlassen hatte. Noch bevor sie sich setzte, bemerkte sie trocken: »Ihr Sohn ist nicht gerade in Bestform, Monsieur le Divisionnaire. Und zu seinem Glück hat er das hier noch nicht gelesen!« Mit diesen Worten warf sie Yann Guénans Logbuch auf den Schreibtisch.

Valincourt hatte Maëlle Guénan zum Schweigen gebracht, bevor Gabriel mit ihr sprechen konnte, aber er hatte auch kompromittierende Dokumente gesucht, schließlich war der blaue Aktenschrank aufgebrochen worden. Das Tagebuch enthielt nichts Belastendes, doch das wusste Valincourt nicht. Er hatte etwas richtig Übles zu verheimlichen, die Sorte Geschichte, bei der er das Gefühl haben würde, sie stünde in allen Büchern, an allen Wänden, sobald Capestan seine Schuldgefühle weckte. Der Divisionnaire empfand mit Sicherheit Reue. Er hatte die Katze mitgenommen, er hatte Marie Sauzelles Frisur in Ordnung gebracht. Dieser Mann hatte ein Gewissen, darauf musste sie zielen.

»Erkennen Sie dieses Heft wieder? Sie haben eine fünfundvierzigjährige Frau dafür getötet. Ihren Sohn ein zweites Mal zur Waise gemacht.«

Anne Capestan schaltete den Computer an, der surrend erwachte. Sie drehte den Bildschirm zu Valincourt und schob ihm die Tastatur hin. Der war so überrascht, dass er sie kurz berührte, bevor er von ihr abließ. Aber die Möglichkeit, sein Geständnis aufzuschreiben, hatte sich in seinem Kopf festgesetzt. Schroff nutzte Capestan ihren Vorteil.

»Sie haben es verbockt, Valincourt, aber ich verstehe, dass man nicht kleckert, um das hier zu vertuschen«, sagte sie und legte die Hand auf das Logbuch. »Meine Kollegen sind zivilisiert, aber ich bin zu allem fähig, das wissen Sie ja. Ich werde Gabriel dieses Heft lesen lassen, das gibt ihm den Rest. Und wenn Sie sich weiterhin weigern, Ihre Taten zu gestehen, bringen Sie Ihren Sohn in die moralische Pflicht, Sie anzuzeigen.«

Etwas so Niederträchtiges hätte sie niemals fertiggebracht, doch sie bediente sich ihres Rufs, der im Übrigen vor allem von hohen Tieren wie dem ihr gegenüber genährt wurde.

Valincourt schluckte. Bluff oder nicht, er geriet ins Straucheln. Er wohnte seiner Anklagerede bei, aber Commissaire Capestan gab ihm keine Zeit, sie zu analysieren, nachdem sie das Bild seines Sohns heraufbeschworen hatte. Wenn die Gefühle die Oberhand gewannen, würde der Drang, sich zu rechtfertigen, nicht lange auf sich warten lassen. Capestan nahm das Logbuch und bemerkte: »Sie ersparen ihm wirklich nichts.«

Sie stand auf. Valincourt betrachtete das Heft in ihrer Hand und seufzte. Seine Schultern sackten nach unten, und eine tiefe Müdigkeit ließ seine Gesichtszüge erschlaffen. Er streckte die Waffen.

»Das ist nicht wahr«, sagte er ruhig. »Ich erspare ihm alles…«

»Beweisen Sie es. Unterzeichnen Sie Ihr Geständnis. Und sagen Sie es ihm persönlich, ohne sich hinter der Polizei zu verstecken. Oder noch schlimmer, der Presse.«

Anne Capestan trieb den Keil noch weiter hinein, um Valincourt endgültig zu brechen. Sie deutete mit dem Kinn in Richtung Tastatur.

»Stellen Sie sich Ihrer Verantwortung. Im Gegenzug gebe ich Ihnen zwei Stunden allein mit Ihrem Sohn. Erst danach verständige ich Buron, damit er die Staatsanwaltschaft einschaltet. Zwei Stunden.«

Capestan machte eine Pause, um sich zu vergewissern, dass Valincourt erkannte, was auf dem Spiel stand. Mit weicherer Stimme schloss sie: »Für Sie ist es vorbei. Aber nicht für ihn, sein Leben fängt gerade erst an.«

Valincourt zog schweigend die Tastatur zu sich heran. Bevor er anfing zu tippen, sagte er schlicht: »Der Name seiner zukünftigen Frau ist Manon, ich schreibe Ihnen ihre Nummer auf. Es wäre gut, wenn Sie sie in zwei Stunden anrufen. Gabriel wird sie brauchen.«

45.

Das war's also. Alexandre Valincourt hatte die letzten zwanzig Jahre seines Lebens in Angst vor diesem Moment verbracht. Zwanzig Jahre, in denen jede Entscheidung darauf abgezielt hatte, ihn hinauszuzögern, zu verhindern. All diese Morde für zwanzig armselige kleine Jahre, die er der Wahrheit abgetrotzt hatte. Und jetzt saß er hier auf einem kaputten Sessel in diesem heruntergekommenen Kommissariat und tippte sein Geständnis auf der abgenutzten grauen Computertastatur.

Nur noch ein paar Minuten, dann würde er seinen Sohn sehen und es ihm sagen müssen, ihm sagen, dass... Wie sollte er es ihm nur beibringen?

Alles sprach gegen ihn. Er schob die Tastatur zurück zu Anne Capestan, die das Dokument ausdruckte. Sie wartete vor dem Drucker auf die Blätter und reichte sie ihm ungelesen. Er holte einen Stift aus seiner Uniformjacke und unterschrieb. Danach erhob er sich, steckte den Kugelschreiber wieder ein und folgte Commissaire Capestan, die ihn zu einem Büro führte. Sie klopfte, bedeutete den beiden Lieutenants, den Raum zu verlassen, und wich zurück, damit der Divisionnaire eintreten konnte.

Eine große Ruhe überkam ihn, unendlicher Frieden, der

Tod oder etwas Ähnliches. Anne Capestan schloss die Tür hinter ihm.

*

»Hallo, Gabriel«, sagte Alexandre. Er blieb an der Tür stehen. »Sie lassen dich gehen.«

Er suchte nach den nächsten Worten. Ihm fiel nichts Überzeugendes ein, also musste er mit den gnadenlosen Fakten fortfahren.

»Ich allerdings bleibe hier. Ich stelle mich. Ich habe Menschen getötet. Ich hatte keine Wahl. Es … Es war die einzige Möglichkeit, damit du in Frieden aufwachsen konntest.«

Er musste Gabriel nicht bitten, ihn nicht zu unterbrechen, sein Sohn saß am anderen Ende des Zimmers und wagte nicht einmal zu zittern. An einer der Armlehnen seines Sessels hatte sich eine Paspel gelöst, und Gabriel zupfte geistesabwesend mit der rechten Hand daran herum. Seine Füße standen fest auf dem Boden, man spürte, dass er sprungbereit war. Valincourt holte tief Luft, nahm sich einen Stuhl, der an der Wand lehnte, setzte sich auf die Kante und redete weiter: »Lass mich dir erklären –«

»Es ist die Fähre, oder? Irgendwas ist damals passiert!« Gabriel brannte darauf, zu hören, dass er unrecht hatte.

»Ja«, antwortete Valincourt.

Es fiel ihm schwer, sich zu konzentrieren. Er rieb sich die Augen. Die Erinnerung an das Unglück kehrte zurück, ließ ihn nicht mehr los. Alexandre hörte Schreie, die anschwollen, näher kamen, ein Nebelhorn dröhnte, nutzlos, er spürte, wie Menschen sich an ihm vorbeidrängten. Er schüttelte kurz den Kopf, um die Bilder zu verscheuchen und sich seinem Sohn zu stellen, der ihn anstarrte. Er senkte den Blick.

»Du bist abgehauen, ohne auf Maman zu warten, ist es das?«

»Nein«, murmelte Valincourt.

*

Für ihre letzten Stunden in Florida hatte Rosa ein leichtes Kleid aus türkisfarbenem Baumwollstoff über ihren schlanken Körper gestreift. Sie war mit den Kindern bis zum Schiffsanleger vorgegangen und deutete mit dem Kinn in seine Richtung, als der Kontrolleur sie nach den Bordkarten fragte. Alexandre betrachtete sie, während er dem Mann, einem riesigen Amerikaner in einem schweißgetränkten Kurzarmhemd, ihre Tickets reichte. Er sah die Melancholie in ihren Zügen, sie nahm ihm übel, dass er ihr diese erneute Entwurzelung aufbürdete. Natürlich war es die einzig vernünftige Entscheidung, aber sie nahm es ihm trotzdem übel. Als sie sich dem Meer zuwandte, nutzte ihr Sohn Antonio einmal mehr die Gelegenheit, ihrer Wachsamkeit zu entfliehen. Verstohlen steuerte er auf einen Papagei zu, den sein Halter für die Reise in einen Käfig gesperrt hatte. Er trommelte mit der flachen Hand gegen die Gitterstäbe, und das verängstigte Tier schlug kreischend mit den Flügeln.

Dieses Balg war ein Parasit. Ein von seiner Mutter über alles geliebter Parasit. Rosa vergötterte ihn und verzieh ihm alles, weil er ja ohne Vater hatte aufwachsen müssen. Ein Vater, der wahrscheinlich keinen Deut besser war und den sie aus obskuren politischen Gründen weiterhin verehrte. Noch so ein Guerillero, der sich seines Muts im Kampf rühmte, aber vor der geringsten familiären Verantwortung flüchtete. Er hatte Antonio, diesen Attila, im Stich gelassen, und jetzt musste Alexandre den kleinen Tyrannen großziehen und mit Argusaugen aufpassen, sobald er sich Gabriel näherte, seinem Sohn, seinem Schatz, seinem Ein und Alles, der prachtvollen Verkörperung seiner Liebe zu Rosa. Gabriel war sanftmütig, schön und freundlich; er war erst zwei Jahre alt, aber hatte schon nichts gemein mit seinem tumben, brutalen Halbbruder, der ihm das Ohrläppchen abgebissen hatte.

Von Weitem sah Alexandre, wie Attila Gabriels Hand packte und gegen den Käfig drückte. Er wollte sie zwischen den Stäben hindurchzwängen, der Papagei würde zupicken. Alexandre stellte sofort ihre Koffer ab und rannte, so schnell er konnte, die paar Meter, die ihn von den Kindern trennten. Mit der einen Hand hob er Attila hoch, mit der anderen verpasste er ihm eine schallende Ohrfeige. Rosa stieß einen Schrei aus. Innerhalb von Sekunden hatte sie sich auf Alexandre gestürzt und schüttelte ihn wütend. Wieder einmal lieferten sie sich einen heftigen Streit, trotz der unendlichen Liebe, die sie einte, nur wegen dieses Bengels, der sich zu ihren Füßen herumwälzte. Attila würde immer zwischen ihnen stehen, eine Zecke an ihrem vollkommenen Glück, ein Schmarotzer, der Alexandre Rosas Liebe stahl.

Die alte Dame, mit der sie sich vor dem Terminal unterhalten hatten, warf ihnen einen vorwurfsvollen Blick zu, als sie an ihnen vorbeikam. Eine so hübsche Familie, die sich derart zerfleischte. Währenddessen wurden die Leinen der Fähre losgemacht, die Besatzungsmitglieder gingen auf ihre Posten und luden die Gäste ein, einen Drink an der Bar zu nehmen oder es sich in den Großraumkabinen mit dem blauen Teppichboden gemütlich zu machen. Das Schiff stach in See, ohne sich um die dunklen Wolken und den hartnäckigen Wind zu kümmern, der vom offenen Meer herwehte.

»Du hast sie im Stich gelassen. Ist es das? Was hast du getan, Papa, sag es mir!«, beschwor Gabriel ihn mit erstickter Stimme.

Valincourt versuchte, zurück ins Hier und Jetzt zu gelangen, in dieses Zimmer, in dem sein Sohn ihn brauchte. Er hatte ihm nie von Antonio erzählt, der nicht seinen Namen trug und in keinen Unterlagen auftauchte. Aber es war an der Zeit.

»Du hast einen Bruder gehabt.«

Ein freudiges Leuchten trat in Gabriels Augen. Mit einem traurigen Kopfschütteln ließ sein Vater es wieder verschwinden.

»Einen Halbbruder. Du hast ihn nicht gemocht«, fügte er hinzu, wie um ihn zu trösten.

»Wo ist er jetzt?«, fragte Gabriel.

Valincourt holte noch einmal tief Luft. Die Wellen des Golfs von Mexiko schlugen gegen seine Flanken, feiner Nieselregen legte sich auf sein Gesicht, und die Welt vor seinen Augen verschwamm.

Nach ihrem Streit war Rosa direkt an die Bar auf dem Oberdeck gegangen. Allein. Trotz ihres Grolls hatte sie Gabriel, aber auch Antonio in seiner Obhut gelassen. Vielleicht um ihn zu bestrafen oder um an sein Pflichtbewusstsein zu appellieren. Sein Pflichtbewusstsein... Niemand war so pflichtbewusst wie Alexandre Valincourt.

Sie befanden sich alle drei auf dem unteren Deck. Die Kinder spielten, Alexandre saß auf einem Liegestuhl und grübelte. Ein kräftiger Windstoß ließ plötzlich ein Tau gegen den Schiffskörper knallen. Ein Unwetter zog auf. Die Wetterberichte sagten zwar erst in ein, zwei Tagen einen Sturm voraus, doch der Seegang verriet, dass er unmittelbar bevorstand. Schon nach den ersten Tropfen war der Boden spiegelglatt, und das Deck leerte sich. Alexandre stand auf. Er musste die Kinder reinbringen. Die Wellen schlugen gegen die Reling, und die Fähre begann immer heftiger zu schaukeln.

Auf einmal stürzte der Regen wie ein Wasserfall auf sie nieder, und mitten am Nachmittag wurde es finsterste Nacht.

Panische Schreie wurden auf dem Schiff laut. Ein Zipfel seines Jacketts hatte sich im Gestell des Liegestuhls verklemmt, und Alexandre zerrte ungeduldig daran, weigerte sich gegen jede Logik, es einfach dort zu lassen. Schwankend schrie er nach den Jungen, die kaum drei Meter neben ihm waren. Endlich löste sich der Stoff. Alexandre richtete sich auf und sah Gabriel, der mit ausgestreckten Armen und unsicherem Gang ein paar Schritte auf ihn zustolperte. Ein jäher Stoß ließ das Schiff erbeben. Gabriel kippte vornüber, und Attila trampelte ihn nieder, um sich zwischen Alexandres Beine zu flüchten. Der Länge nach hingestreckt, rutschte Gabriel auf die Reling zu, während die tosenden Wellen das Schiff schüttelten. Mit weit aufgerissenen Augen öffnete er den Mund, um zu schreien, da schluckte er die erste Ladung Wasser. Ein Adrenalinstoß durchlief Alexandre, er stürzte auf seinen Sohn zu und erwischte mit einer Hand seinen Pullover. Attila kletterte am Körper seines Stiefvaters hoch und klammerte sich ängstlich an seinen Arm, was seine Bewegungsfähigkeit einschränkte. Der Wollstoff von Gabriels Pullover dehnte sich in Alexandres Fingern, und schleichend wich die Angst einer kalten Wut. Ihm bot sich hier eine einmalige Gelegenheit. Die Möglichkeit, ein für alle Mal diesen Folterknecht aus dem Weg zu räumen, der seinen Sohn quälte. Am Ende würde diese Sintflut alles bereinigen.

Um seinen Griff zu festigen, um Gabriel zu sichern, musste er sich ohnehin von Attila befreien. Also tat er es.

Wie man sich einer Krabbe entledigt, die einen kneift, schüttelte Alexandre ruckartig den Arm aus. Antonios Griff löste sich durch den Schwung, und mit einem Schrei stürzte er über Bord. Er schlug verzweifelt mit Armen und Beinen, um sich irgendwo festzuhalten. Das Getöse der Wellen übertönte seinen Fall.

Alexandre riss Gabriel an seine Brust, dann beugte er sich über die Reling. Attilas kleiner Körper war verschwunden. Alexandre blinzelte und hörte die Lautsprecher unverständliche Anweisungen ausspucken. Am Bug der Fähre war ein Leck entstanden, und das Wasser strömte stetig in den Schiffsbauch. Ein widerlicher Gestank nach Diesel durchzog die Luft. Alexandre strich über Gabriels Haare und drehte sich um. Rosas Blick ließ ihn erstarren.

Sie stand am Eingang zu den Kabinen, erschrocken, versteinert. Im Bruchteil einer Sekunde wechselte ihr Gesichtsausdruck von Verzweiflung zu Verachtung und Hass. Sie ließ ihre Tasche fallen, packte einen Rettungsring und sprang ohne zu zögern in die dunklen Fluten, um ihren Sohn zu finden. Valincourt tat nichts, um sie aufzuhalten. Er hörte die Stimme eines Mannes donnern, der die junge

Frau stoppen wollte. Es war die Stimme eines Marineoffiziers, der hinter ihm aufgetaucht war. Ein Marineoffizier, der dort schon eine Weile stand und der sich später daran erinnern würde, was er gesehen hatte.

*

»Dein Halbbruder ist während des Schiffbruchs über Bord gegangen. Deine Mutter ist ihm nachgesprungen, um ihn zu retten, aber sie ist ertrunken. Ich konnte nichts tun. Ich musste dich festhalten, ich konnte nicht hinterherspringen.«

Rosa von den Wellen verschluckt. Rosa, die nicht gewusst hatte, warum, die es nicht verstanden hatte, die ihn angesehen hatte, als wäre er ein Monster. Rosa ertrunken. Und mit ihr die Verheißung eines lichterfüllten Lebens für Alexandre und seinen Sohn. Er konnte sich nicht vergeben. Er hatte Rosa nicht zurückgehalten. Das Leben würde nicht mehr dasselbe sein. Attila hatte sie bis zuletzt vergiftet.

»Aber...«

Gabriel begriff nicht.

»...also war es ein Unfall?«

»Ja«, sagte Valincourt und wagte sein Glück über diese Ausflucht kaum zu fassen.

Gabriel schüttelte den Kopf, und die lockigen Haare fegten über seine Stirn.

»Aber warum hast du dann Guénan umgebracht?«

Ja, warum? Valincourt konnte es nicht bei dieser Version der Geschichte belassen. Er musste die Wahrheit gestehen. Vielleicht würde eine abgemilderte Wahrheit ausreichen.

»In Wahrheit ist dein Halbbruder gefallen, weil ich ihn

gestoßen habe. Er hat dir den Weg zu den Kabinen versperrt, es wurde gefährlich. Ich habe ihn zur Seite geschubst, und er ist ausgerutscht. Yann Guénan hat mich gesehen. Als er nach Frankreich zurückgekehrt war, wollte er mich erpressen.«

Guénan hatte gesehen, wie er sich den Jungen vom Hals geschafft hatte. Aber er kannte seinen Namen nicht, den Namen eines Passagiers von Hunderten. Im anschließenden Chaos hatte die Panik ein dichtes Gedränge verursacht. Als endlich die Rettungsmaßnahmen eingeleitet wurden, war die Fähre schon gekentert und hatte Dutzende Männer und Frauen mit sich gerissen. Die Hubschrauber und Shuttleboote hatten Mühe, die Überlebenden zu evakuieren, die Reisenden waren überall verstreut. Valincourt gelang es, sich und seinen Sohn zu retten und ungehindert Frankreich zu erreichen.

Doch er befürchtete ein Nachspiel. Er hatte den Namen des Seemanns herausgefunden, und er hatte ihn beobachtet, seit er den Fuß nach Paris gesetzt hatte. Dennoch widerstrebte es ihm, ihn zu ermorden, das war nur die allerletzte Lösung. Vielleicht hatte Guénan in all dem Durcheinander vergessen, was er gesehen hatte. Um absolut sicherzugehen, hatte Alexandre ihn regelmäßig überwacht. Und als der Marineoffizier angefangen hatte, die französischen Überlebenden abzuklappern, hatte Valincourt sich in sein Schicksal gefügt. Wenn Guénan sein Gesicht mit der Liste abglich, wenn er ihn anzeigte, drohte ihm ein Prozess, eine langjährige Gefängnisstrafe wegen Kindesmord, und Gabriel würde in eine Pflegefamilie gesteckt, der Willkür irgendeines Gestörten ausgeliefert. Das war inakzeptabel. Dieses Risiko würde Alexandre nicht eingehen. Er hatte die Lage sondiert und auf den richtigen Moment gewartet. Die Kaltblütigkeit hatte den Rest erledigt.

»Erpressung? Aber ...«

Gabriel dachte nach, und seine Gedanken wanderten schneller, als er es wollte. Alexandre beobachtete, wie sie zu Marie Sauzelle gelangten, einer alten Dame, und wie sich eine Frage formte. Wieder prüften die Füße des Jungen unbewusst ihren Stand auf dem Boden. Die Sesselpaspel hielt er mittlerweile in der geschlossenen Faust, ohne sie anzusehen. Gabriels Unterbewusstsein schielte verzweifelt nach der Ausgangstür, doch er zwang sich mit gerunzelter Stirn weiterzusprechen: »Die alte Frau?«

»Guénan hat es ihr erzählt.«

Bei diesem Gespräch hatte Marie Sauzelle die Geschichte des Seemanns noch nicht mit der Familie in Verbindung gebracht, der sie beim Einschiffen begegnet war. Aber die Fotos von Rosa und Antonio bei der Gedenkfeier hatten ihre Erinnerung aufgefrischt. Ihr waren Fragen gekommen, und in ihrer großen Naivität hatte sie die Valincourt gestellt.

Die Morde, die den Morden folgten ... Valincourt betrachtete wieder seinen Sohn. Betäubt. Seinen Sohn, den er über alles liebte, in dem Rosa weiterlebte. Er war noch so jung.

»Es tut mir leid«, murmelte er.

Gabriel schenkte seiner Verzweiflung keine Beachtung. Gabriel zerbrach, doch er kämpfte dagegen an.

»Und Guénans Frau? Bist du mir gefolgt? Hast du mein Handy kontrolliert? Um sie zum Schweigen zu bringen? Also war es meine Schuld?«

Gabriel hatte viele Fragen. Valincourt konnte ihm nur eine Antwort geben: »Nichts ist deine Schuld. Überhaupt nichts. Ich habe getan, was ich konnte, aber ... Du verdienst nicht eine einzige der Minuten, die du gerade durchleben musst. Es tut mir leid.«

Alexandres Augen röteten sich, und ein paar Tränen quollen hervor. Anschließend legte sich eine lange Stille über den Raum, die weder Vater noch Sohn bezwingen konnten. Sie saßen reglos da, atmeten flach. Dann stand Gabriel auf und taumelte zur Tür. Er öffnete sie und sah Manon, die ein Stück entfernt an der Wand lehnte. Langsam ging er weiter, bis in ihre Arme.

Orsini stand an der Kasse eines Ladens für Karnevals- und Partybedarf. Zusätzlich zum Spruchband hatte er Luftballons, drei bunte Girlanden und ein paar Papierlaternen gewählt, darunter Sonne und Mond. Das Handy in seiner Tasche vibrierte. Er betrachtete den Namen auf dem leuchtenden Display: Chevalet, ein befreundeter Journalist, den er im Laufe der Ermittlungen kontaktiert hatte. Orsini seufzte und setzte sein Headset auf.

»Hallo, Marcus«, erklang die Stimme aus dem Kopfhörer. »Also? Du hast mir eine Story versprochen!«

Orsini dachte an Valincourts Verbrechen, dann sah er dessen Sohn Gabriel vor sich. Sein eigenes Kind hatte nicht das Glück gehabt, dieses Alter zu erreichen.

»Ja, Ludo, aber daraus ist am Ende doch nichts geworden. Beim nächsten Mal.«

Er legte wieder auf. Der Chef des Ladens schaute ihn lächelnd an, und Orsini gab ihm seinen Einkauf. Neben der Kasse war ein Aufsteller mit Scherzartikeln. Orsini nahm eine Packung Pfefferbonbons. Pfefferbonbons waren immer amüsant.

Epilog

Der Aufzug hielt im fünften Stock. Die Tür öffnete sich mit einem mechanischen Quietschen, und Anne Capestan sah Orsinis Beine. Der Capitaine balancierte auf einer wackeligen Trittleiter und befestigte ein Spruchband mit der Aufschrift »Willkommen!« über der Tür. Unsicher klammerte er sich an den Türrahmen, bevor er sich kurz umwandte: »Guten Tag, Commissaire. Sie werden schon erwartet.«

»Guten Tag«, antwortete Capestan, den Kopf im Nacken. »Wofür werde ich erwartet?«

Orsini machte Anstalten, einen Reißnagel mit dem bloßen Daumen in den Beton zu drücken.

»Um die Einweihungsparty vorzubereiten.«

»Die Einweihungsparty? Und wieso weiß ich darüber nicht Bescheid?«

»Oh.«

Verlegen saugte Orsini an seinem schmerzenden Daumen.

»Es sollte vermutlich eine Überraschung sein«, gestand er. »Ich weiß nicht, da müssten Sie Rosière fragen.«

Natürlich musste sie da Rosière fragen. Als sie das Wohnzimmer betrat, entdeckte sie Évrard und Lewitz, die geschäftig an einem mithilfe einer rot gemusterten Papiertischdecke zur Büfetttafel umfunktionierten Schreibtisch herumhantierten. Girlanden schmückten die Wände, und Dax dekorierte die Fensterscheiben mit Sprühfarbe, die, zumindest dem Geruch nach zu urteilen, nicht abwaschbar war. Bunte Lampions umhüllten die nackten Glühbirnen. Das Kommissariat sah aus wie eine Grundschule am Tag vor dem Wohltätigkeitsbasar. Aus dem Augenwinkel bemerkte Capestan Torrez, der in einer Baumwollschürze von Knorr durch die Küche lief. Seit der Rettungsaktion an der Kreuzung schienen die anderen seine Nähe zu ertragen. Sie gingen nicht so weit, ihm auf die Schulter zu klopfen oder in die Augen zu schauen, aber niemandem sträubten sich mehr die Haare, wenn er vorbeikam.

Sofa, Sessel, Schreibtische, Stühle, alle Möbel waren an die Wände gerückt worden, um eine Tanzfläche zu schaffen. Lebreton war dabei, die Lautsprecher aufzustellen. Und was Eva Rosière betraf, die philosophierte gerade, einen grünen Luftballon in der einen, eine Luftpumpe in der anderen Hand, mit Merlot, der auf seinem Hintern saß und die Kollegen geistig unterstützte.

»Lieber ans Meer oder in die Berge!«, stieß sie gerade hervor. »Warum muss man sich entscheiden? Kann man nicht vielleicht beides nehmen? Dieser Fimmel, den manche Leute haben... Ständig heißt es: Beatles oder Stones?«

»Pink Floyd!«, ertönte Dax' Stimme vom Fenster her.

»...Hallyday oder Eddy Mitchell?...«

»Sardou!«, bellte Dax, der zwar nicht verstand, worum es ging, aber begeistert mitmachte.

»...Hund oder Katze, süß oder salzig, ich bin eher dies, ich bin eher das... So ein Schwachsinn! Warum nicht gleich: Bist du eher der Typ Tisch oder der Typ Stuhl?«

Sie riss die Luftpumpe aus dem Ballon und knotete ihn

fachmännisch zu. Sie trug ein Kostüm aus goldfarbenem Satin, das aussah, als hätte sie vor, den Abend im Lido ausklingen zu lassen. Ihr smaragdgrüner Lidstrich konkurrierte mit den leuchtend grünen Augen, die Merlot gerade zu einer Antwort herausforderten. Aber es brauchte mehr, um den resistenten Capitaine zu beeindrucken, der jeden Tag von früh bis spät Reden schwang. Er selbst war wie aus dem Ei gepellt, und seine Glatze glänzte, als wäre sie mit Miror poliert.

»Vollkommen richtig, werte Freundin, genau wie ich gesagt habe: Es geht doch nichts über Wahlmöglichkeiten.«

Resigniert wandte Rosière sich um und entdeckte Anne Capestan. Mit einer ausladenden Geste deutete sie auf das große Büro und seine Festdekoration.

»Hübsch, nicht? Drei Fälle gelöst, ein Schuldiger vor dem Haftrichter, eine neue Tapete, da haben wir uns gedacht –«

»Wir?«

Eva Rosière heuchelte ein schuldbewusstes Lächeln und fuhr fort: »*Wir* haben uns gedacht, das müssen wir feiern! Dieses Kommissariat hat es verdient, dass wir hier die Korken knallen lassen. Haben wir da falschgelegen?«

»Wir haben goldrichtig gelegen. Wen haben wir denn eingeladen?«

»Na ja, unsere Brigade eben. Ich war mir nicht sicher, ob du Buron Bescheid geben willst.«

»Ich rufe ihn an.«

Anne Capestan entfernte sich ein Stück. Sie trat ans Fenster und ließ den Blick über die Rue Saint-Denis und ihre windschiefen Häuser wandern, die sich gegenseitig stützten. In dieser Straße stand nichts gerade, hier fehlte ein guter Kieferorthopäde. Capestan sprach zwei Minuten mit Buron, dann legte sie auf.

Louis-Baptiste Lebreton kam mit einem Ballon in der Hand zu ihr herüber und fragte zwischen zwei Luftstößen: »Und, was ist mit Valincourt?«

»Dank des unterschriebenen Geständnisses konnte Buron ihn der Staatsanwaltschaft übergeben«, berichtete Capestan. »Für uns ist die Sache also erledigt.«

»Juhu!«, schrie Dax. Schreien war seine normale Sprechlautstärke. »Wir waren echt der Wahnsinn bei dem Fall! Wenn ich an die Bullen von damals denke, die null Komma null rausgefunden haben: Nehmt das!«

»Es war Valincourts Fall, er wollte den Schuldigen gar nicht finden«, erinnerte Orsini ihn. Der Capitaine hatte sich zu ihnen gesellt.

»Mhm. Aber trotzdem!«, beharrte Dax zufrieden.

Lewitz stand vor der Musikanlage und klickte sich durch eine CD. Mit der Hülle in der Hand spielte er die Titel kurz an, bevor er weiterdrückte. Bei jedem Lied begann Évrard unbewusst, sich zu bewegen, hörte abrupt wieder auf und fing von Neuem an. Sie zog eine Grimasse, konnte aber nicht identifizieren, woher ihr Unbehagen rührte. Schließlich kam auch sie zu ihnen herüber. »Apropos, warum hat Valincourt uns die Sauzelle-Akte überhaupt untergejubelt? Das war riskant. Der Monsieur ist ein Zocker!«

»Nein... Ich werde noch mal Buron fragen, aber ich vermute, die Schachtel mit Valincourts unabgeschlossenen Fällen ist während seines Urlaubs verschwunden.«

Lebreton pustete noch einmal in seinen Ballon und bedachte ihn mit einem Blick, der deutlich machte, dass er ernsthaft darüber nachdachte, das Rauchen einzuschränken. Dann klinkte er sich wieder in das Gespräch ein. »Und der Sohn?«

»Der Arme«, sagte Rosière. »Er muss ihn hassen.«

»Nein«, erwiderte Capestan. »Valincourt hat ihn zwanzig Jahre lang großgezogen, und das gut. Er hat aus Pflichtbewusstsein gehandelt, um seinen Sohn zu beschützen. Diesen Kurs hat er unbeirrt verfolgt, auch wenn er dafür vier Morde begehen musste. Er hat sich verrannt, wie alle Kompromisslosen. Gabriel kann ihn nicht hassen, er wird ihn niemals hassen, aber er steht völlig neben sich. Heute Morgen war er immer noch ganz apathisch, hat weder geschrien noch geweint noch sonst irgendwas. Zum Glück lässt seine Verlobte ihn keine Sekunde aus den Augen.«

Ein trauriger Schatten legte sich über die Gesichter, und jeder wandte sich wieder seiner Beschäftigung zu.

*

Drei Stunden später herrschte ein Höllenlärm im Kommissariat. Dax drehte unaufhörlich die Anlage lauter, und gleich danach drehte Orsini sie wieder leiser. Eva Rosière und Merlot machten sich über sämtliche Flaschen in ihrer Reichweite her, und Lebreton bewachte die, die neben seinem Glas stand, mit Argusaugen. José Torrez sortierte in einer Zimmerecke CDs. Er hatte sich bei einem Rock 'n' Roll mit Capestan das linke Knie verdreht, er war überglücklich. Évrard und Lewitz waren regelrecht in Trance und hatten bisher jedes Lied durchgetanzt, selbst als Torrez unbedingt Adamo auflegen wollte. Anne Capestan beobachtete Pilou, der in der Küche mit sichtbarem Genuss seine grauen Plastiknäpfe leerte. Trotz des Antirutschrings stießen sie gegen die Wand und hinterließen Kerben abgeplatzter Farbe. Satt und erfrischt tapste er anschließend zu seinem Frauchen zurück und zog mit tropfenden Lefzen eine Wasserspur über das Parkett.

Capestan und Buron gaben Seite an Seite die Stammgäste am Büfett.

»Haben Sie uns Valincourts Akte zugespielt?«, schrie Anne Capestan über die Musik hinweg.

»Ja«, rief Buron zurück. »Der ungelöste Fall passte nicht zu seinen übrigen Erfolgen, ich konnte ihn mir nicht erklären.«

»Und Guénan? Wie haben Sie die Verbindung hergestellt? An dieser Ermittlung war er nicht beteiligt.«

»Nein, aber er war kurz vorher am Quai des Orfèvres gelandet und ist regelmäßig in der Nähe des Tatorts aufgetaucht. Ein paar Jahre später, als er in meine Brigade gewechselt ist, habe ich seine Akte bekommen und gesehen, dass er bis zu genau dem Jahr auf Key West gelebt hat, in dem das Fährunglück passiert ist. Ein völlig Unschuldiger hätte auf eine solche Überschneidung hingewiesen. Als dann noch bestimmte Dokumente aus der Akte verschwunden sind ...«

»Also haben Sie ihn des Mordes verdächtigt und zwanzig Jahre lang gedeckt.«

»Nein, überhaupt nicht«, beteuerte Buron scheinheilig. »Aber ich fand ihn nachlässig. Also habe ich die Gründung dieser Brigade genutzt, um Licht in die Sache zu bringen. Sie selbst haben doch sogar mich verdächtigt –«

»Nicht eine Sekunde«, erwiderte Capestan.

Ihre Unverfrorenheit grenzte fast an Spott. Ein breites Lächeln hob Burons Hängebacken. Eine Frage nagte jedoch noch an ihr: »Aber warum haben Sie ihn nicht selbst gestellt?«

»Ich wollte nicht zum Kollegenstürzer werden. Ich habe einen Ruf zu verlieren.«

»Und bei mir stört Sie das nicht?«

»Sehr viel weniger«, sagte er ohne die geringste Verlegenheit. »Übrigens, Capestan, ich habe einen Bußgeldbescheid für Brigadier Lewitz bekommen, neunzig Stundenkilometer innerorts...«

»Ja, es wäre nett, wenn Sie den unter den Tisch fallen lassen könnten, sein Punktekonto sieht schlecht aus.«

»Eine Geschwindigkeitsüberschreitung auf einem Hundekotmobil?«

»Es gibt keine Hundekotmobile mehr. Das war eine Kehrmaschine.«

Die wie immer sehr angeregte Unterhaltung von Eva Rosière und Merlot drang über Mikas *Relax* zu ihnen.

»...für unseren Planeten, die Tiere, was du willst, ich kaufe Bio, Label Rouge –«

»Das ist aber sehr kostspielig und –«

»Genau deswegen mache ich es ja! Wenn selbst die Reichen nur Mist kaufen, brauchen wir uns nicht zu beschweren, dass nichts anderes produziert wird.«

»Sicher, aber –«

»In unserer Gesellschaft wählt man jedes Mal, wenn man etwas bezahlt. Den Inhalt der Wahlurnen kannst du in der Pfeife rauchen, was zählt, ist der Einkaufswagen! Apropos...«, sagte sie und streckte ihr Weinglas aus.

Während Merlot ein Viertel der Flasche in ihr Glas und ein Zehntel auf den Teppich kippte, mischte Lebreton sich ein: »Fahr mal durch zwei, drei Diktaturen, vielleicht ändert das deine Meinung über die Bedeutung der Wahlurnen.«

»Trotzdem«, bekräftigte Rosière und präsentierte die granatrote Farbe des Gigondas. »Jedes Mal, wenn du trinkst, jedes Mal, wenn du isst, wählst du!«

»Und du nimmst deine Bürgerpflicht sehr, sehr ernst«, bemerkte Lebreton und drückte ihr die Schulter.

»Ich für meinen Teil –«, fing Merlot an, wurde aber von Dax unterbrochen, der durch das ganze Zimmer stürmte und brüllte: »Ich hab's geschafft, ich hab's geschafft! Drei in einer Minute!«

Bei jeder Silbe flog ihm eine Wolke Kekskrümel aus dem Mund. Als Évrard auf sie zukam, packte Rosière sie am Arm und fragte ungläubig: »Er hat drei Butterkekse in einer Minute geschafft?«

»Nein, drei Jaffakekse. Aber er ist so begeistert, da traue ich mich nicht, ihm zu sagen, dass das nicht gilt.«

Anne Capestan nahm sich einen Toast mit Ziegenfrischkäse vom Büfett. Buron tat es ihr nach. Sie wich mit einer leichten Kopfbewegung einem gelben Luftballon aus, der sich von der Decke gelöst hatte und jetzt durchs Zimmer gaukelte.

»Also«, sagte sie, »wenn ich das richtig verstanden habe, ist unsere Brigade dafür da, Ihre persönlichen Rechnungen zu begleichen.«

Der Bassetblick des Directeurs wurde noch eine Spur bekümmerter.

»Nein, das sind keine ›Rechnungen‹. Alexandre war ein Freund, wissen Sie. Es war meine Pflicht zu ermitteln, aber ich konnte mich nicht dazu durchringen. Ihre Brigade ist mein Mittelweg, Capestan, meine Zwischenlösung. Ich habe keine Supergerechtigkeitsliga geschaffen, sondern nur eine dritte Instanz, über jeden Verdacht erhaben, weil in der

Versenkung verschwunden. Aber geschickt zusammengestellt«, fügte er mit einem Lächeln hinzu.

»Das hätten Sie mir auch gleich sagen können.«

»Da war ich mir noch nicht sicher, dass das Team funktioniert.«

Der Ballon hatte mittlerweile die Tanzfläche erreicht und taumelte fröhlich zwischen den Tänzern hin und her. Dax hatte eine kleine Schüssel Dragees in der Hand, in die er regelmäßig hineingriff, während er im Takt der Musik stampfte. Er zerbiss ein Dragee und verzog das Gesicht, bevor er, neugierig geworden, das nächste herausfischte. Dann hielt er seinem Kumpel Lewitz die Schüssel hin, mit einem Schulterzucken, das zu bedeuten schien: »Komisch, aber gar nicht schlecht.«

»Sie funktioniert«, bestätigte Capestan. »Und damit das so bleibt, will ich zumindest einen anständigen Wagen und ein bisschen Respekt und Anerkennung.«

»Das Auto kann ich Ihnen besorgen.«

»Das ist das Wichtigste«, erwiderte Capestan und schluckte das letzte Stück Toast hinunter.

Buron wischte sich die Hände an einer Papierserviette mit roten Herzen ab.

»Ich weiß, Sie haben etwas Besseres verdient. Aber nach Ihrem Fehlverhalten waren mir die Hände gebunden, das war das einzige Hintertürchen...«

»Das passt mir ganz gut«, unterbrach Capestan ihn und ließ den Blick über ihre Brigade schweifen.

Évrard, Dax und Lewitz bearbeiteten die Decke der Wohnung unter ihnen, Torrez hinkte und hatte den Arm in der Schlinge, Rosière versuchte vergeblich, Orsini betrunken zu machen, und Merlot schnarchte inmitten des Trubels.

Lebreton fing ihren Blick auf und hob sein Glas. Sie prostete zurück.

»Es passt sogar perfekt!«

Pilou lag neben Eva Rosières Fuß, eine Lefze auf der Spitze ihres Pumps, und spähte unauffällig umher. Mit geübter Schnauze bewertete er die Umgebung: Wurstgeruch, ausgelassene torkelnde Menschen, die Lage war vielversprechend. Hier ließ sich bestimmt das ein oder andere Ohrenkraulen oder Würstchen abstauben.

Er streckte langsam ein Bein aus, um auf die Jagd zu gehen, als er die Hand seines Frauchens spürte, die ihm die Seite streichelte. Er setzte sich sofort wieder hin und hob in typisch hündischer Vorahnung die Schnauze zu dem großen breitschultrigen Freund neben ihr. Der lächelte und hielt ihm ein Stück Pastete hin, das Pilou mit einem Happs verschlang. Heute gab es die Leckerbissen sogar mit Lieferservice.

Dank,
großer, inniger,
unendlicher Dank

Dafür, dass sie die Existenz dieses Buchs möglich gemacht und so nichts Geringeres als mein Leben verändert haben:

Danke an meine Verlegerin Stéfanie Delestré: Ohne sie könnte ich die Worte »meine Verlegerin« nicht so oft sagen und wiederholen, wie ich will.

Danke an den Krimi-Großmeister Patrick Raynal: Die Brigade wird sich nie davon erholen, dass sie ihm gefallen hat.

Danke an meinen Verlag Albin Michel und sein Team, die Grafiker, Korrektorinnen, Presseleute, Vertreter und großen Chefs: Ohne sie wäre dieses Buch nur ein Stapel Blätter, den ich bei mir zu Hause verkaufe.

Danke an meine Freundinnen Marie La Fonta und Brigitte Lefebvre für ihre warmherzige und maßgebliche Hilfe.

Weil ohne sie das Schreiben nicht mein Beruf wäre, zumindest nicht in vergleichbarem Maße: Danke an Sylvie Overnoy, die ideale Chefin einer angehenden Schriftstellerin, weil selbst Schriftstellerin, und an Sophie Bajos de Hérédia, die an mein Projekt geglaubt hat, und zwar gleich mehrere Male. Danke auch an den Chefkomiker Henri Pouradier Duteil und an Monsieur Simonet, meinen Französischlehrer am Collège Jean Mermoz.

Für ihre Erst-, Zweit- und Drittlektüren, ihre konstruktiven Analysen und kategorischen Komplimente kann ich nie genug danken: Anne-Isabelle Masfaraud (Rekordhalterin im Viellesen, Goldmedaillengewinnerin im Aufspüren von Inkohärenzen und Champion der Anfeuerungsreden), Dominique Hénaff (Meister der bedingungslosen Unterstützung und des scharfsinnigen Details), Patrick Hénaff, Marie-Thérèse Leclair, Pierre Hénaff, Brigitte Petit, Isabelle Alves, Chloé Szulzinger und Marie-Ange Guillaume.

Danke an Jean-François Masfaraud für seinen großartigen Originaltitel *Poulets grillés*.

Danke an den ehemaligen RAID-Commandant Christophe Caupenne für seine ebenso freundliche wie wertvolle Unterstützung und an Catherine Azzopardi für ihre spontane Hilfsbereitschaft.

Für ihre Anmerkungen, Ermutigungen und die Zeit, die sie dem Lektorat meines Manuskripts gewidmet haben, danke ich Antoine Caro und Lina Pinto.

Und schließlich Danke an alle Freundeskreise, denen ich angehören durfte oder immer noch angehöre, diesen vergnügten Haufen, die mir Lust gemacht haben, eine Geschichte über sie zu schreiben. In der Reihenfolge ihres Auftretens: meine Freunde aus dem Lycée Chevrollier, die Bewohner der Rue du Général Plessier, meine Freundinnen aus dem Verre à Soi, die L'Accessoire-Truppe, die Abenteurer von Le Coincoinche, die Mädels von Lyon Poche, die Kollegen bei der Cosmo, die Mittags-Pétanquerunde, die Perudosüchtigen, die Masfas aus Marsac und meine alte Bande aus Les Sables-d'Olonne.

Glossar
französischer Abkürzungen

BRI *Brigades de Recherche et d'Intervention*: Spezialeinheit der französischen Polizei

IGS *Inspection générale des services*: oberste Polizeiaufsicht

OCRB *Office Central pour la Répression du Banditisme*: Zentralstelle für die Bekämpfung der organisierten Kriminalität

PJ *Police judiciaire*: Kriminalpolizei

RAID *Recherche Assistance Intervention Dissuasion*: Antiterroreinheit der französischen Polizei

SRPJ *Service régional de police judiciaire*: örtliche Direktion der Kriminalpolizei

La dolce morte:
Franco De Santis ermittelt

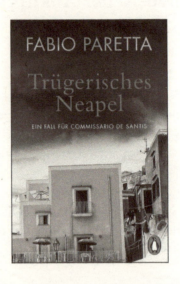

Ein ganz normaler Frühlingstag in Neapel: Auf den Terrassen der Cafés genießen die Menschen das Leben, während in einer Seitenstraße eine Boutique ausgeraubt wird. Doch diesmal wird ein Schüler erschossen. Nur ein dummer Zufall, oder hatte jemand einen Grund, den Jungen zu beseitigen? Commissario Franco De Santis, der eine Tochter im Alter des Opfers hat, weigert sich, den Fall zu den Akten zu legen. Und stößt auf ein Netz aus Betrügereien, Schulden und Schwarzhandel im großen Stil. Alles deutet auf die Camorra hin, aber Franco De Santis lassen die Mitschüler des ersten Opfers Salvatore nicht mehr los. In ihren Augen liest er Frust, Hass – und Angst ...

Frankreichs charmanteste Loser ermitteln wieder!

Kommissarin Anne Capetan hat ein Team, das sonst keiner haben will: Trinker, Spieler, Spinner. Viel traut man ihnen nicht zu, schon gar nicht die Aufklärung von Verbrechen. Doch wer die Truppe unterschätzt, der irrt. Das zeigt sich, als ihnen ein Mordfall übertragen wird: Das Opfer ein hohes Tier bei der Polizei – und Annes Ex-Schwiegervater. Wie soll sie das ihrem Verflossenen beibringen, mit dem sie nie wieder ein Wort wechseln wollte? Und warum legt ihnen die Führungsriege nur Steine in den Weg? Doch Annes Kollegen haben nicht nur einen Knall, sondern auch unkonventionelle Ermittlungsmethoden …

Jetzt reinlesen auf www.penguin-verlag.de

**Acht Jahre war Julie verschwunden –
dann kommt sie plötzlich zurück.
Doch ist sie es wirklich?**

Tom und Anna haben das Schlimmste erlebt, was sich
Eltern vorstellen können: Ihre 13-jährige Tochter Julie
wurde entführt, alle Suchaktionen blieben vergebens. Acht
Jahre später hat die Polizei den Fall längst zu den Akten
gelegt, als plötzlich eine junge Frau auftaucht und behauptet, Julie zu sein. Die Familie kann ihr Glück kaum fassen.
Doch schon bald spüren alle, dass die Geschichte der
Verschwundenen nicht aufgeht. Als Anna von einem ehemaligen Polizisten geheime Informationen über den Entführungsfall erhält, kommt ihr ein furchtbarer Verdacht ...